KB165047

알고 보면

반할 매화

이종묵 李鍾默

서울대 국어국문학과 교수. 서울대학교를 졸업하고 같은 대학에서 박사학위를 받았다. 한국학중앙연구원 교수로 있다가 서울대학교로 옮겨 재직하고 있다. 선비의 운치 있는 삶을 좋아하여 옛글을 읽고 스스로 즐거워 가끔 글을 쓴다. 『우리 한시를 읽다』, 『한시 마중』, 『조선의 문화공간』, 『부부』, 『양화소록 — 선비 꽃과 나무를 벗하다』, 『돌아앉으면 생각이 바뀐다』, 『조선시대 경강의 별서』 등의 저술이 있다.

▶ 표지 그림: 조희룡趙熙龍, 〈홍매도紅梅圖〉, 서울대 박물관 소장.

알고 보면 반할 매화

초판 1쇄 발행 2024년 2월 1일

지은이 | 이종묵

펴낸곳 | (주)태학사
등록 | 제406-2020-000008호
주소 | 경기도 파주시 광인사길 217
전화 | 031-955-7580
전송 | 031-955-0910
전자우편 | thspub@daum.net
홈페이지 | www.thaehaksa.com

편집 | 조윤형 여미숙 김선정
마케팅 | 김일신
경영지원 | 김영지

ⓒ 이종묵, 2024, Printed in Korea.

값 22,000원
ISBN 979-11-6810-147-0 (03810)

책임편집 | 조윤형
표지디자인 | 이윤경
본문디자인 | 이영아

알고 보면
반할 매화

매화를 키우는 일부터
5대 명품 매화까지
옛글로 읽는
조선시대 매화 이야기

이종묵 지음

태학사

서序

봄이 되면 지매원止梅園은 꽃나무가 한바탕 잔치를 연다. 3월이면 매화, 산수유, 진달래, 목련, 벚꽃이 차례로 피어나고 4월이면 철쭉, 영산홍, 수수꽃다리, 등나무꽃이 다투어 피어난다. 산수유는 있는 둥 없는 둥 저 홀로 노란색 작은 꽃으로 피고, 진달래는 비탈에 숨어 슬며시 피어난다. 목련은 촛불을 밝힌 듯한 꽃잎이 훤한 밤에 보기 좋고, 벚꽃은 제법 사나운 바람이 불어 꽃잎이 휘날릴 때가 보기 좋다. 철쭉은 붉은 꽃과 푸른 잎이 색동옷을 입은 듯 곱고, 영산홍은 여인의 입술 단장처럼 선홍빛으로 달아오른다. 수수꽃다리는 흰빛과 보랏빛으로 강한 향을 뿜고, 등나무꽃은 보랏빛으로 오는 여름을 당긴다. 물론 내 마음을 가장 끄는 것은 매화다.

교수는 3월이 괴롭다. 첫 주 강의 몇 번 하고 나면 목이 아프고 다리에 힘이 빠진다. 그래도 3월이 좋은 것은 이맘때쯤 매화가 꽃망울을 터뜨리기 때문이다. 다른 이들의 발자국 소리가 들리기 전 매화나무 아래를 지나면 은은하면서도 맑은 향에 절로 웃음이 난다. 두보杜甫가 "처마 밑 배회하며 매화 찾아 함께 웃으렸더니, 성긴 가지에 찬 꽃이 반쯤은 웃음 금치 못하네.巡簷索共梅花笑 冷蕊疏枝半不禁"라 한 구절이 절로 떠오른다.

해 지고 달 뜰 때 한 번 더 매화를 보려고 지매원에 들러 이런 시도 외워 보았다. "온 집 가득 긴 댓가지 그림자 둘러치면, 한밤중 남쪽 정자에 달이 떠오른다네. 이 몸이 매화와 완전히 하나가 되었나 보다, 매화 가까이 코를 대어도 감감무소식이니.滿戶影交脩竹枝 夜分南閣月生時 此身定與香全化 嗅逼梅花寂不知"18세기 문인 이광려李匡呂(1720~1783)의 시다.

지매원은 내가 책을 읽는 연구실 옆에 있는 작은 정원이다. 이곳에 매화나무가 다섯 그루 있었는데 한 그루가 죽고 네 그루가 남았다. 그래서 나 혼자 이 정원을 지매원이라 부른다. '지止'는 숫자 표시로 넷이기 때문이다. 그러면서 굳이 한 그루를 더 심어 오매원五梅園이라 하기보다 네 그루의 매화에 만족하여 그치는 뜻에서 지매원이라 한 것이다. 넷이라는 어중간한 숫자에 그치고, 또 더 화려한 꽃을 찾기보다 매화 하나로도 만족하는 것이 나을 듯하다. 어설픈 '지매원기止梅園記'로 이 책의 첫머리를 삼는다.

나는 꽃과 나무를 좋아한다. 내 태어나 자란 시골에서 볼 것이 이런 것 말고 또 있었겠는가! 옛글을 읽어 보니 꽃과 나무 이야기가 무척 많고 또 그러한 글이 내 눈에 먼저 다가왔다. 내 읽는 것이 이러하니 꽃과 나무를 좋아하지 않을 수 있겠는가! 꽃과 나무에 대한 글을 읽다가 강희안姜希顔의 『양화소록養花小錄』을 공부하게 되고, 그러다가 따로 조사한 글을 덧보태어 역해譯解하면서 꽃과 나무의 문화사를 생각하였다.

조선시대 꽃과 나무의 문화사에서 가장 중심에 있는 것이 매화다. 매화에 대한 이야기는 이 역해 작업으로 끝내기가 무척 아쉬웠다. 그래서 조선시대 매화에 대한 이야기를 모아 이 책을 내게 된 것이다. 나는 꽃과 나무에 대한 글을 즐겨 읽지만 직접 기를 줄은 모른다. 몇 년 전 세 송이 꽃이 핀, 한 뼘 크기 작은 매화 화분을 구해 창가에 두었지만 핀 꽃이 지고 나니 그뿐, 잎조차 나지 않은 채 죽어 버렸다. 내 재주로는 매화를 기를 것이 아니라 매화에 대한 이야기를 기르는 것이 맞겠다.

이 책은 조선시대 문사들이 매화를 사랑하고 즐기던 이야기를 모은 것이다. 이름난 매화를 직접 찾아가 눈으로 꽃을 보고 코로 향을 맡지 않은 것은 아니지만, 내가 더욱 사랑하는 것은 옛글 속의 매화니, 결국 내 가슴속의 매화인 셈이다. 옛글을 통해 내 가슴속에 피어 있는 매화를 보이고자 한다.

긴 인연을 이어 온 태학사에서 이 책을 내는 것을 기쁘게 생각한다.

계묘년 세밑 매화가 피기를 기다리며
지매원 곁 연구실에서 이종묵이 쓰다

차례

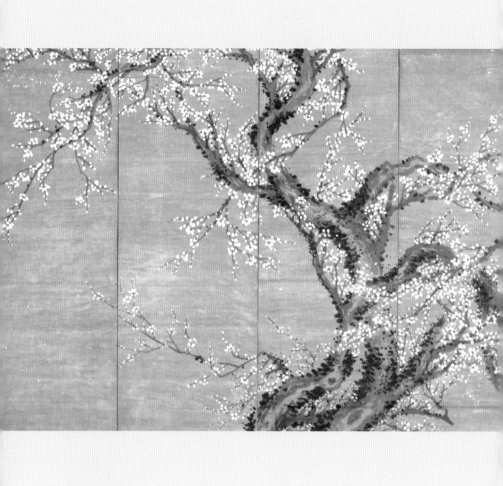

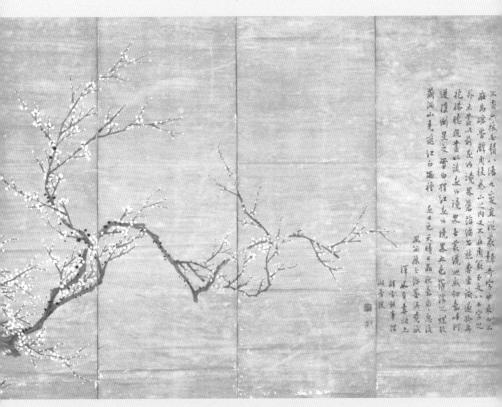

조희룡趙熙龍(1789~1866), <홍백매화도紅白梅花圖> 8폭 병풍, 국립중앙박물관 소장.

제 1 부

매화를 키우는 일

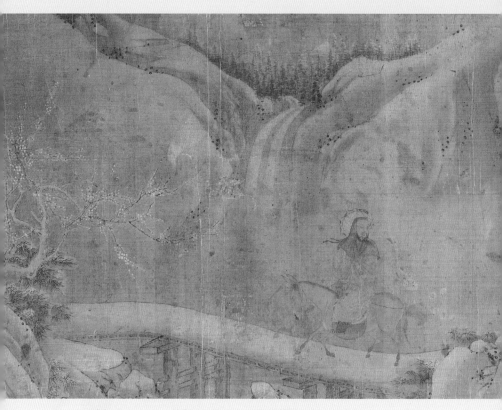

신잠申潛(1491~1554), 〈탐매도探梅圖〉 부분, 국립중앙박물관 소장.

눈 속에 핀 매화를 찾아가는 선비의 흥을 그린 그림이다.

설중매를 위하여

화분의 매화

눈 속의 매화 설중매雪中梅, 얼마나 멋진 말인가! 천지는 눈 속에 하얗게 얼어붙었는데 홀로 꽃을 피우니. 가난한 시인 성여학成汝學(1557~?)이 "세모의 구름은 어둑하게 북쪽 땅과 이어져 있는데, 눈 속의 매화 그림자 또 남쪽 가지에 어리네.歲暮雲陰連北陸 雪中梅影又南枝"[1]라 한 시구가 인구에 회자된 바 있다. 그렇기에 옛 선비들은 설중매를 좋아하고 또 스스로 설중매이고 싶어 했다. 16세기 영남의 선비 하항河沆(1538~1590)은 기질이 맑아 한 점 세속의 티끌조차 묻어 있지 않다 하여 벗들이 그를 설중매라 불렀다.[2] 설중매는 선비의 표상일 뿐만 아니라 여인의 마음까지 사로잡아 기생도 다투어 제 이름을 설중매라 하였다.

그러나 과연 눈 속에 매화가 필 수 있는가? 우리나라에서 눈이 펄펄

날리는 겨울철에 매화가 피는 일은 희귀하다. 심지어 기상 이변 탓인지 요즘에는 산수유, 개나리와 나란히 핀다. 날씨가 지금보다 더 찼던 예전에도 마찬가지였다. 기후가 따뜻한 남쪽 일부 지역에서는 겨울에 매화꽃을 볼 수 있었지만 조금만 북쪽으로 올라가면 그러하지 못하였다. 장유張維(1587~1638)의 시가 이러한 사정을 잘 말해 준다.

한양의 부호들 화분 매화를 애지중지하여 　　洛中豪貴重盆梅
더운물로 따뜻하게 해도 도통 피지 않는데, 　　煨護湯熏苦未開
누가 알았으랴, 남방의 기후 특별하여서 　　誰識炎州風氣別
세밑에 남쪽 가지에서 꽃소식 재촉할 줄. 　　南枝消息臘前催

- 장유, 「만휴당십육영 중 세밑에 피는 강가의 매화」[3]

장유의 벗 임동林蕫(1589~1648)이 경영한 만휴당晚休堂은 전라도 나주에 있었기에 굳이 방 안에 두고 인공을 가하지 않아도 노지에서 매화가 꽃을 피울 수 있었다. 그러나 한양에서는 세밑에 매화를 보기 위해서 화분에 심어 방 안에 들여놓고 화로를 피우며 휘장까지 치는 등 온갖 정성을 기울였다. 그럼에도 매화가 꽃을 피우게 하기는 쉽지 않았다.

한겨울에 매화꽃을 즐기기 위하여 한양 사람들은 여러 방법을 동원하였는데 주로 매화 화분을 집 안에 들여놓고 꽃 피는 시기를 조절하였다. 박장원朴長遠(1612~1671)이 승지로 근무하고 있던 1652년 무렵의 일이다. 어떤 사람에게 매화 한 그루를 얻어 마당 귀퉁이에 심어 두었는데 말들이 잎을 뜯어 먹고 아이들이 가지를 꺾곤 하여 뿌리와 가지만 앙상하게 남았다. 이를 불쌍하게 여긴 박장원은 어느 가을날 아직 완전히 마르지 않은 가지 서너 개를 빼내어 화분에 옮겨 심고 침실에 두었다. 그해 세모에 하인을 시켜 끓인 물을 하루에 한두 차례 며칠 부어 주었다. 그러자 가지에 눈이 생기더니 점차 커졌고 그중 한두 가지에는 꽃망울이 맺혔다.[4]

조선에서는 매화 화분을 방으로 들여놓고 끓인 물을 붓는 것이 세밑에 매화꽃을 피게 하는 한 방법이었던 모양이다.

매화는 얼음이나 백옥 같은 자태와 맑고 매운 절개가 있다. 나는 매화가 처사와 매우 닮아 있어 매우 사랑한다. 그렇지만 우리나라는 날이 차고 봄이 늦게 오기 때문에 매번 섣달이 되어서도 꽃이 필 생각이 적막하기만 하니, 여러 다른 꽃들과 별로 다른 것이 거의 없다. 내가 실로 이를 안타깝게 여겨서 화분에 옮기고 방 안에 넣어 두었다. 시를 짓고 술을 마시는 사이에 그와 더불어 몇 년을 지낸 다음에야 꽃이 일찍 피고 늦게 피는 것이 나에게 달려 있게 되고, 이른바 납매臘梅라는 것도 종종 있게 되었다.[5]

이 글을 쓴 홍태유洪泰猷(1672~1715)는 조모가 효종의 딸 숙안공주淑安公主고 외조부가 명필로 이름이 높은 이정영李正英이다. 그러나 기사환국己巳換局으로 남인이 집권한 뒤 부친 홍치상洪致祥이 처형되면서 암울한 삶을 살았다. 여주의 이호梨湖에 물러나 살면서 산천 유람을 즐겼다. 이런 삶을 살았기에 홍태유는 매화를 더욱 사랑하였다.

한겨울에 꽃을 피우는 매화가 맑고 매운 절개를 지닌 처사를 닮아 매우 사랑스럽지만, 우리나라 풍토에서 눈 속에 피는 매화를 보기가 쉽지 않았다. 그래서 홍태유는 매화를 화분에 옮겨 심고 방 안에 넣어두면서 온도를 조절하여 자신이 원하는 시기에 꽃을 피우게 하였던 것이다. 매화꽃을 보기 위하여 지극정성을 기울여야 하였기에 몇몇 집안에서는 아예 꽃을 관리하는 하인 화노花奴까지 둔 예도 있었다. 홍태유도 화노에게 매화 화분을 관리하는 일을 맡겼다. 납매臘梅는 이런 정성을 받아 세밑에 피는 매화다.

그런데 매화는 꽃만 보는 것이 아니라 기굴한 등걸을 보는 즐거움도 중요하였다. 이 때문에 등걸이 멋진 나무와 접을 붙이는 일이 일찍부터 유행하였다. 세밑에 꽃이 피는 납매를 보기 위해서는 더욱 그러하였다. 납매는 꽃이 잘 피는 복숭아나무와 접을 붙여 개량하였다. 경상도 상주尙州가 고향이었던 큰 학자 정경세鄭經世(1563~1633)의 다음 글에서 이러한 사정을 잘 알 수 있다.

◀ 심사정沈師正(1707~1769), 〈파교심매灞橋尋梅〉, 국립중앙박물관 소장.
　맹호연孟浩然이 눈 내리는 날 나귀를 타고 파교로 매화를 찾아가는 풍경을 그렸다.

영남은 바다에 가까운 지역이라서 섣달에 늘 매화를 볼 수 있지만 조금 북쪽이면 이미 불가능하다. 게다가 우리 상주는 새재에 가까워 날이 차므로 꽃이 늦게 피는 것이 당연하다. 사람들 중에 매화를 사랑하는 이들은, 대개 복숭아 그루터기를 화분에 심고 가을과 겨울 사이에 시렁을 매어 접을 붙인 다음 밀실에 두고 꽃이 피도록 한다. 한겨울 천지가 온통 꽁꽁 얼고 생물들이 거의 다 숨이 끊어질 지경이 되었는데도 패옥과 같이 하얀 꽃이 피어 온 방 안에 봄기운이 훤하게 된다.[6]

조선에서 설중매를 즐기기 위하여 복숭아나무에 접을 붙이는 방식은 이른 시기부터 발달하였다. 원예에 관심이 많았던 조선 초기의 문인 강희안姜希顔(1417~1464)은 매화 접붙이는 방식을 그의 저술『양화소록養花小錄』에 자세히 담아 두었다.

대개 매화나무를 접붙이려면 먼저 조그마한 복숭아나무를 화분에 올려 뿌리를 내리게 한다. 이를 접지接枝로 쓸 매화나무 가지에 걸어 달아매고 십十자 꼴로 두 나무가 서로 닿는 부분을 깎아 붙인다. 살아 있는 칡덩굴의 껍질을 벗겨 이것으로 단단히 잡아맨다. 두 나무의 기운이 통하고 껍질이 서로 엉겨 붙으면 매화나

탁심거사托心居士, 〈매도梅圖〉, 국립중앙박물관 소장. ▶
탁심거사는 탁심재托心齋, 탁심옹托心翁 등의 호로만 알려진 작가다. 눈을 맞은 매화를 그렸다.

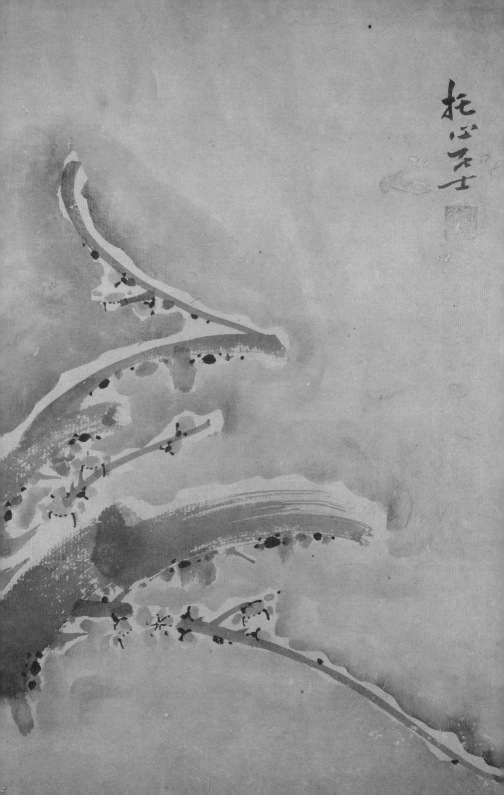

무에서 잘라 낸다. 이를 민간에서는 의접倚接이라고 한다. 잘라
낸 다음 화분은 반쯤 그늘지고 반쯤 볕이 드는 곳에 두고 자주
물을 주어야 한다. 그러면 서로 붙은 나무가 옆으로 비스듬히 누
운 노매老梅의 형상을 이룬다. 꽃봉오리가 맺히면 따뜻한 방 안
으로 들여놓는다. 자주 미지근한 물을 가지와 뿌리에 뿜어 주고
옆에 뜨거운 화로를 놓아두어 찬 공기를 쐬지 않게 하면 동지冬
至 전에 꽃봉오리가 터진다.

꽃이 진 뒤에도 찬 공기를 쐬지 않게 다시 움막 안에 들여놓으면
열매를 맺는다. 만일 찬 공기를 쐬면 열매가 맺지 않을 뿐만 아
니라 줄기 역시 말라 죽는다. 화분은 와기瓦器를 쓰는 것이 좋은
데 마르지 않도록 물을 뿌려 주어야 한다.

고풍古風이 감도는 매화나무를 만들려면 반드시 홑꽃[單葉]이 피
는 나무를 접붙여야 한다. 매화나무가 늙어서 가지가 뻗어 나지
않거나 꽃봉오리를 맺지 않을 때는 햇볕 잘 드는 곳으로 옮겨 심
어 뿌리를 자유롭게 해 주면 곧 큰 나무로 자란다.[7]

강희안은 운치 있는 매화나무 분재를 기르는 법을 이렇게 적어 놓
았다. 예스러운 풍모를 보려면 꽃잎이 홑으로 나는 품종이 좋지만 좀
더 화려한 꽃을 보고자 하면 천엽홍백매千葉紅白梅를 접붙였다. 강희
안은『양화소록』의 다른 대목에서 당시 한양에서 접을 붙여 만들어

낸 매화는 모두 천엽홍백매라고 하였다. 천엽홍백매는 붉은빛이 도는 흰 매화로 꽃잎이 겹으로 나는 품종인데 열매가 쌍으로 달려 중국에서는 원앙매鴛鴦梅라는 별칭을 얻었다.『양화소록』은 조선시대 문인들에게 매우 널리 읽힌 책이니, 설중매를 즐기고자 하던 이들은 대개 이러한 접붙이기 방법을 따랐을 것이다.

매화의 집

이처럼 한겨울에 매화꽃을 보려는 사람들은 매화를 화분에 심어 방 안에서 길렀다. 그러나 방 안에 매화 화분을 그냥 두면 먼지나 그을음이 끼어 깨끗함을 생명으로 하는 매화의 운치에 방해가 된다. 이에 18세기 무렵부터 매화 화분을 넣어 두는 작은 감실을 만들기 시작하였다. 매화 감실에 대해서는 18세기 문인 정극순鄭克淳(1700~1753)이 자랑스럽게 다음과 같이 적어 놓고 있다.

우리나라 사람이 백 가지가 서툴지만, 볼만한 것은 매화를 기르는 일이다. 그 법이 매우 좋은데 예전에는 없던 것이다. 매화는 청고소담淸高疎淡한 것이 꽃에 있어, 애초에 그 둥치는 여러 아름다운 꽃나무와 다름이 없다. 그런데 그 둥치가 예스럽지 않으면 그 아름다움을 칭할 수 없기에, 기이함을 좋아하는 선비들이 산

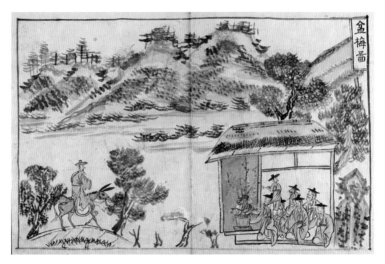

김중휴金重休(1797~1865), 『세전서화첩世傳書畵帖』의 〈분매도〉, 한국국학진흥원 유교문화박물관 소장.
김숭조金崇祖(1598~1632)가 벗들과 화분에 핀 매화를 구경하는 장면을 그린 것이다.

골짜기를 뒤져 복숭아와 살구나무 고목을 찾아 베고 자르고 쪼개고 꺾어 그루터기와 앙상한 뿌리만 겨우 남겨 놓는다. 그리고 비바람이 깎고 갈고 좀이 슨 채, 무너지고 깎아지른 벼랑에 거꾸로 매달리고 오래된 밭의 어지러운 돌 더미에 비스듬히 눌려 구불구불 옹이가 생기고 가운데 구멍이 뚫려 마치 거북과 뱀, 괴물 모양으로 되면, 이를 가져다가 접붙인다. 운치 있는 꽃이 평범한 가지에서 훌훌 떨어지고 나면, 그 위에 접을 붙인 다음 흙 화분에 심는다. 날이 차기 전에 깊숙한 방에 넣어 두는데 또 왕성한 기운이 흩어져 빠져나가는 바람에 꽃을 피우지 못할까 우려되면, 작은 합閤을 만들어 담아 둔다. 먼지와 그을음이 절대 바깥을 오염시키지 않게 하여 맑은 싹이 안에서 자라날 수 있게 한다. 적당한 장소가 생기면 옮겨서 북돋워 주고 물을 주되 또 합당한 재배법대로 한다. 이 때문에 온 천지가 한창 추울 때가 되면 꽃을 피운다. 마치 신선이나 마술사가 요술을 부려 만들어 낸 것 같다. 아아, 신기하다.[8]

매화는 꽃이 아름답지만 나뭇등걸 자체는 보통 꽃나무와 다를 것이 없다. 등걸이 기굴한 맛을 풍기게 하기 위해서 산중에서 특이하게 생긴 복숭아나무나 살구나무를 찾아 화분에 심은 다음 매화나무와 접을 붙였다. 이 방식까지는 강희안이 이른 것과 크게 다르지 않다.

정극순은 여기서 한 걸음 더 나아가 방 안에 작은 감실을 만들어 매화 화분을 보호하였다. 정극순은 늘 우리나라 사람이 서툴고 거칠어 백 가지 중에 한 가지도 좋은 것이 없다고 생각하였는데 오직 매화를 기르는 기술만은 중국도 따를 수 없다고 자랑하였다. 우리나라가 비록 조그마하지만 조물주가 기이함을 좋아하여 매화를 키우는 기술을 우리나라 사람에게 베풀어 준 것이라 하였다.

매화를 위한 감실이 매합梅閤이다. 매감梅龕, 매각梅閣이라고도 한다.[9] 그런데 정극순이 우리나라의 독특한 것이라 한 대로, 매화를 키우는 감실이라는 뜻으로 매합이나 매감이라는 어휘가 쓰인 용례를 중국에서는 찾아보기 어렵다. 우리나라에서는 이러한 용어가 17세기 무렵부터 보이기 시작하여 18세기 무렵에는 매우 빈번하게 보인다.

17세기 문헌에는 매합을 주로 종이로 만든 것으로 나타난다. 이민구李敏求(1589~1670)는 "자네 집은 종이로 만든 감실에 봄빛을 담아 두었으니, 눈서리에 필 이른 매화 잡아 둔 것 아니던가?君家紙閣藏春色 肯許水霜勒早梅"[10]라 하였다. 이후에도 종이로 만든 매화 감실에 대한 기록은 쉽게 찾아볼 수 있다. 경상도 봉화에 세거한 명문가의 후손 권만權萬(1688~1749)은 "봄이 와서 종이 감실 열고서, 섣달의 매화 향기 한 번 맡노라.春來開紙閣 一嗅臘前梅"[11]라 한 바 있다.

18세기에는 서울의 명문가에서 다투어 매합을 만들었다. 이현조李玄祚, 김창흡金昌翕, 남유용南有容, 오원吳瑗, 조문명趙文命, 조현명趙顯命, 조태억趙泰億, 남용익南龍翼 등 이름난 문인들이 너두나도 집에 매합을 만들어 한겨울에 핀 매화를 완상하면서 이것이 큰 유행이 되었다. 다음은 매화를 감상하는 모임에 참석한 조문명(1680~1732)이 매합을 노래한 작품이다.

나부산에 있던 신세 감실로 집을 삼아 　　　　　羅浮身世閣爲家

세모 전에 가지마다 꽃망울 터뜨릴 듯. 　　　　　未臘枝枝欲綻花

이슬을 부끄러워하는 교태는 처녀와 같아 　　　　　羞露嬌容如處子

짐짓 앞에다 푸른 장막을 치게 하였네.　　　　故敎前面障靑紗

－조문명, 「매합에 푸른 명주 휘장을 드리우고」[12]

중국의 나부산羅浮山은 매화의 산지로 이름난 곳이다. 그곳에 있던 매화가 감실을 집으로 삼아 한겨울에 꽃을 피우게 되었다. 깨끗함을 사랑하는 매화가 처녀처럼 부끄러움을 탄다 하여 푸른 실로 짠 휘장으로 매화 감실을 덮어 주었던 것이다. 물론 매화 감실을 아름답게 치장하고자 하는 뜻이다. 여기서는 감실을 종이가 아닌 푸른 명주로 만들었음을 알 수 있다.

조문명의 아들 조재호趙載浩(1602~1661)도 매화를 무척 사랑하여, "내가 병으로 병들어 누운 지 벌써 한 해가 지났다. 손님을 물리치고 한가히 지내노라니 마음을 둘 데가 없었다. 매화 화분 하나를 매합에 넣어 비단으로 두르고 매합 안에 이금泥金으로 달을 그려 넣었다. 아침마다 아이종에게 물을 주어 꽃을 돌보게 하였다."[13]고 술회하였다. 조문명은 매합에 푸른 명주 천으로 휘장을 씌웠고 그 아들 조재호는 명주로 만든 매합 안에다 매화와 짝을 이루는 달을 그려 넣었다. 매합이 점차 화려해진다.

이 무렵 매화 감실에다 파초나 대나무 화분, 괴석을 함께 진열해 두고 즐기는 것도 한 유행이 되었다. 젊은 나이에 세상을 떴지만, 이인상李麟祥, 이윤영李胤永 등 운치 있는 벗과 함께 청류淸流를 자처한 오찬

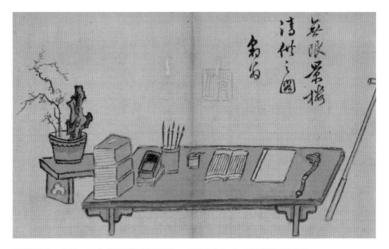

강세황姜世晃(1713~1791), 〈무한경루청공지도無限景樓清供之圖〉, 선문대 박물관 소장.
강세황이 남산에 지은 집 무한경루에 맑은 운치를 더하기 위해 매화와 괴석을 함께 심은
화분을 두고 서책과 문방구, 여의如意 등도 책상에 올려놓았다.

吳瓚(1717~1751)의 계산동桂山洞(지금의 서울시 종로구 계동) 집은 이 같은
꽃구경으로 자주 성황을 이루었다. 오찬은 와설원卧雪園과 산천재山天
齋를 지어 두고 벗들을 불러 모아 한겨울에 피는 매화를 구경하곤 하
였다. 그 모임에 참석하였던 이인상(1710~1760)은 다음과 같이 이때의
일을 기록하였다.

갑자년[1744] 겨울 오경보吳敬父[찬瓚]가 그 두 조카 재순載純과
재유載維를 데리고 계산동에서 독서를 하였다. 이윤지李胤之[윤영
胤永], 김유문金孺文[순택純澤], 윤자목尹子穆[위원渭原], 이인상이

모두 모임에 왔다. 동자들이 책을 들고 와서 묻는 자가 셋이었다. 윤자목은 『논어』를 읽고 김유문은 『맹자』를 읽었으며 나머지는 『서전書傳』을 읽었다. 아침을 먹은 후 다 함께 주자朱子의 편지글 몇 편을 읽었다. 대개 한 달을 넘겨서 마쳤다. 골짜기가 깊고 날이 조용하여 손님들이 이르는 이가 적었다. 오직 송사행宋士行[문흠文欽], 김원박金元博[무택茂澤]이 함께 한밤에 찾아왔고 권형숙權亨叔[진응震應]이 하루를 지내고 갔다. 오성임吳聖任[재홍載弘]은 병으로 모임을 못 하고 며칠마다 내왕하였다. 또 매화 감실의 대나무와 바위를 옮겨 자리 귀퉁이에 놓아두고 화분의 파초로 짝을 맞추었다. 방이 매우 따뜻하여 파초는 잎이 싱싱하게 푸르러 시들지 않았다. 어항에는 무늬가 있는 붕어를 여섯 마리 길렀는데 팔팔해서 즐길 만하였다. 향을 피우는 솥과 별무늬를 새긴 칼, 우아한 문방구 등을 다 갖추어 두고 때때로 품평을 하고 즐기면서 시간을 보내었다. 책 읽는 일정이 어쩌다 중단되기도 하였는데 듣는 이들이 이를 비웃었다. 그렇지만 학문을 익히는 즐거움이 이보다 더 나은 것이 없었다.[14]

18세기 이른바 경화세족의 문화를 잘 보여 주는 자료다. 중국에서 수입한 여러 골동품이나 문방구를 늘어놓고 완상을 하는데 매화 감실, 대나무, 괴석, 파초, 어항 등 새로운 기물들이 등장하였다. 이처럼 서권기書卷氣와 문자향文字香을 갖추어 두고 책을 읽고 학문을 논하며 그 여가에 매화를 감상하는 일, 이것이 18세기 이래의 새로운 문화다. 박준원朴準源(1739~1807)도 "상 가득 옥축과 상아첨 쌓아 두고, 가운데 매화 감실 두어 운치를 더하였네.滿床玉軸與牙籤 中置梅龕韻格添"[15]라 읊은 바 있다.

19세기에는 매화 감실이 더욱 화려해졌다. 지나치게 매화 감실을 치장하는 세태에 김정희金正喜(1786~1856)는 이를 풍자하는 시를 지었다. 다음은 그 전반부다.

정원이라 잡목 속엔 복사꽃이 많은데 　　　　園中雜樹多桃李
우리나라 사람 꽃 심는 것 촌스럽구나. 　　　東人栽花且鄙俚
들어 보지 못했지, 천 그루 만 그루의 매화가 　未聞千樹萬樹梅
중국 땅 광복사과 나부산에 수북하여도, 　　曾與光福羅浮比
등걸 깎고 가지 구부려 천진을 상케 하거나 　斲査揉枝足傷眞
휘장과 감실을 헛되이 꾸민 것을. 　　　　　錦廚繡閣徒爲爾
흡사 물가나 숲에서 사는 은자와도 같아 　　恰似水邊林下人
높은 수레 큰 말은 창피한 것이라. 　　　　　已有高車駟馬恥
방이 더워 일찍 봄소식이 들어오니 　　　　　屋煖早見春信通
기교 부려 천리를 침해한 것 얄미워라. 　　　絶憎人巧干天理

－김정희, 「감실 속 매화에 대한 탄식」[16]

김정희는 자연 상태의 매화를 즐겨야지 기굴한 모습을 연출하기 위하여 인공적으로 등걸을 깎고 구부리며 감실을 울긋불긋한 비단으로 꾸며 오히려 매화의 운치를 줄이고 있다고 비판하였다.

감실은 화려한 비단으로 만들기도 하였지만 하얀 종이로 만든 것이 오히려 운치가 있었다. 조수삼趙修三(1762~1849)은 종이로 매화 감실을 만들고 기뻐하며 지은 시에서, "담양에서 도련한 종이 얼음보다 희다.潭陽搗紙白於氷"[17]라 한 것으로 보아 담양산 하얀 종이로 감실을 만들어 매화의 흰빛과 어울리게 한 듯하다. 또 같은 작품에서 "감실 바깥 작은 솥에서 차 끓이는 소리를 듣고, 베개 가에서 글을 보느라 작은 등불 켜 놓았네.閣外烹茶聽小鼎 枕邊看字留孤燈"라 한 것은 오찬의 집에서 본 풍정과 크게 다르지 않다.

조선의 옛 선비들은 이렇게 눈 내리는 겨울 매화를 즐겼다. 그러나 이제 설중매는 보기가 쉽지 않다. 원예 기술이 발달한 지금 눈 속에 피는 매화를 생산하는 것이 무엇이 어렵겠는가마는 매화를 사랑하는 선비가 없으니 그러한 것 아니겠는가?

화병에 꽂은 매화

화병의 매화

눈 내리는 한겨울 세밑에 화분에 심은 매화가 꽃망울을 터뜨리는 것을 보면 좋겠지만, 이 일이 결코 쉽지 않았고 그 때문에 화분의 매화가 피면 매화음梅花飮을 열어 한바탕 자랑하기도 하였다. 완연한 봄이 되어 다른 꽃과 비슷한 시기에 매화가 피어나는 것을 기다리기 어렵다면 좀 더 손쉬운 방법이 있으니 바로 화병에 꽂은 병매甁梅다.

중국에서는 병매가 송나라 문헌에서부터 보이기 시작하거니와, 우리나라에서도 고려시대부터 병매를 노래한 시가 나타난다. 설손偰遜 (?~1360)은 "정월 강가에 핀 매화가 또한 정을 품었기에, 어지러이 핀 꽃송이가 구리 화병에 가득하네.二月江梅亦有情 亂開花尊滿銅瓶"[18]라 하였다. 설손은 음력 정월에 꽃을 피운 매화를 구리 화병에 꽂고 완상한 것이다.

강희안姜希顏(1417~1464)의 작품으로 전하는 〈절매삽병도折梅揷瓶圖〉, 국립중앙박물관 소장.
화단에 괴석을 심고 그 뒤에 기울한 매화나무를 심었다. 매화가 피자 그 꽃을 꺾어 화병에 담는
그림이다.

또 고려 말의 대가 이색李穡(1328~1396)과 이숭인李崇仁(1347~1392)
의 시에도 화병에 꽂은 매화가 보인다. 이색은 "맑은 흥이 아침에 높은
것은, 매화가 화병에 훤하기 때문.淸興朝來甚 梅花照膽瓶"이라 하였고,
이숭인은 "매화 한두 가지를 손으로 꺾어다가, 담병에 비스듬히 꽂으
니 더욱 맑고 기이해라.折得梅花一兩枝 膽缾斜揷轉淸奇"라 하였다.[19] 이미
고려 후기부터 구리로 만든 동병銅瓶 혹은 배가 볼록한 담병膽缾 등 다
양한 화병에다 매화 꽃가지를 꽂아 즐겼음을 알겠다.

화병에 매화 가지를 꺾어 꽂고 이를 따뜻한 방 안에 놓으면 절로 꽃

이 피어난다. 김종직金宗直(1431~1492)이 1488년 2월 나주羅州의 객관에서 아직 피지 않은 매화 한 가지를 꺾어서 담병에 꽂고 물을 부어 주었더니 밤사이 모두 꽃을 피웠다. 이러한 제목으로 다음과 같은 시를 지었다.

서호처사가 읊은 매화를 끌어와 　　　　　　勾引西湖處士吟

한 잔 물로 꽃 마음을 도우니, 　　　　　　尖風勺水助芳心

놀라워라, 절기는 겨우 경칩인데 　　　　　忽驚節候纔驚蟄

찬 벌이 용케도 찾아오는 것. 　　　　　　爲有寒蜂聖得尋

－김종직,「나주의 서관에서 아직 피지 않은 매화를 꺾어 담병에 꽂고
물을 부었더니 밤사이 모두 피었다」[20]

서호처사西湖處士 임포林逋가 좋아하여 시를 읊은 매화나무 가지를 꺾어다 화병에 꽂고 물을 부어 주었더니, 경칩驚蟄인데도 꽃을 피워 벌이 찾아온다고 하였다. 경칩은 양력으로 3월 초순이다. 꺾꽂이를 하는 방식이 아니라 꽃망울이 맺힌 가지를 꺾어 병에 담고 따뜻한 물을 부어 주어 개화를 도운 것이다.

화병의 매화가 꽃을 피우게 하려면 뜨거운 물을 화병에 부어 주는 것이 가장 손쉬운 방법이었다. 설손도 뜨거운 물을 부었을 가능성이 높다. 화분의 매화도 마찬가지다. 앞서 본 대로 박장원이 화분에 매화

를 키울 때 하루에 한두 번 며칠 동안 뜨거운 물을 부어 준 다음에 꽃눈이 달리기 시작했다.[21]

화병에 꽃을 키우는 방식은 명나라 원굉도袁宏道의 『병사瓶史』에 자세한데, 허균許筠(1569~1618)이 『한정록閑情錄』에서 이를 수용한 바 있다.

낡은 놋그릇이 오랫동안 흙 속에 묻혀 있다가 출토되면 토기土氣를 흠뻑 빨아들였기에 여기에 꽃을 기르면 꽃의 빛깔이 선명하고 뜰에 키우는 꽃처럼 빨리 피고 늦게 시들며 화병에서 열매까지 맺을 수 있다. 질그릇도 마찬가지다. 그러므로 보배롭고 오래된 화병은 완상용만이 아닌 것이다. 그러나 한미한 선비가 이를 구할 수 없으니, 선주요宣州窯와 성주요成州窯 등에서 만든 자병磁瓶 한두 점만 가져도 비렁뱅이로서 벼락부자가 된 셈이라 할만하다. 겨울철의 꽃은 석관錫管에 간수해야 한다. 북쪽 지방은 날씨가 추워서 그릇에 얼음이 얼면 능히 놋그릇도 깨질 수 있으므로 자기磁器야 더 말할 것이 없다. 물속에 유황硫黃 몇 냥만 넣어 두면 그릇이 깨지지 않는다.

『병사』에는 봄에 매화와 해당화, 여름에는 모란과 작약, 안석류安石榴, 가을에는 목서木樨와 연꽃, 국화, 겨울에는 납매蠟梅를 키운다고 하

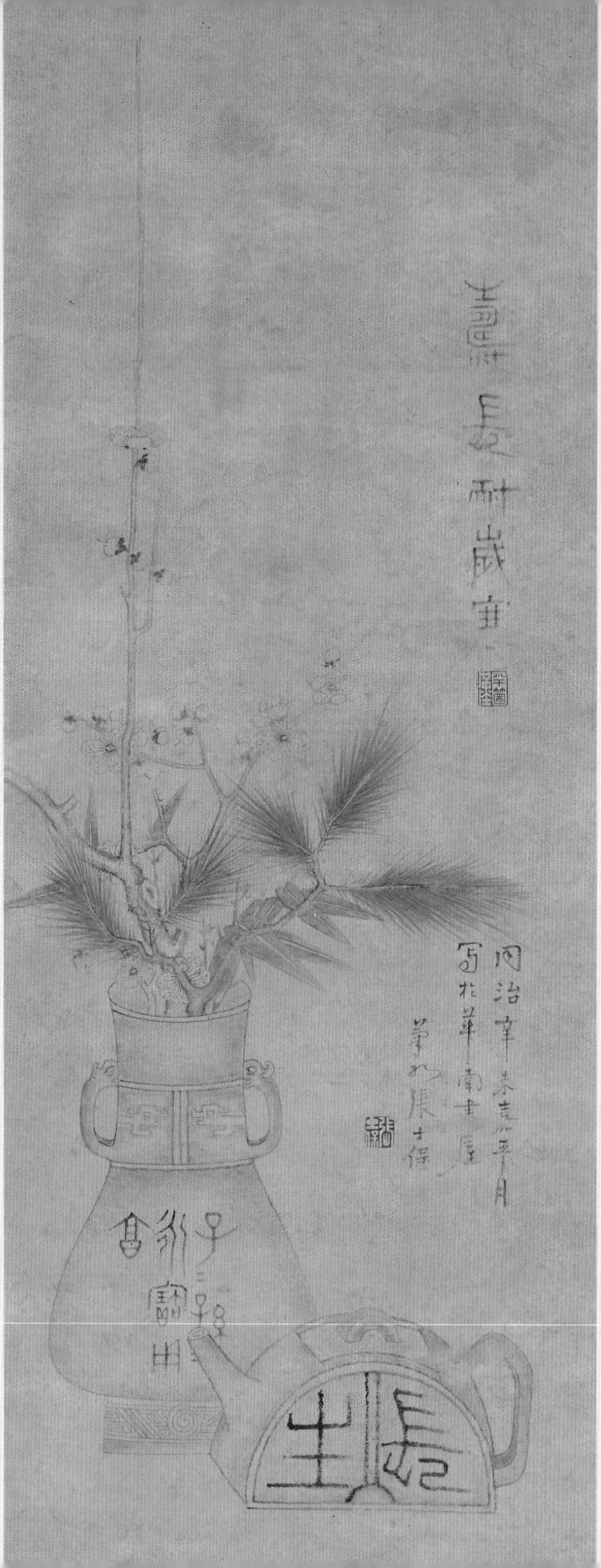
壽長耐歲寒
同治辛未嘉平月
長生

였다. 세밑에 피는 매화는 겨울용이요, 봄에 피는 매화는 봄날의 화병에 꽂아 지식인의 서재에 올려놓았을 것이다.『한정록』과 함께『병사』가 조선 후기 문인들에게 읽혔으니, 매화뿐만 아니라 여러 품종의 꽃도 화병에 키웠을 것이다.

병매의 꽃을 피우는 법

화병에 매화를 키우는 일은 조선 후기 상당한 발전을 이루었다. 이이순李頤淳(1754~1832)은 환갑 무렵 다음과 같은 시를 지었다.

병 가운데 물 한 국자에 생생의 이치 있어	瓶中一勺理生生
뿌리 없는 나무가 몰래 꽃 피우게 하였네.	暗使無根樹發榮
창밖에 얼음과 서리가 아직도 매서운데	囪外冰霜猶慘烈
책상 위의 백옥과 백설이 절로 분명하구나.	案頭玉雪自分明
금방 새로운 조물주의 솜씨를 훔쳐 왔으니	頃刻偸來新造化
부질없이 옛 꽃의 마음을 불러들였다네.	空虛喚得舊神精
우습다, 이웃집 화분에 심은 매화여	回笑隣家盆上植
흙 속에서 피고 지는 것 평할 것 없구나.	土中開落未堪評

－이이순,「병매를 읊조려 장난으로 이웃의 벗에게 주다」[22]

◀ 청淸 장사보張士保(1805~1878), 〈기명절지도器皿折枝圖〉, 국립중앙박물관 소장.
"장수하여 세한을 이긴다壽長耐歲寒"라는 축원의 글로 제목을 삼았다.
"同治辛未嘉平月寫於華南書屋"이라 적혀 있어 1871년 12월 화남서옥에서 그린 것임을 알 수 있다.

병에다 한 국자의 물을 부어 주자 생생生生의 이치가 생겨나 엄동설한에 뿌리도 없는 매화 가지에서 하얀 꽃이 피어났다. 조물주의 솜씨를 훔쳐 온 듯하다. 그러니 화분의 흙에서 핀 매화와 비교가 되지 않는다고 자랑하였다. 이렇게 한 데는 다 사연이 있었다. 이 시에는 다음과 같은 방법이 서문으로 달려 있다.

예전 금중필琴仲弼[여옥汝玉]의 집에 갔을 때 화분의 매화가 세밑에 꽃봉오리를 흐드러지게 터뜨리기에 감탄하면서 완상하고 돌아왔다. 사람들 말로는 병에다 끓는 물을 담고 물에다 매화 가지를 꽂은 다음, 병마개를 두껍게 막아 두면 열흘이 되지 않아 정상적인 것처럼 꽃이 핀다고 하였다. 그대로 해 보니 과연 그러하였다. 일시에 좋은 볼거리가 되었으니 땅에 붙은 것과 다름이 없었다. 신묘한 이치가 범범한 예로 논할 것이 아니었다. 율시 한 편을 지어 중필에게 장난으로 보이고, 화분의 매화와 그 기이함을 겨루어 보고자 한다. 품평을 잘할 수 있을지 알 수 없지만 공안公案이 어떠한지 판가름하세.

이이순은 끓는 물을 담은 병 안에 매화 가지를 넣고 병을 밀봉하는 법을 듣고 그대로 하여 성공을 거둔 것이다. 그 기쁨이 짐작이 된다.
이 무렵 화병에서 매화를 빨리 피게 하는 법이 유행하기 시작하였다. 이이순이 병매에 꽃을 피우고 10년이 지난 1823년 이학규李學逵 (1770~1835) 또한 성공하였는데 방법이 좀 더 진화하였다.

영남 아무개 고을의 사또가 겨울 우연히 보게 된 매화를 키우는 방법에서 "백자 병에다 오래 끓인 물을 담고 유황 한 뭉치를 가루로 내어 섞어 준 다음 병 안에 매화 가지를 꽂고 밀랍을 녹여 병뚜껑을 밀봉하여 공기가 새어 들지 못하게 하면 열흘도 되지 않아 흐드러지게 된다."라 하였기에, 그 방법대로 시험해 보니, 정말 그러하여 칠언절구 네 편을 지어 이를 기록하였다고 한다. 달성의 서생 추봉래秋鳳來가 나에게 말해 주기에 그 시에 차운하여 봉래에게 준다.

돼지 소금에 절인 것 운치가 많지 않아	醃豕晶鹽韻未多
유독 봄소식을 만다라 꽃에게 맡겼지.	獨教春信在陀羅
한 조각 밀랍 향이 자기 병에 풍기니	蠟香一片甆甖口
꽃 키움을 굳이 탁타에게 맡길 것 있나.	培養何須老橐駝

관아의 한밤중을 알리는 종소리 막 들리더니	衙鼓初聞第一撾
종이창에 옅은 노을이 어리는 것 슬쩍 알겠네.	紙牕微辨暈輕霞
가장 좋은 것 한밤중에 탕파의 배 속에다	絕憐五夜湯婆腹

신선이 악록화를 받들고 나온 것이라.　　　　　　捧出仙人萼綠華

– 이학규, 「병매 절구」[23]

　이학규는 영남의 어떤 고을 사또로부터 병매를 즐기는 방법을 배웠다. 오래 끓인 물에 유황을 풀고 매화 가지를 넣은 다음 밀랍으로 밀봉하면 열흘이 되지 않아 꽃이 핀다고 하였다. 그 기쁨에 네 수나 연속하여 시를 지었는데 그중 두 수만 보였다.

　이 시기 중국으로부터 새로운 지식이 쏟아져 들어왔다. 앞서 원굉도의 『병사』가 수용되었다고 하였거니와, 명나라 진계유陳繼儒가 편찬한 총서 『미공비급眉公秘笈』도 조선 후기 지식인 사이에 유통되었는데 그 안에 『암서유사岩棲幽事』가 실려 있다. 여기에서 송나라 주밀周密의 『계신잡지癸辛雜識』를 인용하여 병매 만드는 법을 소개하였는데, 이학규가 이를 보았기에 이 시의 주석에서 이렇게 옮겨 적었다.

　매화를 꺾어 소금물 안에 담아 두면 꽃이 필 때 무척 살진 모습이 생긴다. 시험해 보니 정말 그러하였다. 얼마 후 가중家仲과 더불어 을미년 정월 14일 배로 종가산鍾賈山을 지나다가 큰 눈이 내린 가운데 사찰로 매화를 찾아갔다. 스님이 나와 술을 대접하기에 인하여 앞의 일을 논하니, 스님이 돼지를 절여 우려낸 즙을 뜨겁게 하여 병에 담아 두면 매화가 문득 잎을 피우고 열매를 맺

정학교丁學敎(1832~1914), 〈괴석분매怪石盆梅〉, 제4회 칸옥션 도록.
"못을 찾아 따스해 경칩이 돌아오니,
봄 동풍에 첫 번째 가지를 손에 넣었네.
尋池得暖回春蟄 入手東風第一枝"라는 시구가 적혀 있다.

는다고 하였다.

소금물에 매화 가지를 넣어 두면 꽃이 더욱 풍성해지고, 돼지를 소금에 절이고 여기서 나온 즙을 끓여 병에 넣으면 꽃이 더욱 빨리 피는 기술이 송나라 때 이미 등장하였음을 알 수 있다.

이학규는 두 번째 작품에서 탕파湯婆, 곧 뜨거운 물을 담는 둥근 항아리 배 속에 악록화萼綠華를 받들고 나온다고 농을 던졌다. 악록화는 중국의 명산 구의산九疑山에 늘 푸른 옷을 입고 다니는 선녀인데 여기서는 푸른빛이 도는 녹악매綠萼梅를 이른다.

이러한 병매의 기술은 이규경李圭景(1788~1863)이『오주연문장전산고五洲衍文長箋散稿』의「당화병화변증설堂花瓶花辨證說」에서 자세히 다루었다. '당화'는 실내에서 인공으로 빨리 피게 한 꽃을 이르는 말이다.

종이로 밀실을 만들거나 땅을 파고 구덩이를 만든 다음, 대나무를 엮고 꽃을 그 위에 두고, 거름흙에다 소 오줌과 유황을 섞어 북돋워 모두 뿌린 다음, 구덩이 가운데 끓인 물을 올려놓는다. 조금 기다리면 양기가 뿜어져 나오는데 산들바람이 불게 부채질을 하면 봄날처럼 기운이 무르녹고 하루를 자고 나면 꽃이 핀다.

모란과 매화를 가지고 이렇게 하면 빨리 꽃을 피운다고 하였다. 이어 이규경은 청나라 진호자陳淏子의 저술 『화경花鏡』에서 다룬 「양화삽병법養花揷瓶法」을 인용하여 병에 매화를 키우는 방법을 소개하였다.

매화와 수선화는 소금물에 키우기 알맞다. 매화는 소금에 절인 돼지고기의 육즙에 더욱 알맞다. 기름을 빼고 식기를 기다린 다음 꽃을 꽂으면 추위에 병이 깨지지도 않는다. 비록 작은 병이라도 꽃송이가 모두 피어난다. 오래된 병에다 담아 두고 늘 끓는 물로 자극을 주면 열매도 맺고 잎도 난다.

또 이규경은 중국 문헌에 보이지 않는 내용도 소개하였는데 "병 안에 돼지를 삶은 물을 붓되 기름을 제거하고 뜨거울 때 병 안에 붓고 꽂으면 한참 지나 열매가 맺힌다. 붕어를 삶은 물도 또한 그러하다. 소금은 마른 것으로 병 안에 넣어야 하며, 주사朱砂 넉 냥을 병에 넣고 매화를 꽂으면 또한 살아난다."라 하였다. 이와 함께 이규경은 『계신잡지』에서 "가지를 자를 때 자루 부분을 찧은 다음 소금을 이용해 세우되 자루 아래 다리 부분이 꽉 차도록 하며, 꽃을 꽂은 병 안에는 물이 스미지 않도록 하는데 절로 꽃이 피고 잎이 나니 이해할 수 없다."는 다른 방식도 소개하였다.

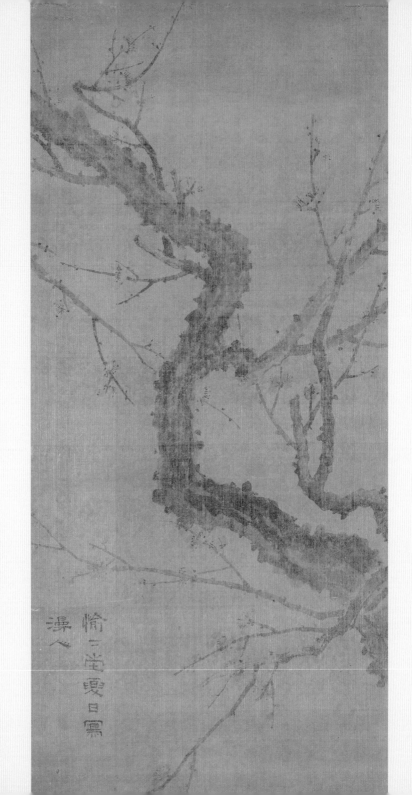

愉二堂夏日寫

漢人

병매의 운치

원굉도는 오래된 고급 화병을 완상하는 즐거움을 말하였지만 조선시대 문인들의 글에는 그러한 취향이 잘 보이지 않는다. 그럼에도 서호처사 임포가 「산원소매山園小梅」에서 "맑고 얕은 물 위에 성긴 그림자가 비끼고, 황혼 녘 달빛 속에 은은한 향기 떠도네.疎影橫斜水淸淺 暗香浮動月黃昏"[24]라 한 운치는 오히려 병매를 통해 누릴 수 있었다. 특히 조선의 문인들은 등불을 밝힌 다음 책상 위에 병매를 올려놓고 완상하였는데 이때 그 성긴 그림자가 운치를 돋웠다.

조선시대 문인들은 등불에 비친 난초나 국화 그림자를 즐겼다. 강희안의 『양화소록』에는 "초봄이 되어 꽃이 피면 등불을 밝히고 책상위에 올려놓으면 잎 그림자가 벽에 도장처럼 찍히니 아름다워 즐길만하다."라 한 바 있다. 또 이덕무李德懋(1741~1793)는 「선귤당농소蟬橘堂濃笑」에서 "가을날 검은 두건과 흰 겹옷으로 녹침필綠沈筆을 휘두르면서 해어도海魚圖를 논평할 때 흰 문종이를 바른 훤한 창문에 흰국화꽃이 비스듬히 그림자를 만들었다. 옅은 먹을 적셔 한껏 따라 그려 내니 한 쌍의 큰 나비가 향기를 좇아서 꽃에 앉았는데, 나비의 수염이 구리로 된 실과 같아 역력히 셀 수 있었다."[25]고 하여 묘하게 그림과 국화를 즐기는 법을 소개하였다. 정약용이 국화 그림자놀이를 한 것역시 잘 알려져 있다.[26]

◀ 유유당愉愉堂, 〈매도梅圖〉, 국립중앙박물관 소장.
매화를 촛불로 비추면 이러한 묵매가 나온다. 유유당은 누구인지 밝혀져 있지 않다.

매화의 그림자를 즐긴 예는 더욱 빠르다. 조선 초기의 문인 김안로金安老(1481~1537)는 사화를 일으켜 사림의 공적公賊으로 지탄받았지만 시에 능하고 또 운치도 제법 알았다. 벗 신상申鏛이 화분에 키운 매화 하나를 보내 주었는데, 김안로는 이를 등불에 비추어 비스듬한 가지의 성긴 그림자가 또렷이 벽에 어리는 것을 함께 즐겼다. 그리고 그림에 뛰어난 아들 김희金禧로 하여금 이를 그림으로 그리게 하였다.[27]

또 비슷한 시기 김의정金義貞(1495~1547)은 화병의 매화 그림자가 벽에 비친 것을 수묵화처럼 즐겼다.

술 취해 매화 꺾어 물병에 꽂고서	醉折梅花揷水瓶
등불 켜니 그림자 벽에 가로 비치네.	燈開影落壁間橫
웃으며 붓을 들고 성긴 그림자 그리니	笑拈栗尾描疏影
용면거사가 마음먹고 그린 것보다 낫네.	殊勝龍眠作意成

– 김의정, 「하동 객관에서」[28]

등불을 밝히자 화병의 매화가 벽에 비친다. 송나라의 이름난 화가 용면거사龍眠居士 이공린李公麟이 작정하고 매화 수묵화를 그린 것보다 자신이 그 그림자를 따라 붓질을 하는 것이 훨씬 낫다고 하였다.

이안눌李安訥(1571~1637)도 이러한 감상법을 잘 알고 있었다. 1607년 동래부사로 내려갔을 때의 일이다.

책상머리에서 두세 송이 꽃을 피웠기에	案頭開着兩三葩
등불 앞에 그림자 다시 기우는 것 보노라.	看到燈前影更斜
올해도 헛되이 보낸 것 아님을 알겠네,	忽覺今年不虛擲
창 가득 눈바람에 매화시를 읊을 수 있으니.	滿窓風雪賦梅花

— 이안눌, 「매화 몇 가지를 꺾어 책상 위 병 안에다 두었더니 꽃이 붙은 것이 매우 아름다웠다. 등불 아래서 보니 성긴 그림자가 무척 기이하였다. 기뻐서 시를 짓는다.」[29]

화병에 매화 가지를 꺾어 꽂고 눈보라 치는 겨울밤 은은한 등불 아래 완상하는 즐거움을 누리고 있다. 같은 집안의 당질堂姪 이식李植 (1584~1647)도 매화를 병에 꽂고 그림자를 즐기면서, "눈서리 속에 첫째 가지를 가려 꺾어, 대 평상 부들자리에 두니 그윽하여라. 꽃은 등불 따라 망울마다 터지는데, 향기는 뜨거운 병에 스미어 그윽하네.揀得氷霜第一枝 竹床蒲席貯幽奇 花隨燈焰房房拆 香襲瓶湯陣陣披"[30]라 하였다. 화병에 뜨거운 물을 부어 꽃망울이 터지도록 한 것임을 짐작할 수 있다.

화병에 매화를 꽂아 두고 등불 아래 감상하는 일은 운치 있는 선비라면 누구나 해 보았을 것 같다. 심유沈攸(1620~1688)도 이러한 운치를 즐겼다.

| 은병에 물을 담으니 밤중에 얼음 붙어서 | 銀缾貯水夜生氷 |
| 옥 같은 꽃술이 추위를 이기지 못하더니. | 玉蘂凌寒也不勝 |

좋아라, 객창에 삼월이 지난 다음에야   最是客窓參月後
책 읽는 등불 아래 한 가지 비스듬히 피었네.   一枝斜暎讀書燈

- 심유, 「병매」³¹

은병의 물이 깡깡 얼어서 매화 꽃소식이 감감하더니, 3월이 되어서
야 비로소 꽃이 피었다. 양력으로 4월에야 꽃이 핀 것이니 지금 서울
의 노지에서 자라는 매화와 다르지 않다. 병매라고 하여 특별히 먼저
피는 것은 아니다.

화병의 납매

근세의 학자 김윤식金允植(1835~1922)이 1914년 지은 글에 이런 내용
이 보인다.

동호東湖의 옛 별서에서 매화 한 그루를 길렀다. 격조가 심히 기
이하고, 꽃도 가장 늦게까지 피었다. 주인이 아끼고 보호하며 노
년의 볼거리로 삼았다. 갑인년 동짓달 그믐에 날이 무척 따뜻하
고 사흘 가랑비가 내렸다. 얼었던 개울과 샘구멍에서 모두 물이
졸졸 흘렀다. 하룻밤 사이에 매화가 활짝 피어났다. 주인이 술을
마련하고 밤을 골라 벗들과 술을 마시고자 하였다. 그러나 얼마

지나지 않아 꽃잎이 벌써 어지러이 땅에 떨어졌다. 이에 쓸쓸히 가지를 어루만지고 머뭇거리면서 탄식하였다. 어떤 객이 별서 앞을 지나던 이가 있어 말하였다.

"저는 비단을 오려서 꽃을 만들 수 있지요. 사람들에게 보이면 진짜인지 가짜인지 아무도 구분하지 못한다오."

주인이 그 기술을 한번 부려 보라 명하였다. 객은 이에 가위를 준비해 흰 비단을 오린 다음, 철사를 뽑고 누런 밀랍을 붙였다. 꽃잎과 꽃받침, 꽃술, 씨방이 각기 기묘함을 극진히 하였다. 마침내 하나하나 가지에 붙이니 너덧 개씩 꽃받침을 함께 하였다. 안개 낀 저녁과 달빛 어린 새벽이면 아리따운 자태가 나부산羅浮山과 대유령大庾嶺의 매화에 크게 뒤질 것이 없었다.[32]

매화를 사랑한 김윤식은 한강 두모포豆毛浦의 사의정四宜亭에서 매화를 키웠는데 드물게도 세밑에 꽃을 피웠기에 매화음을 즐기고자 하였으나, 갑작스럽게 꽃이 져 버렸다. 상심하던 차에 어떤 객이 비단을 오려 매화와 가지를 만들었는데 진짜와 구분할 수 없을 정도였다. 이어지는 글에서 객은 호사가들이 화분에 고매古梅를 심고 붉은 비단으로 감실을 만들어 매화를 키우지만 매화가 본디 연약한 자질이라 오래갈 수 없는 법이라 하고, 자신은 하루라도 꽃이 없으면 하늘의 어진 마음을 상하게 하는 것이라 여겨 비단으로 매화를 만든다고 하였다.

김윤식이 만난 객은 비단과 밀랍으로 매화를 만드는 기술을 가진 사람이었다. 이처럼 인공으로 매화를 만드는 일은 중국이나 조선에서 드물지 않았다. 주로 밀랍을 가지고 만들었기에 이를 납매蠟梅라 불렀다.[33] 황정견黃庭堅이 납매를 설명하면서 도성의 여성들이 누런 밀랍으로 만든 매화처럼 생겼다고 한 것으로 보아, 송나라 때에 이미 밀랍으로 만든 매화가 있었음이 분명하다.[34]

조선에서 밀랍으로 만든 매화의 존재는 홍언필洪彦弼(1476~1549)의 시에서 분명하게 드러난다.

몇 달 사기그릇에 납매를 심었더니	數月沙瓷蒔蠟梅
옥 같고 눈 같은 꽃이 창 곁에 피었네.	瑤英雪蕚傍牕開
사람 손으로 녹이고 태워 만든 교묘함 뉘 알랴,	誰知人手融燃巧
천연의 조물주가 손씨를 부린 것이 환상적이라.	幻作天工造化來
비가 오고 나서도 고운 빛을 훔쳐볼 수 있겠고	雨後偸看晴色艶
바람이 불어도 흰 치마 입고 돌아오니 놀랍네.	風前驚迓縞裙回
세상에서 진위를 그 누가 가릴 수 있으랴,	世間眞僞那能辨
남몰래 봄바람 향해서 홀로 웃음 짓노라.	暗向春風獨自咍

−홍언필, 「납매」[35]

홍언필은 사기그릇에 담아 놓은 납매가 비바람이 치더라도 흰 꽃을 볼 수 있어 경이롭거니와 진위도 가리기 어렵다고 하였다. 이보다 앞서 최연崔演(1503~1549)도 납매를 읊었는데, 관리가 과제로 제출하는 월과月課로 지은 것이므로[36] 16세기 이러한 납매가 흔하였음을 알 수 있다. 퇴계退溪 이황李滉(1501~1570)도 흰 밀랍과 푸른 종이로 매화와 대나무를 만들고 비단을 오려 만든 홍도紅桃를 끼워 놓은 것을 두고 시를 지은 바 있다.[37] 양응정梁應鼎, 최유연崔有淵 등 16세기 문인에 이어 김이곤金履坤, 이윤영李胤永 등 18세기 문인들이 지매紙梅를 두고 시를 지었으니, 종이로도 매화를 만들었음을 알 수 있다.

그런데 홍언필이 납매를 심었다고 한 사기그릇은 화분이 아니라 화병이다. 납매는 대개 꽃과 함께 가지도 만드는데 이를 화분보다는 화병에 꽂는 것이 자연스럽기 때문이다. 다음 이경석李景奭(1595~1671)의 작품이 이를 잘 보여 준다.

해가 지고 발을 내릴 때부터	白日黃簾靜
성긴 가지만 가까이한다네.	疏枝獨自親
붉은 꽃봉오리 병 안에서 나오고	紅房出壺裏
맑은 그림자 개울가를 그리워하네.	淡影戀溪濱
잠깐 눈이 곧 내리려는 듯하고	乍似將殘雪
늘 늙지 않는 봄을 잡아 둘 듯.	長留不老春
바람 앞에 그윽한 향기 없기에	風前暗香斷

세 번 맡아 보고 가짜라 아쉽네.   三嗅惜非眞

-이경석, 「납매를 병에 꽂아 두니 진짜인지 가짜인지 가리기 어려워,
그저 계절이 다른가 의아함이 생긴다.」[38]

이경석은 밀랍으로 만든 매화를 물을 채운 화병에 두었더니 눈 내
리는 겨울이 온 듯하고, 영원히 봄이 지속되어 꽃이 지지 않을 것이라
하였다. 진짜 매화를 가지기도 어렵고, 또 가지더라도 꽃구경을 오래
할 수 없기에 조선시대 지식인들은 밀랍으로 만든 매화를 화병에 꽂
아 책상 위에 두었던 것이다.

윤회매

밀랍으로 매화를 만드는 일의 극치는 이덕무(1741~1793)의 글에서 확
인된다. 이덕무는 황매와의 혼동을 막고자 자신이 만든 것을 윤회매輪
回梅라 하였는데, 벌이 꽃가루를 채취하여 꿀을 만들고 꿀에서 밀랍이
생기며 밀랍으로 매화를 만든다는 데서 착안한 이름이다. 이덕무는
윤회매를 만드는 방법을 자세히 기술한 다음 이를 가지고 벗들과 운
치를 기록한 시문을 함께 모아 「윤회매십전輪回梅十箋」이라는 소책자
를 만들었다. 특히 꽃받침을 만드는 법이 다소 어렵지만 대략 정리하
면 아래와 같다.[39]

꽃잎[瓣]: 밀랍을 반죽할 때 치자梔子로 물을 들여 누렇게 되므로 이를 막기 위해 조그마한 자기 그릇에 올려놓고 적당히 곤 다음 세 번 걸러 맑게 만든다. 꽃잎을 찍어 낼 나무판인 매화골梅花骨을 만들어 찬물에 담가 두었다가 그릇 속의 밀랍에 잠기게 넣는데 접시에 제법 세게 치면 밀랍이 나무판 속에 고루 들어가게 된다. 이를 찬물에 담그면 꽃잎이 콩잎처럼 떨어지는데 종이 위에 엎어 두고 말린다.

꽃받침[萼]: 삼록지三綠紙를 이용하여 만드는데 연꽃 줄기와 유사한 벽록색이 나는 것이 기이한 품종으로 녹악화綠萼華라 한다. 직사각형 푸른 종이를 잘라 한쪽은 두더지 발톱처럼 다섯 개의 톱니 모양으로 자르고 반대쪽은 뾰족하게 한 다음, 이를 나무로 만든 봉에 톱니 모양이 위로 가게 감고 실로 묶어 잘록하게 한 다음 실을 풀면 종이가 둥근 꽃받침 모양으로 접힌다. 이를 밀랍을 넣은 그릇에 담그고 굳은 후에 톱니 부분을 바깥으로 젖히면 다섯 개의 톱니가 바로 다섯 개의 뾰족한 모서리가 있는 꽃받침처럼 된다. 종이를 오리는 법은 전지오저어식剪紙五齟齬式에, 나무 봉을 만드는 법은 두투식荳套式에, 그리고 종이를 봉에 묶는 법은 전지선속식剪紙線束式에 보였다. 그리고 완성된 꽃잎의 모양은 악식萼式이라 하여 그림으로 붙였다.

꽃술[蘂]: 희고 속이 빈 노루 털 50개를 잘라 뾰족한 끝을 밀랍에 담가 흩어지지 않게 한 다음, 예리한 칼로 그 털의 뿌리 쪽을 둘로 가르되, 가운데 한두 개는 길게 두어 씨앗을 맺게 하는 꽃술로 삼는다. 진짜 매화는 가운데의 꽃술이 10여 개고 조금 짧지만, 매화 그림은 이렇게 그리기 때문이다. 노루 털이 없으면 모시의 날[經]을 써도 된다. 앞서 만든 꽃잎 다섯 개를 꽃받침에 붙이고 그 위에 노루 털에다 밀랍을 발라 꽂는다. 석자황石雌黃이나 포황蒲黃, 황량黃粱, 개자芥子 등의 가루를 고루 섞어 대꼬챙이에 풀을 묻혀 꽃술 끝에 바르고 황색 가루를 묻힌다. 불로 노루 털로 만든 꽃술의 끝을 태우면 불탄 흔적이 황색을 묻힌 것과 비슷하게 된다. 예식蕊式은 이를 그린 그림이다.

꽃[花]: 거칠고 뻣뻣한 꽃잎은 손톱으로 긁어 고르게 하고 꽃잎 꼬리에 밀랍을 조금 묻혀 다섯 잎이 되도록 붙여 상 위에 올려 말린다. 꽃받침에 밀랍을 묻히고 꽃잎을 붙이되 꽃잎 꼬리가 구멍이 없도록 겹쳐지게 한다. 송곳 끝을 불에 달구어 구멍을 내고 꽃술을 꽂고 가루를 묻힌 다음, 송곳 끝으로 위가 흩어지고 아래가 모이도록 손질한다.

이렇게 하면 꽃이 완성된다. 이덕무는 다양한 모양의 꽃잎의 명칭을 소개하였다. 피지 않은 꽃봉오리는 여자余字 또는 항주項珠라 하고, 꽃봉오리 가운데가 벌어져 꽃술의 끝이 삐져나온 것은 시자示字라 하며, 동그란 봉오리에 꽃잎 하나가 끼어 있는 것은 이李라 하였다. 다섯 꽃잎이 말려 있고 가운데 꽃술이 나와 있지 않은 것은 고노전古魯錢이라 하고, 말려 있으면서도 꽃술이 나와 있는 것은 수구繡毬라고 하는데, 이 두 가지는 다섯 개의 꽃잎을 이은 다음, 꽃잎 하나하나를 불에 쬐어 손가락으로 안쪽으로 휘도록 만들었다. 꽃잎 세 개는 떨어지고 두 개가 막 떨어지려 하는데 꽃술은 싱싱한 것을 원이猿耳라 하고, 한 봉오리에 두 꽃잎이 끼어 있는 것은 과茋라고 하며, 다섯 꽃잎이 고루 차 있는 것은 규경窺鏡 또는 영면迎面이라 하고, 남북으로는 꽃잎이 말려 있고 좌우로는 피어 있는 것은 면冕이라 하며, 꽃잎이 하나만 남아 있는 것은 호면狐面이라 하였다. 또 산두蒜頭, 해아면孩兒面, 토취兎嘴, 구형龜形, 풍락風落, 삼태三台, 배일背日, 향양向陽 등도 있다고 하였다. 이러한 용어가 중국의 문헌에서 보이지 않으니, 당시 조선에서 만든 납매가 얼마나 다채로웠는지 짐작된다.

이와 함께 이덕무는 자신이 창안한 지화법紙花法을 소개하였다. 도장이나 벼루를 만드는 돌 위에 적당한 깊이로 매화 꽃잎을 새긴 다음 나비 날개 크기의 분지粉紙를 침으로 촉촉하게 발라 솜으로 눌러 붙이고는 불에다 살짝 굽는다. 칼끝으로 꽃잎을 따라 오리고 꼬리를 올려 주면 꽃잎이 된다. 가지 끝에 부드러운 서너 개의 잎을 붙이는데 이 역시 유사한 방식으로 한다. 분지에 연한 녹색을 물들이고 물고기 모양으로 오리되 등은 안쪽으로 오므라들게 하고 바깥은 가느다란 톱니 모양을 만들어 준다. 가지 끝의 잎은 조금 작게 하여 아래 절반은 연한 녹색, 위 절반은 연지색을 물들인다. 돌 위에 잎 모양을 음각하고 종이를 덮고 손톱으로 문지른 후 밀랍을 적시면 윤기가 나고 매끈해지는데 이를 석각엽문식石刻葉文式이라 하였다.

윤회매는 화병에 꽂기 위한 것이므로 가지도 만들어야 한다. 가지는 매화나무나 벽도碧桃를 이용하는데 가지가 셋을 넘지 않고 곁가지도 대여섯 개가 적당하다. 가지는 적당히 구부리고 펼 수 있는 재질의

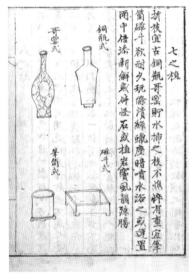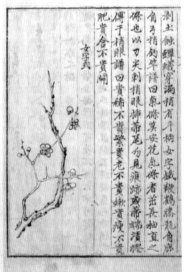

이덕무, 「윤회매십전」(『청장관전서』).
'여女' 자 형상으로 가지가 교차되는 것이 운치가 있다.
좌측은 매화 가지를 꽂는 화병으로, 오래된 구리 화병 동병銅瓶, 송나라 때의 도자기 가요哥窯, 넓적한 자기 그릇 자두磁斗, 붓을 꽂는 필통筆筒 등을 사용한다고 하였다.

것을 고른다. 비스듬한 것과 똑바른 것, 위로 뻗은 것과 아래로 처진 것이 마주 보게 하는 것이 격에 맞다. 등걸은 복숭아나무, 살구나무, 철쭉나무, 도토리나무 등을 쓰는데, 가시나 이끼가 있으면서 기괴한 모양에 색이 검푸른 것이 좋다. 비에 깎이고 흙에 먹히거나 좀이 슬고 개미가 구멍을 내 놓은 것도 좋다. 여자식女字式은 '여女' 자 모양으로 교차되게 만드는 것이 운치가 있다.

이렇게 하여 완성된 매화는 구리나 자기로 만든 병에 물을 담고 꽂으면 된다. 등걸이 있는 것이면 필통이나 넓적한 사기그릇에 꽂는 것이 좋다. 오래 두고자 할 때에는 가지에다 푸른 밀랍 찌꺼기를 묻혀 물을 뿜어 씻어 주면 되고, 가끔 비를 맞혀 주면 더 신선해진다. 괴석怪石이나 바위 틈새에 두면 풍치가 한결 낫다. 이렇게 자세히 설명하였다.

이덕무가 박지원의 글을 가려 뽑은 『종북소선鍾北小選』에 「매화 파는 편지鬻梅牘」라는 재미난 작품이 실려 있다. 박지원이 집이 가난하고 재주가 부족하여 생계를 꾸리는 데 어려움이 있다고 토로하면서, 생계의 일환으로 밀랍으로 화판花瓣을 만들고 고라니 털로 꽃술을, 부들의 꽃가루로 꽃술의 구슬을 만들어 그 이름을 윤회화輪回花라 하고는, 이렇게 만든 매화를 비교적 경제적 여유가 있던 벗 서상수徐常修에게 보내어 팔고자 하였다. 이를 보면 윤회매를 창안한 사람은 박지원인 듯하다.

그러나 「윤회매십전」에는 박지원이 곤궁하여 윤회매를 만드는 방법을 묻기에 이덕무가 직접 시범해 보였고 이에 박지원이 고마운 뜻으로 편지를 보내어 "화병에 꽃 열한 송이를 꽂은 것을 팔아서 돈 스무 닢을 받았는데, 형수에게 열 닢 드리고 아내에게 세 닢 주고, 작은 딸에게 한 닢 주고, 형님 방에 땔나무 값으로 두 닢 보내고, 내 방에도 두 닢 보내고, 담배 사는 데에 한 닢을 쓰고 나니, 묘하게 한 닢이 남았소. 이렇게 보내 올리니 웃으면서 받아 주면 좋겠소."라 하였다고 적혀 있다. 이를 보면 윤회매를 창안한 사람은 이덕무가 분명하다. 박지원이 서상수에게 판 것 역시 이렇게 하여 만든 윤회매였다. 서상수에게 판매하고 19푼을 받았다는 매매 문서가 「윤회매십전」에 실려 있다.

이 문서는 임화정林和靖[임포]이 매화 팔던 일을 본받은 것임. 윤회매가 모두 세 그루에 열아홉 개의 삭은 꽃송이를 꽂았고, 복숭아나무를 꺾어 가지를 만들고 밀랍을 녹여 꽃봉오리를 만들었으며 노루 털을 베어 꽃술을 만들었음. 꽃송이 하나에 1푼씩 매겨 관재觀齋[서상수]의 돈 도합 19푼을 받고 꽃 판 문서 한 통까지 붙여 한낮에 바꾸었음. 만약 가지가 가지답지 않거나 꽃이 꽃답지 않거나 꽃술이 꽃술답지 않거나, 상牀 위에 올려놓아도 운치가 없거나 촛불 밑에서 매화의 성긴 그림자가 생기지 않거나 거문고를 탈 만한 흥을 돋우지 않거나 시詩의 운율을 도울 수가 없

〈준화樽花〉, 『원행을묘정리의궤園幸乙卯整理儀軌』(1795), 규장각 소장.
홍도紅桃와 벽도碧桃를 각기 하나씩 만들어 화병에 꽂아
궁중 연회에서 진설하였다.

다는 등, 이 중 한 가지라도 그런 것이 있으면 모임[社]에 죽 알려
영원히 꽃을 사지 못하게 할 것임.

실재 고문서를 본떠 이 글 아래 "매주梅主 박유관주인薄遊館主人 / 증證 형재炯齋 영암泠菴 / 집필執筆 초정楚亭"이라 붙였다. 박유관주인 박지원이 매화의 소유주요, 증인은 이덕무와 유득공이고, 문서를 작성한 사람은 박제가임을 밝혔다. 그리고 봉한 곳에다 도장까지 눌렀다고 한다. 밀랍으로 만든 매화를 두고 이런 즐거움을 누린 것이다.

궁중 채화彩花를 만드는 장인이 윤회매를 복원하였다는 기사가 몇 년 전부터 보인다. 이런 풍미를 알고 즐기는 분이 더욱 많아지기를.

난로회와 매화음

난로회

당나라 때의 낭만적 시인 두목杜牧이 「혼자 술을 마시면서獨酌」에서 "창밖에 눈바람 몰아치는데, 화로 끼고 술동이 열어젖히노라.窓外正風雪 擁爐開酒缸"[40]라고 한 운치를 누가 따르고 싶지 않겠는가! 앞서 소개한 이인상, 이윤영 등과 뜻을 함께한 문인 김종수金鍾秀(1728~1799)는 마흔 줄에 접어든 어느 겨울날 벗들과 둘러앉아 한때를 즐기면서 다음과 같은 시를 지었다.

우리 마을은 다른 풍속이 없고	吾村無他俗
그저 술만 천성으로 좋아한다네.	惟酒性所愛
술이 있으면 마음이 활발하지만	有酒心活潑
술이 없으면 마음이 시들시들.	無酒心細碎

그저 한스럽네, 가난한 선비 많아	只恨多窮士
빈 술병을 벽에다 걸어 놓다니.	空壺壁上在
옛 벗은 다섯 필 말을 타고 와	故人五馬出
내 오랜 술 소갈증 불쌍히 여기고	憐我久渴肺
술값으로 푸른 동전을 가져와	酒債有靑蚨
술동이 즐겁게 마주할 수 있었네.	朋樽兩兩對
한 잔에 주름진 얼굴이 펴지고	一盃皺顔舒
두 잔에 추운 날씨가 풀리며	二盃天寒退
석 잔에 더욱 마음이 훈훈하여	三盃轉陶陶
가슴속에 한 점 티끌이 없다네.	胷中無一礙
서로 잘났다 다투며 청담을 펼치니	談鋒互崢嶸
희희낙락 절로 감당하지 못하겠네.	笑傲自不耐
손과 주인 모두 술이 거나하니	賓主盡酕醄
누가 취한 추태 다시 조롱하겠나?	誰復嘲醉態
화로에 둘러앉아 연한 고기 굽고	圍爐炙軟肉
시골 맛으로 채소까지 더하였네.	野味兼蔬菜
그저 매일 술이나 마시게 하면	但令日飮酒
늘 가난하여도 내 후회하지 않으리.	長貧吾不悔

– 김종수, 「진주목사 조덕수가 개울 북쪽을 지나다 술값을 주어
고기 구워 먹는 작은 모임을 가졌다」[41]

이유신李維新(18세기 후반~19세기 초반), 〈가헌관매可軒觀梅〉, 동산방화랑 소장.

눈 내린 날 화분에 핀 매화를 감상하고 있다. 상단에 천원泉源이라는 사람이 쓴
"외로운 등불 아래 모여 앉으니, 매화가 눈 속에 참되네. 우리들 맑음이 본성인지라,
여윈 대나무와 이웃하고 있다네.會坐孤燈下 梅花雪裡眞 吾儕淸是性 瘦竹與比隣"라는 시가 있다.
천원은 인왕산 기슭 옥류동玉流洞에 있던 샘물인데 누구의 호인지는 확인되지 않는다.
가헌도 누구의 집인지 알 수 없지만 옥류동에서 시회를 하던 중인 계층의 인물로 짐작된다.

    김종수는 훗날 정조正祖의 고굉지신股肱之臣으로 총애를 받고 또 권
력을 누렸지만 젊은 시절에는 맑은 삶을 살았다. 1769년 무렵 김종수
는 오늘날 수서역 근처 궁촌에 국리초당菊里艸堂이라는 별서를 짓고
가끔 이곳에 내려와 살았다. 가난하여 술을 마음 놓고 먹지 못하다가

마침 진주목사에 나가게 된 벗 조덕수趙德洙가 술값을 보태었기에 김
종수는 술과 고기를 사서 마을 사람들과 어울려 한바탕 술추렴을 할
수 있었다. 한 잔 술에 세사에 대한 스트레스가 풀리고 두 잔 술에 겨
울바람조차 차게 느껴지지 않는다. 석 잔을 마셔 얼큰하니 마음이 절
로 훈훈하다. 내친김에 세사에 대해 강개해하기도 하고 서로 잘났다
고 으스대기도 한다.

홍석모洪錫謨(1781~1857)가 편찬한『동국세시기東國歲時記』에 따르
면, 한양의 풍속에 숯불을 화로에 피워 놓고 번철燔鐵을 올린 다음 쇠
고기에 계란과 파, 마늘, 후추 등 갖은 양념을 더하여 구우면서 둘러앉
아 먹는 것이 있는데 이를 난로회煖爐會 또는 철립위鐵笠圍라고 불렀다
고 한다. 번철은 전을 부치거나 고기를 볶는 데 쓰는, 삿갓을 엎어 놓
은 모양의 무쇠 그릇으로 전철煎鐵이라고도 하였다.

이런 번철은 일본에서 수입한 깃으로 보인다. 이덕무李德懋
(1741~1793)가 벗들과 이서구李書九의 소완정素玩亭에 모여 난로회를
갖고서 지은 시에서, "서양 안경 훤해 눈동자에 현기증이 날 듯, 남국
의 솥 붉으니 위가 걸신들린 것 눌러 주네.西洋鏡白眸開眩 南國鍋紅胃鎭
饞"[42]라 하였다. 일제강점기의 학자 문일평은, 여기서 이른 '남국의 솥
[南國鍋]'을 두고 "솥은 삿갓처럼 생겼는데 고기를 구워서 난로회를
갖는다. 이 풍속은 일본에서 온 것이다."라 한 바 있다. 그러면서 이 음
식이 전골, 곧 일본의 스키야키와 유사하다면서, 혹 일본통신사에 의

성협成夾(19세기), 〈풍속화風俗畵〉, 국립중앙박물관 소장.

겨울에 번철에 고기를 구워 먹는 모습을 그렸다. "술잔과 젓가락 어지럽게 놓고
사방 이웃 모였는데, 향긋한 버섯에 고기 저민 것 최상의 진미라. 늘그막의 식탐을
여기에서 어찌 풀겠나마는, 푸줏간 앞에 입맛 다시던 사람을 본받을 것 없으리.
杯箸錯陳集四隣 香蕈肉膊上頭珍 老饞於此何由解 不效屠門對嚼人"라는 시가 적혀 있다.

하여 일본에서 전래된 것이 아닌가 하였다.[43] 불교 국가 일본에서 고
기를 먹는 일이 드물었으니 과연 그러한지는 알 수 없지만, 번철에 고
기를 굽는 일이 당시 조선에서도 새로운 풍속이었던 것은 분명하다.

이덕무, 이서구와 한 그룹이었던 박지원朴趾源(1737~1805)도 벗과 함께 눈 내리던 날 화로를 마주하고 고기를 구우며 난로회를 가졌다. 온 방 안이 연기로 후끈하고 파와 마늘 냄새, 고기 누린내가 몸에 배었다고 한 것을 보면,[44] 오늘날의 삼겹살집과 풍경이 그리 다르지 않았던 모양이다. 그러나 박지원이 누린 난로회는 한겨울 벗과의 운치 있는 만남이었다. 다음은 그의 절친한 벗 유언호兪彦鎬(1730~1796)의 기억이다.

내가 왕명을 받아 개성으로 왔다. 나의 벗 박미중朴美仲[박지원]이 연암에 새로 지은 집과는 30리도 되지 않는 가까운 거리였다. 미중이 출입할 때 개성의 관아를 문득 지나면서도 나에게 알리지 않았고 나 또한 강제로 오게 하지 않았다. 공무가 끝나고 마침 혼자 앉아 있는데 어떤 객이 빙그레 웃으면서 방으로 들어왔다. 바로 박미중이었다. 서로 보고 매우 기뻐했다. 이에 화로에 둘러앉아 난로회를 가졌다. 술이 얼큰해지자 각기 지은 시문을 꺼내어 목을 뽑아 길게 읊조렸다. 소리가 씩씩하고 트였다. 또 종이를 받아 들고는 산과 물과 나무와 바위를 그리는데 시원스럽게 운치가 있었다. 분명 예전 금강산 마하연摩訶衍에 함께 놀러 갔을 때의 일을 그린 것이리라. 이윽고 초승달이 막 떠올랐다. 나무 그림자가 흐릿하다. 함께 일어나 정원 한가운데로 걸어갔다가 문

에서 전송하였다.[45]

박지원은 1777년 겨울 개성유수開城留守로 있던 절친한 벗 유언호를 찾아갔다. 벗의 권고에 따라 권신 홍국영洪國榮의 눈을 피해 개성 외곽의 연암협燕巖峽으로 들어가 숨어 살았는데 이 고달픈 시절에 그 벗이 개성유수로 왔으니 얼마나 반가웠겠는가? 그러나 박지원은 가끔 개성을 출입하면서도 유언호를 찾지 않았고 유언호 역시 억지로 그를 부르지 않았다. 서로 부담을 주지 않으려는 배려였다. 그러다 하루는 박지원이 무작정 유언호의 집을 찾아갔다. 기쁜 마음에 화로 곁에 마주 앉아 난로회를 가졌다. 그리고 술이 얼큰해지자 각기 지은 시문을 꺼내어 목을 들어 높게 읊조렸다. 막 초승달이 오른 뜰을 말없이 거닐다가 헤어졌다. 두 사람의 신교神交가 이렇게 이루어졌고, 훗날 유언호는 그때의 일을 회상하며 이렇게 운치 있는 글을 지은 것이다.

이처럼 난로회는 18세기 무렵부터 서울에서 크게 유행하였다. 그러다가 19세기 무렵에는 지방에까지 확산되었다. 특히 관서 지방에서는 냉면까지 곁들여졌다. 정약용丁若鏞(1762~1836)이 관서 땅의 음식 문화를 다음과 같이 증언한 바 있다.

관서 땅은 시월에 눈이 한 자 넘게 쌓이면　　　　西關十月雪盈尺

겹겹 휘장에 폭신한 담요 깔아 손님 잡아 두고	複帳軟氈留欸客
삿갓 모양 솥뚜껑에 노루고기를 구워 놓고	笠樣溫銚鹿臠紅
가지 꺾어 냉면에다 파란 배추절임 먹는다네.	拉條冷麵菘菹碧

- 정약용, 「장난삼아 서흥도호부사 임성운 군에게 주다」[46]

1798년 곡산부사谷山府使로 나가 있을 때 해주에 있던 황해도 감영에서 치른 과거 시험 채점을 하러 갔다가 돌아가는 벗 임성운林性運을 전송하면서 지은 작품이다. 임성운이 임지인 서흥으로 돌아가면 바로 노루고기 구이로 난로회를 열고 풍류를 즐길 것이라 하였다. 한겨울 눈이 수북하게 내린 날 커튼을 치고 담요를 깐 따뜻한 방에서 솥을 엎어 노루고기를 굽고 냉면을 먹는 일이 이 무렵의 풍속도였던 것이다. 물론 명분은 매화 구경이었을 것이다.

매화음

앞서 김종수가 마을 사람들과 고기를 구워 먹은 난로회를 가진 광경을 소개했는데, 별 품위가 없어 보인다. 그러나 매화 구경과 어우러지면 운치가 달라진다. 조선시대 운치 있는 문인들은 화분에 매화를 옮겨 심고 방 안의 감실에 넣어 잘 관리하면서 눈 속에 꽃을 피우도록 하고는 벗들을 불러 매화음梅花飲을 즐겼다. 바깥에는 펑펑 눈이 내리는

김홍도金弘道(1745~?),〈고매도古梅圖〉, 선문대 박물관 소장.
농사옹農社翁은 김홍도의 호 가운데 하나다. 기굴한 매화가 꽃을 피우고 있다.

데 따뜻한 방 안에서 활짝 핀 매화를 감상하면서 술 한잔 한다는 것은 참으로 즐거운 일이었으리라.

　조희룡趙熙龍(1789~1866)의 『호산외기壺山外記』에 따르면 속화俗畵로 이름난 화가 김홍도金弘道가 어려운 중에 그림을 팔아 얻은 3천 전을 가지고, 평소 사고 싶었던 매화를 2천 전에 사고 800전으로 술을 사서 친구들과 매화음을 즐겼다고 하니, 당시 매화음이 크게 유행한 것을 짐작할 수 있다. 그런데 당시 한 냥을 지금의 5만 원으로 잡아도 매화 화분 값이 100만 원이고 매화음 술값이 40만 원에 이른다. 매화음을 열려면 화분에서 꽃을 피운 매화에만도 만만찮은 비용을 들여야 했음을 알 수 있다.

앞서 본 대로 김종수는 마을 사람들과는 그냥 고기만 구워 술을 마셨지만, 젊은 시절 우정을 매개로 한 운치 있는 난로회와 매화음을 자주 즐겼다. 1751년 절친한 벗 이윤영 등 여섯 명이 단양에서 만나 한바탕 즐거운 시주詩酒의 모임을 가졌던 적이 있었다. 그 후 1759년 이윤영이 먼저 저세상으로 가 버렸고 함께 놀던 벗들도 다 흩어져 오래 만나지 못하였다. 그러다가 1766년 11월 우연찮게 5인이 서울에서 다시 모이게 되었다. 이윤영은 이제 세상에 없고 나머지 벗들도 머리가 희끗희끗해지기 시작하였다. 젊은 시절의 풍류는 다시 누리기 어렵고, 만나면 다시 헤어져야 하는 세사에 마음이 울컥하였다. 그래서 한강 두모포에 있던, 조정趙晸과 조엄趙曬 쌍둥이 형제가 살던 쌍호정雙湖亭에서 사흘 동안 함께 머물렀고 마지막 날 헤어지기에 앞서 난로회를 열었다. 김종수는 매화음을 겸한 난로회의 장면을 이렇게 적었다.

겨울이 벌써 반이나 지났는데 날씨가 마침 춥지 않았다. 비가 내리다가 눈이 내리다가 하다가 밤이 되자 다시 달이 떴다. 누각에 올라 강을 바라보고 지팡이를 끌면서 정원을 거닐었다. 화로에 둘러앉아 고기를 구웠다. 상을 마주하고 함께 노래를 불렀다. 각기 하고 싶은 대로 하였다. 감실 안에 있는 작은 매화는 올 때까지 피지 않은 꽃봉오리가 별처럼 수북하더니 돌아갈 때가 되자 너덧 송이가 꽃을 피웠다. 사흘 동안 오직 예전에 마구잡이로 한 이야기가 화제의 중심이었고 시는 한 구도 짓지 않았으니, 혹 참뜻을 손상할까 해서였다.[47]

일행은 헤어지기에 앞서 말을 세우고 각기 한 수의 시를 지었는데 그 시 제목의 일부가 이러하다. 김종수는 벗들과 옛 추억을 이야기하면서 노변정담爐邊情談을 나누었다. 그 멋에 계절에 앞서 매화도 꽃망울을 터뜨렸다. 아름다운 난로회의 풍경이다.

그런데 김종수보다 더욱 맑은 운치를 좋아한 그의 벗 이인상은 매화 구경을 하면서 난로회를 갖는 풍조를 강하게 비판한 바 있다.

근년 이래 매화가 점점 성행하여 부잣집에서 한 그루 심지 않는 일이 없다. 매번 겨울이 되면 손님과 벗을 초청하여, 양 창자를 얹은 화로와 담요 앞의 번철을 끼고서 화하음花下飮을 갖는다. 술 냄새와 고기 굽는 연기가 찌는 듯 뿜어 대니 모든 자리에 땀이 줄줄 흐른다. 매화가 마침내 일찍 피게 되니, 시월이면 무성해지고 동지가 되면 벌써 꽃받침이 떨어지며, 섣달이 되면 여린 잎이 벌써 돋아난다.[48]

한겨울 피어야 할 매화가 뜨거운 화로의 불기운 때문에 10월에 벌써 꽃을 피우는데, 이 비릿한 고기 굽는 연기를 덮어써야 하니, 맑은 절조의 매화로서는 난로회가 참기 어려운 굴욕이었을 것이다.

이보다 맑은 운치는 16세기 후반의 맑은 시인 이순인李純仁(1521~1586)의 시에서 찾을 수 있다. 고기 대신 맑은 차를 마시면서 매화를 완상하는 것이 더욱 맑은 운치이리라.

삭풍이 눈보라를 휘날려 창문을 치는데	朔風回雪侵窓紗
갈옷 입고 화로 끼고 앉아 차를 달인다.	被褐擁爐坐煎茶
초가삼간이라 손님에게 줄 좋은 것 없지만	茅屋本無留客物
"자네 이곳에 와서 매화를 보지 않겠는가?"	請君來此看梅花

-이순인, 「송운장에게 보내는 시」[49]

벗 송익필宋翼弼에게 매화 구경하러 오라고 부른 작품이다. 삭풍이 몰아치는 한겨울 화로를 마주하고 차를 마시면서 매화 구경하는 것이 난로회의 요란함보다 훨씬 운치가 있을 것이다. 신정申晸(1628~1687)의 시도 이순인의 것에 비해 맑은 운치가 부족하지 않다.

그믐 되자 매화꽃이 사람을 보고 웃기에	近臘梅花咲向人
등불 아래 온 마음으로 가까이한다네.	盡情燈火共相親

| 찬 서재에서 눈 녹인 물로 차 끓여 마시는 맛 | 寒齋雪水烹茶興 |
| 금을 새긴 비단 휘장 속 봄인들 이를 당하랴. | 何似銷金帳裏春 |

－신정,「홀로 있는 밤」[50]

신정은 영의정을 지낸 신흠申欽의 손자요, 선조의 딸 정숙옹주貞淑
翁主와 혼인하여 동양위東陽尉에 봉해진 신익성申翊聖의 조카이며, 참
판과 한성부 좌윤을 지낸 신익전申翊全의 아들이다. 벼슬만 높은 것이
아니라 문학으로도 삼대가 명성을 날렸다. 이런 명문가 출신의 신정
이지만 매화처럼 맑은 삶을 추구하였다. 눈 녹인 물로 차를 끓여 마시
면서 은은한 등불 아래 매화를 감상하면, 대궐 같은 집에서 비단 휘장
아래 아름다운 여인을 끼고 노는 것보다 더욱 멋이 있으리라.

앞서 난로회를 즐긴 이덕무는 「선귤당농소蟬橘堂濃笑」에서, 세상에
서 가장 운치 있는 풍경 중 하나로 다음과 같은 일을 들었다.

세속에서 초탈한 선생이 있어 깊은 산중 눈 속의 집에서 등불을
밝히고, 붉은 먹을 갈아 『주역周易』에 권점圈點을 치노라면, 오래
된 화로에서 피어오르는 푸른 향 연기가 하늘하늘 하늘로 오르
면서 오색찬란한 공[毬] 모양을 짓는다. 오른편에는 일제히 꽃봉
오리를 터뜨린 매화가 보이고 왼편에는 솔바람과 회화나무에 떨
어지는 빗소리처럼 보글보글 차 끓는 소리가 들린다.[51]

　　매화 구경으로는 가히 최고의 경지라 하겠다. 그럼에도 조선의 문
인 중에 가끔 이런 소박함을 넘어서 기발한 매화음을 즐긴 예도 있다.
이인상과 이윤영 등은 연꽃 위에 촛불이 담긴 유리 술잔을 올려놓고
감상하는 방안을 고안하였거니와, 매화를 감상할 때에도 독특한 방법

을 사용하였다. 그 방법은 이윤영이 쓴 「얼음 등불을 읊조려 석정연구 시에 차운하다賦氷燈次石鼎聯句詩韻」의 서문에 자세하다.

지난 기사년 겨울 오경보吳敬父[오찬]가 매화가 피었다고 하기에 나와 원령元靈[이인상] 등 여러 사람이 산천재山天齋로 가서 모였 다. 매화 감실에 둥근 구멍을 뚫고 운모雲母로 막았더니 흰 꽃잎 이 흰하여 마치 달빛 아래 보는 듯하였다. 그 곁에 문왕정文王鼎 을 올려놓았는데 다른 석기石器 몇 종도 또한 청초하여 마음에 맞았다. 함께 문학과 역사에 대해 담론하였다. 한밤이 되자 오경 보가 백자白磁 큰 사발 하나를 가져오더니 맑은 물을 담아 문밖 에 내다 놓았다. 한참 지나고 보니 얼음이 2할 정도 두께로 얼었 다. 그 가운데 구멍을 내고 물을 부은 다음 사발을 덮고 대 위에 올려놓았더니, 흰하여 마치 은으로 만든 병 같았다. 구멍을 통하 여 촛불을 넣고 불을 밝혔다. 불그스름 밝은 기운이 빛을 내어 통 쾌하기가 이루 말로 할 수 없었다. 서로 돌아보고 웃었다. 술을 가져오게 하여 마시니 무척 즐거웠다.[52]

1749년 백악 아래 계산동 오찬의 산천재에서 이윤영, 이인상, 김상 묵金尚默 등이 모여 매화음을 즐긴 풍경이다. 매화 감실에 구멍을 내고 운모로 막은 다음 이를 통하여 그 안에 핀 매화를 본 것이다. 그 빛에 의하여 마치 달빛 비친 매화를 보는 듯하였다. 더욱 품위를 더하려고, 당시 중국에서 유행하던 주공周公이 문왕文王을 위하여 만든 문왕정을 본뜬 솥과 그 밖에 다른 골동품도 함께 진열하였다. 이 자리에 함께한 이인상의 시를 보면 오찬이 솥 모양의 술잔인 동작銅爵을 새로 주조하여 감상하였다고 하니, 이윤영이 이것을 문왕정이라 한 모양이다. 여기에 더하여 사발에 얼린 얼음에 촛불을 넣어 조명 효과를 더하였다. 크리스털유리를 이용한 화려한 조명을 연상하게 한다. 이규상李奎象 (1727~1799)의 『병세재언록幷世才彦錄』에서는 이들의 풍류를 두고 빙등조빈연氷燈照賓筵으로 소개하기도 하였다. 빙등조빈연에 참여한 이인상은 그 풍류를 이렇게 시로 증언하였다.

오래된 그릇 마음에 맞게 만들고	古器稱心製
좋은 음식 장만하여 벗을 불렀네.	嘉饌賴友來
얼음 등불엔 촛불을 넣어 맑은데	氷燈淸耐燭
소라껍질로 만든 술잔 예쁘장하네.	螺甲巧成杯
술 취한 창자는 정말 강철로 만들었나,	醉肚眞成鐵
헛된 명성은 정말 재처럼 허무한 법.	浮名極似灰
별과 은하수가 찬란한 이 밤에	崢嶸星漢夜
듬성듬성 핀 찬 매화를 바라보노라.	寥落看寒梅

― 이인상, 「오경부의 산천재에서 새로 주조한 동작銅爵을 구경하고,

얼음 등불을 걸고 매화를 구경하였다. 소라껍질을 가져다가 술을 마셨다.
진사 김백우(상묵)도 술통을 들고 왔다」[53]

    계산동에 있던 오찬의 집에서 벌어진 빙등조빈연의 풍경이 이러하였다. 고대의 청동기를 재현한 문왕정을 완상하고, 얼음 등불 아래서 매화를 구경하였다. 그리고 소라껍질을 잔 삼아 술을 부어 마셨다. 조선 후기 문인들의 골동 취향이 매화 감상과 어우러지면서 이러한 풍경을 만들어 낸 것이다. 우아함을 사랑하는 문인들의 고급스러운 운치다.[54]

늦게 피는 매화를 위한 변명

3월에 피는 매화

요즘 꽃이 피는 것을 보면 이상하다. 3월이 되면 모든 꽃이 한꺼번에 피었다가 한꺼번에 져 버린다. 화신풍花信風이라는 말이 무색할 지경이다. 소한小寒부터 곡우穀雨에 이르기까지 8개의 절기가 있는데 절기마다 닷새 간격으로 세 번씩, 도합 24차례 바람이 불고 그때마다 특정한 꽃을 피운다는 것이 화신풍이다. 예를 들면 소한에는 일후一候에 매화가 피고, 이후二候에 산다山茶, 곧 동백이 피며, 삼후三候에는 수선水仙이 핀다고 하였다. 양력 1월 초순이 소한이니 이 무렵 매화와 동백, 수선화가 차례로 피어야 옳다. 과연 그러한가? 중국 문헌에 등장하는 화신풍에 따르면 2월 초에 해당하는 입춘에 개나리가 피고, 2월 20일 전후인 우수에 복사꽃이 핀다고 하였지만, 요즘 우리나라에서는 모두 3월이 되면 뒤섞여 피어난다.

정선鄭敾(1675~1759), 〈회연서원도檜淵書院圖〉, 1733~1735년 사이, 개인 소장.

정구鄭逑가 강학하던 회연초당檜淵草堂에 회연서원이 세워졌다. 이 마당에 백 그루 매화를
심고 백매원百梅園이라 하였다. 18세기 정선의 그림에서 노송과 전나무, 버드나무 등이 보인다.
그 사이 나지막한 나무가 매화인지 모르겠다.

그렇다면 눈 속에 피어 절조를 자랑하는 매화는 도대체 무엇인가?
요즘 들어 매화가 미쳐 이런 것은 물론 아니다. 조선시대에도 매화는
느지막이 다른 꽃과 함께 피었다. 눈 내릴 때 피는 것은 모두 인간이
화분에 담아 정성을 기울인 끝에 만들어 낸 인공의 결과물일 뿐이다.
앞서 본 대로 홍태유는, "우리나라는 날이 차고 봄이 늦게 오기 때문

에 매번 섣달이 되어서도 꽃이 필 생각이 적막하기만 하니, 여러 다른 꽃들과 별로 다른 것이 거의 없어, 내가 실로 이를 안타깝게 여겼다."[55]고 한 바 있다.

매화가 늦게 피어나는 것은 단순히 오늘날의 이상 기후 때문만은 아니다. 그래도 군자의 꽃 매화가 소인의 꽃 복사꽃이나 오얏꽃과 함께 피어나는 것은 선비의 심기를 불편하게 만들었다. 이에 늦게 핀 매화를 조롱하고 아예 분노하여 죽이려 든 일까지 있었다.

조선 중기 경상도 유학을 이끈 큰 학자 한강寒岡 정구鄭逑(1543~1620)는 경북 성주군 수륜면 신정리, 창평蒼坪의 회연檜淵에 초당 백매원百梅園을 지었다. 백 그루 매화를 심고 그 곁에 대나무를 심어 두었으니 푸른 대나무 잎과 어우러진 매화꽃이 장관을 이루었을 것이다.

그런데 세상에 이름난 이 매화 동산을 두고 분개한 선비가 있었으니 바로 매운 선비 수우당守愚堂 최영경崔永慶(1529~1590)이 그러한 인물이었다. 최영경은 음력 2월 무렵 백매원을 지나다가 매화가 활짝 핀 것을 보고는 하인을 시켜 도끼를 가져와 뜰 가득한 매화를 다 찍어 없애게 하였다. 사람들이 놀라서 만류하자 최영경은 이렇게 답하였다.

"매화가 귀한 것은 눈 덮인 골짜기에서 혹독한 추위를 당하여 온갖 꽃보다 먼저 피어나는 데 있다네. 이제 복사꽃이나 오얏꽃과 봄을 다툰다면 어찌 귀할 것이 있겠소? 공들이 그만두게 하지 않았더라면, 매화는 아마도 죽음을 면하지 못하였을 것이오."[56]

이현일李玄逸(1627~1704)이 지은 최영경의 행장에 나오는 일화다. 최영경의 눈에는 매화와 함께 정구가 절조를 지키지 못하는 것으로 비쳤던 듯하다. 이익李瀷(1681~1763) 역시 매화가 봄에 피지 않는 것을 잘 알고 있었다. 그래서 『성호사설星湖僿說』에서 백매당과 최영경의 고사를 들고 이렇게 적었다.

지금 매화의 성질을 살펴보니, 따로 집에다 잘 길러서 보호하지 않으면 반드시 복숭아나 오얏꽃 따위와 함께 피게 된다. 무릇 봄에 피는 꽃은 모두 「이소離騷」 속에 들어가지 않았으니, 굴원屈原이 「이소」를 지을 때에 매화를 취하지 않은 것도 반드시 이런 때문이었을 것이다. 수우당 최영경은 사람됨이 청고淸高했던 까닭에 이 매화의 이치를 깊이 깨닫게 되었던 것이다.[57]

이익은, 굴원이 난초를 사랑하였지만 절조 없는 매화는 좋아하지 않았기에 그의 문학에 담지 않았다고 판단한 것이다. 매화는 과연 절조가 없는가?

매화가 귀한 뜻

매화가 고고하지 못하다 하여 조선의 선비 중에는 간혹 매화를 싫어한 사람도 있었다. 상주 출신의 큰 선비 정경세(1563~1633)의 벗 윤진尹璡 역시 그러하였다. 그는 정원에 국화만 심고 매화는 심지 않았다. 이에 정경세와 윤진은 이런 대화를 나누었다.

"물과 땅에서 자라는 꽃 가운데 사랑할 만한 것들이 아주 많은데, 우아한 군자들이 비평하면서 매화를 최고로 치는 것은 참으로 품격이 청고하고 자태가 정결하며 정신이 순수하고 향기가 짙어서 모든 꽃들을 눌러 그들의 조회를 받을 수가 있어서라네. 지금 자네는 텃밭을 일구고서 오직 국화만 심고 매화는 심지 않으니, 이것은 취하고 버림에 있어서 마땅함을 잃고 어느 한쪽만을 치우치게 좋아하는 것이 아닌가?"

"옛사람들이 매화를 귀하게 여긴 것은 자네가 칭송한 것 이상일세. 섣달이 가기 전에 꽃망울을 터뜨리고 음산한 골짜기에서 풍설과 싸우니, 그 지조는 숭상할 만하네. 그런데 어찌하여 오늘날의 매화라는 것은 복사꽃과 오얏꽃이 피어 있는 땅에 피어 그들과 더불어 우로雨露의 은혜를 다투고 도리어 뒤늦게 피기도 한단 말인가? 걸桀이 입었던 옷을 입고 걸이 행하였던 짓을 행하면 걸과 같아질 뿐이네. 이것은 회수淮水를 건넌 귤橘이고 쑥으로 변한 난초일세. 이 때문에 군자들의 비평에서 천시를 받는 것이네. 그렇다면 비록 내가 매화를 싫어하여 취하지 않는다고 하더라도 나 역시 사양하지는 않을 것일세."[58]

1603년 지은 「국포기菊圃記」에 나오는 대화다. 윤진은 매화가 늦게 핀다면 폭군인 걸이 입었던 옷을 입고 걸이 행한 짓을 한 것이나 다름이 없으며, 귤이 아닌 탱자요 난초가 아닌 쑥일 뿐이라 하면서 매화를 취하지 않겠노라 하였다. 추위도 제대로 견디지 못한다면 매화가 어

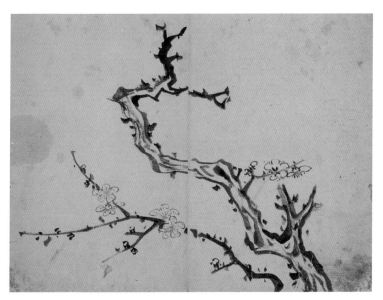

강세황姜世晃(1713~1791), 〈사군자四君子 및 행서行書〉 중 '매화', 국립중앙박물관 소장.
매화와 국화, 대나무, 난 등 절조가 있는 꽃을 함께 그렸는데 그중 매화 부분이다.

찌 군자의 꽃이 되겠는가? 이렇게 따져 묻는 데서 거짓 군자 행세를 하는 인간들에 대한 풍자의 뜻이 읽힌다.

정경세도 매화가 복사꽃이나 오얏꽃과 함께 피므로, 군자가 취하지 않을 수 있다는 데 동의하였다. 그러나 정경세는 매화가 늦게 피는 것을 탓하면서도 매화를 위한 변명의 글을 지었다. 그가 1618년 쓴 「관매창수서觀梅唱酬序」를 보기로 한다.

> 내가 예전에 희암希庵[윤진] 어르신을 위하여 「국포기」를 지으면서 국화를 치켜세우고 매화를 낮추었는데, 대개 국화는 능히 서리를 이겨 내는 데 비해 매화는 추위를 이겨 내지 못하여 복사꽃이나 오얏꽃과 더불어 뒤섞여서 피기 때문이라고 하였다. 한강 정구가 매화를 많이 심어 그 집을 빙 두르게 하고 백매원이라고 이름하였는데, 수우당 최영경 공이 일찍이 그곳을 찾아갔다가 도끼를 찾아 다 쳐 버리려고 하였다. 이 또한 그 매화가 늦게 피는 것을 병통으로 여겨서 그런 것이다. 영남의 바닷가 지역에서는 섣달에도 늘 매화를 볼 수가 있지만 조금만 북쪽으로 가면 이미 볼 수 없다. 더구나 큰 고개와 가까운 우리 상주는 지역이 춥기 때문에 꽃이 늦게 피는 것은 정말 당연하다. 매화를 사랑하는 사람들이 대개 복숭아나무를 화분에 심고 버팀목을 세워 의지하게 한 다음 가을에서 겨울로 넘어갈 때쯤 접을 붙여서 밀실에다

넣어 두어 꽃이 피게 한다. 그러면 섣달이 되어 천지가 폐색되어 만물을 살리고자 하는 일원一元의 뜻이 거의 끊어질 듯한 때, 아름다운 백옥과 같이 하얗고 향긋한 꽃이 피어 온 방 안에 봄빛이 찬연하게 된다. 이는 비록 사람의 힘이 간여한 것이기는 하지만, 매화의 물성이 곧고 높음은 속일 수가 없는 것이다.

비록 그렇기는 하지만 내가 품평한 것은 그저 현자賢者에게 진선진미盡善盡美를 요구하는 뜻이었을 뿐이다. 정신이 있고, 품격이 있으니 이른바 진향眞香과 순백純白이라고 말할 만한 것이 있다. 그러니 비록 복사꽃이나 오얏꽃이 속에 섞여 있다 하더라도 왕공王公과 하인배처럼 현격하여 서로 어울리지 못하는 법이다. 절로 모든 꽃의 우두머리가 되는 것이 마땅하니, 어찌 족히 병통으로 여기겠는가? 북돋우고 보호하여 그 고상함을 이루게 해 주는 것이 옳다. 그런데 이에 말끔히 쳐서 없애 버리고자 한다면 장난이나 과격한 짓이 너무 지나친 것 아니겠는가?[59]

개결한 선비 최영경은 칼을 찬 유학자 남명南冥 조식曺植의 제자답게 매화를 두고 분노하였다. 1590년 정여립鄭汝立 역모 사건이 일어났을 때 유령 같은 존재 길삼봉吉三峯으로 무고를 당하여 옥사한 것도 그의 이러한 강직한 성격에서 비롯한 것이리라. 조식을 태두로 하는 남명학파南冥學派의 강직함과 달리 퇴계退溪 이황李滉의 학문을 계승한 정경세는 온유돈후溫柔敦厚의 넉넉함을 지향하였다. 그래서 늦게 핀 매화를 도끼로 찍기보다, 오히려 그 매화의 처지를 헤아리고 이해해 주려는 노력을 보였다.

　정경세는 최영경이 백매원의 매화를 도끼로 잘라 없애고자 한 일을 두고 매화를 위하여 이렇게 변명하였다. 송의 대학자 주희朱熹의「염노교念奴嬌」에서 "참된 향과 순수한 흰빛으로, 홀로 서서 짝이 없구나.眞香純白 獨立無朋"⁶⁰라 한 구절을 들어, 비록 복사꽃이나 살구꽃과 뒤섞여 피지만 그럼에도 그 맑고 고고한 자태는 높게 평가할 만하다고 하였다. 왕공과 하인의 신분이 다른 것처럼 진정한 군자는 소인배들 틈에서도 고결함을 잃지 않을 것이요, 오히려 그러한 소수의 군자를 보호하고 육성해야 한다는 뜻을 은근히 말한 듯하다.

매화를 위한 변명

정경세는 이황의 학통을 이어받은 학자다. 스승 이황(1501~1570)이 매화를 위한 변명의 시를 남긴 바 있으니 정경세가 그 뜻을 이은 것이라 하겠다. 이황의 시부터 보기로 한다.

하늘이 매화가 너무 외로울까 봐 걱정하여　　　　　梅花天惜太孤絶

여러 꽃과 나란히 흰 꽃망울 터뜨리게 한 것.　　　　　且竝羣芳發素葩

국향과 더불어 빠르고 늦은 것 따지지 말게,　　　　莫與國香論早晚

참되고 곧은 것은 봄볕을 따지지 않는 법이니.　　　真貞元不競年華

－이황, 「전날 정존靜存 이담李湛의 편지 끝자락에 "고갯마루의 매화가 꽃망울을
터뜨렸기에 마침 한 가지를 보냅니다."라는 말이 있었는데, 올해 여기 이르니 절기가
무척 달라서 4월에 여러 꽃들이 비로소 흐드러지게 피었고 매화가 그와 동시에 피고
있었다. 사람들은 혹 이것을 들어 매화의 한이라 하였는데 이는 정말 매화를 알지 못하는
자다. 이에 거처한 바에 따라 만나는 시기에 따라 그러할 뿐이다. 마침 정존의 편지에
답하면서 인하여 매화 한 조각을 부치고 겸하여 절구 두 수를 보낸다. 이 또한
주위 사람들에게 불가불 보여야 할 것이다. 원컨대 정존은 아름다운 시로 답하여
매형의 조롱을 풀어 줄 수 있기를 바란다」[61]

이황은 매화가 외로울까 봐 조물주가 다른 꽃과 함께 피게 하였다
고 위로하였다. 이 시의 제목에서 이른 이담(1510~1557)의 편지를 받
고 1561년 4월 이런 답장을 보냈다.

말씀하신 "고갯마루의 매화가 꽃망울을 터뜨렸기에 마침 한 가
지 꺾어 보냅니다."라는 말은 사람으로 하여금 천 리 먼 곳에서
도 흉금을 함께하는 뜻에 대해 깊이 감개하는 바라오. 이곳은 올
봄 날씨가 매우 이상해서 꽃이 비로소 흐드러지게 피었지만 매
화 또한 지세와 시기를 따르는 것을 면치 못하였소. 사람들은 이
를 두고 혹 매화의 병통이라 하오. 내 생각에는 매화를 참으로 아
는 자가 아닌 듯하오. 이 때문에 보내 준 편지에 대한 답장을 쓰

고 직접 꽃가지 하나를 꺾어 편지에 붙여 보내 그 뜻에 답하고자 하오. 절구 두 수를 읊조리니, 아름다운 시로 답해 주시고, 매형梅 兄을 위하여 조롱을 풀어 주기 바라오.[62]

후위後魏의 육개陸凱가 강동江東의 매화 한 가지를 꺾어 벗 범엽范曄에게 보내면서, "매화 가지 꺾다가 역마 탄 사자 만나, 농산隴山의 벗에게 부쳐 보내노라. 강남에선 보려 해도 볼 수 없는 것, 가지 하나에 달린 봄 한번 감상하시기를折梅逢驛使 寄與隴頭人 江南無所有 聊贈一枝春"[63] 이라는 시를 함께 부친 고사가 있다. 매화 꽃가지를 꺾어 편지에 넣어 보내는 아름다운 고사를 이렇게 이용한 것이다.

매화가 늦게 피는 것을 두고 사람들은 매화의 잘못이라 하였지만 이황은 만물과 마찬가지로 매화 역시 처한 환경과 시기에 따라 빨리 피기도 하고 늦게 필 수도 있다고 하였다. 이 역시 군자가 홀로 개결한 마음과 올곧은 행실을 지키면서, 환경과 처지에 따라 적절하게 대응해야 한다는 뜻이 담겨 있는 듯하다. 그리고 함께 보낸 시에서는 매화가 혼자 꽃을 피우면 외로울까 봐, 하늘이 다른 꽃과 개화 시기를 함께하게 한 것이라고 풀이하였다. 이 시에서 국향國香은 난화蘭花를 이른다. 난화는 소한의 화신풍 이후二候에 피는 꽃이니 사후四候, 대한의 일후에 피는 매화보다 20일 늦게 핀다. 그러한 난화보다 늦게 피었다고 따질 것 없으니, 난화와 매화가 모두 참되고 곧은 품성을 지니고 있

다는 점이 중요할 뿐이라 하였다. 여기서 이른 참되고 곧은 '진정眞貞'
은 주희나 정경세가 이른 진향순백眞香純白과 다르지 않다. 다만 주희
가 독립무붕獨立無朋을 말하였다면 이황은 만물동춘萬物同春을 강조한
것이라 하겠다.

　1565년 이른 봄에도 이황은 늦게 피는 매화를 위하여 다음과 같은
변명의 시를 지었다.

빼어난 풍류에 백옥과 백설 같은 참됨	絶艶風流玉雪眞
개화 시기 다른 꽃과 뒤섞였다 괴이히 말게.	開時休怪混芳春
당시의 태평성세에 주염계 노인께서는	太平當日濂溪老
광풍제월의 흉금이 속진에서도 빛나셨지.	光霽襟懷映俗塵

－이황, 「느낌을 부치다」[64]

『퇴계문집고증』에는 이 시를 풀이하여 "매화가 늦게 피어 온갖 꽃
들과 뒤섞여 있지만, 빼어나고 고운 빛이 절로 구별되니, 주염계周濂溪
선생이 태평한 시대에 있다 하더라도 광풍제월光風霽月의 흉금이 절
로 속인과 같지 않은 것에 비유하였다."라 하였다. 매화를 진정으로 사
랑한 이황이기에 매화가 다른 꽃과 함께 섞여 피지만 그럼에도 맑고
고운 자태가 절로 드러나는 것을 높게 본 것이다. 어차피 세상은 군자
와 소인이 섞여 있는 법, 그럼에도 참된 선비라면 진향순백의 기상을

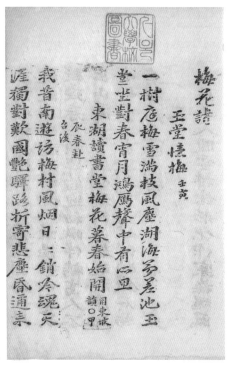

이황, 『매화시梅花詩』 규장각 소장.

이황의 매화시 62수를 모아 목판으로 인쇄한 책이다.

지녀야 할 것이요, 세상의 영달에 연연해서는 아니 될 것이라는 뜻을
붙였다.

　이황은 참으로 매화를 사랑한 분이다. 매화를 매형梅兄이라 부르면
서 그와 대화를 통하여 자신의 출처를 고민하였고, 후세에는 그러한
시를 모아 『매화시梅花詩』라는 이름의 시집까지 목판으로 간행한 바

있다. 매화문답시梅花問答詩는 이황의 제자를 위시하여 조선 후기 김수항金壽恒, 김창흡金昌翕 등 노론의 문인, 이진망李眞望 등 소론의 문인들의 손에서도 제작된 바 있을 정도로 크게 유행하였다.[65] 김익金熤(1723~1790)이라는 선비도 매화문답시를 본떠 꽃을 피우지 못하는 매화를 조롱하고 매화를 대신하여 변명의 뜻을 풀이하였다.

봄이 왔는데도 꽃 없어 너 매화를 비웃나니	春至無花笑爾梅
어젯밤 꽃망울 재촉하는 비조차 저버렸구나.	前宵虛負雨相催
정원 가득 도리桃李도 다 새 자태 보이면서	滿園桃李皆新態
봄바람에 마음껏 흐드러지게 피어 있는데.	得意東風灼灼開

－김익, 「병든 매화를 조롱하다」[66]

수척한 그림자 찬 향기가 절로 매화인 것을	瘦影寒香自是梅
온갖 화사한 꽃처럼 빨리 피라 재촉하시나?	夭夭肯與百花催
빈 숲속의 쌓인 눈밭에서 봄빛을 앞질러	空林積雪先春色
도리의 앞자리에 한 송이 꽃을 피우겠나이다.	桃李前頭一點開

－김익, 「병든 매화가 답하다」[67]

김익은 봄비가 내려 온갖 꽃들이 흐드러지게 피었는데 오직 섬돌 앞의 매화만 병들어 꽃소식이 감감하자, "이것이 무슨 봄보다 먼저 피

는 자태가? 온갖 꽃이 봄을 맞은 것보다 홀로 늦은데."라고 처마를 따라 돌며 탄식하였다. 이에 대해 매화는 '수영한향瘦影寒香'으로 답하였다. 다른 화려한 꽃들과 경쟁할 것이 아니라 깊은 산속 아직 녹지 않는 눈밭에서 고고하게 꽃을 피울 것이라 한 것이다. 늦게 핀 매화를 위해 매화가 되어 이렇게 변명하였다.

만물동춘

내 연구실 곁 작은 마당에 매화 몇 그루가 자란다. 이 매화 역시 최근에는 산수유, 진달래, 개나리와 함께 꽃을 피우고 심지어 목련이 필 때까지 기다리는 것도 있다. 그래도 푸른빛이 감도는 매화꽃이 울긋불긋한 다른 꽃과는 다른 품격을 보여 줄 것을 기대하면서 그 밑을 서성이곤 한다. 그러나 요즘 볼 수 있는 대부분의 매화는 품격이 없다. '진향순백'은 어렵게라도 찾을 수 있겠지만 '수영한향'의 멋은 느끼기 어렵다. 자세히 보니 이 나무에 명찰이 달려 있는데 매실나무라고 적혀있다. 수영한향의 꽃보다는 시큼한 열매를 얻기 위해 기르는 것이 매실나무다.

이렇게 멋없이 쭉 뻗은 매실나무의 가지는 『양화소록』에서 '기조氣條'라고 불렀다. 매실나무는 가지가 곧게 뻗어 나가야 하겠지만 기굴

◀ 탁심거사 托心居士, 〈매도梅圖〉, 국립중앙박물관 소장.
가지 하나가 쭉 뻗어 '기조氣條'가 되었지만 그럼에도 운치를 잃지 않았다.

한 맛을 주는 매화나무는 이미 아니다. 땅이 너무 기름진 곳에 자라는 품종은 가지가 멋없게 뻗고 꽃도 빽빽하게 핀다. 이덕무는 「윤회매십전輪回梅十箋」에서 매화를 그릴 때 "기조에는 꽃을 붙이지 말라.氣條莫安花"[68]라는 말을 하였는데, 바로 기굴하고 수척한 가지에 꽃이 듬성듬성 피어 있어야 매화의 격조가 있다는 뜻이다. 그래도 늦게 피는 매화를 위한 변명의 글을 읽으면서 그 맑은 자태를 상상으로 즐기며 위안으로 삼을 일이요, 늦게 핀 매화가 '독립무붕'의 고결함 대신 '만물동춘'을 택한 마음을 새길 일이다.

매화의 적

매화의 살풍경

살풍경殺風景이라는 말이 있다. 당唐의 시인 이상은李商隱의 『의산잡찬義山雜纂』에 나온다. 솔숲 사이에서 사또 행차를 알리는 송간갈도松間喝道, 꽃을 보고 눈물을 흘리는 간화루하看花淚下, 맑은 샘물에 발을 씻는 청천탁족淸泉濯足, 달빛 아래 햇불을 잡는 월하파화月下把火, 산을 등지고 누각을 세우는 배산기루背山起樓, 꽃 위에 잠방이 말리는 화상쇄곤花上曬褌, 기생과 노는 자리에서 속된 문제를 말하는 기연설속사妓筵說俗事, 과일나무 아래 채소를 심는 과원종채果園種菜, 꽃을 마주하고서 차를 마시는 대화철다對花啜茶, 꽃 시렁 아래 닭이나 오리를 키우는 화가하양계압花架下養雞鴨, 금을 태워 학을 구워 먹는 소금자학燒琴煮鶴 등이 그것이다.

이상은은 아름다운 운치를 모르는 속물근성을 이렇게 나열했다. 꽃

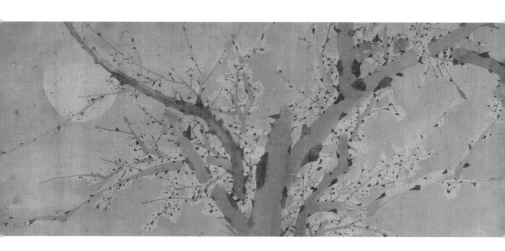

을 보고 늙은 자신의 처지를 생각하고 눈물을 흘리거나, 꽃향기 대신
엉뚱하게 차향을 운운한다면 꽃에게 미안하다. 더욱이 꽃 위에 옷을
널면 그 꽃의 마음이 어떠하겠는가! 꽃에게 눈물과 차, 잠방이는 이울
리지 않는 존재다. 더욱이 꽃을 키우면서도 돈벌이를 생각하는 속물
근성은 말할 것도 없다.

　매화는 어떠한가? 군자의 꽃인 매화에게 이러한 속물근성은 그 생
명을 끊는 일이다. 송나라 주밀周密이 편찬한『제동야어齊東野語』에
「옥조당매품玉照堂梅品」이라는 글이 실려 있다.[69] 이 글을 쓴 사람은 약
재거사約齋居士 장자張鎡(1153~?)다. 지금의 항주杭州 출신인데,[70] 남호
南湖에 있던 조씨曹氏 성을 가진 사람의 밭에 오래된 매화 수십 그루가

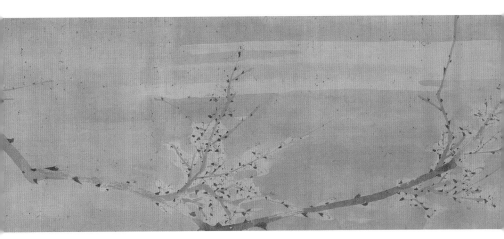

조속趙涑(1595~1668) 필筆, 〈월매도月梅圖〉, 국립중앙박물관 소장.
매화와 가장 잘 어울리는 것 중 하나가 달이다.

팽개쳐져 있는 것을 보고 그 땅을 사서 서호西湖 북쪽 밭에 있던 강매
江梅 3백여 그루를 가져와 심었다. 몇 칸의 집을 지어 마주하게 하고는
양쪽에 상매緗梅와 홍매紅梅 수십 그루를 심었다. 달빛에 백옥처럼 빛
나는 매화를 완상하고 집 이름을 옥조당이라 하였다. 곁에 개울을 파
서 옥조당을 두르게 하고 배를 띄워 노닐었다. 이렇게 아름다운 운치
를 즐기면서 매화를 키우다 보니, 매화에게 무엇이 어울리고 무엇이
어울리지 않는지를 알게 되었다.

　약재거사는 우선 매화가 미워하는 것 '화증질花憎嫉' 14조목을 들
었다. 사나운 바람[狂風], 연이어 내리는 비[連雨], 뜨거운 햇살[烈日],
심한 추위[苦寒], 못생긴 여인[醜婦], 속된 인간[俗子], 늙은 까마귀[老

鴉], 나쁜 시[惡詩], 시사를 말하는 것[談時事], 관직의 임명을 논하는 것[論差除], 꽃길에서 행차를 알리는 것[花徑喝道], 꽃을 마주하고 비단 장막을 치는 것[對花張緋幕], 꽃구경하면서 풍악을 울리는 것[賞花動鼓版], 시를 지을 때 '조갱調羹'이나 '역사驛使' 등의 고사를 사용하는 것[作詩用調羹驛使事] 등이 그것이다. 이상은이 이른 살풍경을 매화에 적용하고 확대한 것으로, 이들은 가히 매화의 적이라 할 만하다.

사나운 추위가 매화를 얼어 죽게 해도 굳이 어울리지 못한다고 할 것까지는 아니겠지만, 미친 듯 부는 바람, 연이어 내리는 비, 작열하는 햇살 등은 분명 매화의 운치와 거리가 멀다. 엄동설한에 어렵게 핀 매화를 감상하려는데 사나운 바람이 불고 한파가 몰아쳐 꽃이 떨어지거나 얼어 버리면 그 마음이 어떠하겠는가? 을씨년스러운 까마귀 울음소리도 어울리지 않는다. 그 앞에 못생긴 아낙네가 있거나 저속한 인간이 있다면 아름다운 여인을 닮고 고결한 군자를 닮은 매화가 절로 슬퍼할 것이다.

꽃을 구경하면서 비단 장막을 치는 일이나 풍악을 울리는 짓도 매화를 죽이는 살풍경임에 틀림이 없다. 맑은 매화 앞에서 높은 벼슬과 많은 돈을 자랑하는 짓이니 이러한 자들도 속물이다. 문인이라면 매

신명연申命衍(1809~1886), 〈매도梅圖〉, 국립중앙박물관 소장. ▶

소식蘇軾의 「매화梅花」, "어슴푸레 달빛에 그윽한 향기 일렁이는데, 마루 앞에 온 나무 봄빛이라. 봄바람 무슨 일로 옆집으로 갔는가, 그 집 아들 늘 문 닫고 사는데. 눈 같은 피부 차갑고 옥 같은 얼굴 참된데, 향긋한 뺨은 분이 고루 퍼지지 못하였네. 꽃을 꺾어 농두의 분께 부치고 싶지만, 강남은 날이 저물려 하네. 暗香浮動月黃昏 堂前一樹春 東風何事入西隣 兒家常閉門 雪肌冷 玉容眞 香腮粉未匀 折花欲寄隴頭人 江南日欲曛"가 적혀 있다. 임포와 육개의 고사를 합쳐 지은 작품이다.

화의 맑은 운치를 사랑하고 또 이를 아름다운 시에 담고자 하지만, 재주 없는 자가 억지로 시를 짓느라 매화를 마주하고 낑낑거리는 모습은 꼴불견이다. 매화를 읊을 때면 '조갱調羹'이니 '역사驛使'니 하는 상투적인 표현을 쓰는 것도 매화가 싫어할 만한 일이다. '조갱'은 국의 간을 맞춘다는 말로, 『서경書經』에서 고종高宗이 부열傅說에게 "내가 국을 요리하거든 네가 소금과 매실이 되라."고 한 데서 유래하였다. 매실 식초로 음식의 간을 맞추는 것처럼, 재상이 국정의 조화를 이루어 나가는 것을 비유하는 상투적인 고사다. '역사'는 육개陸凱가 강남에서 매화 한 가지를 꺾어 역참의 사신 편에 장안長安에 있던 친한 벗 범엽范曄에게 보낸 고사에서 나온 말이다. 먼 곳에 있는 벗에게 매화 소식을 알릴 때 상투적으로 등장하는 고사다.

이와 함께 매화를 눈, 달, 얼음, 옥구슬 등의 상투적인 사물에 비유하는 것도 매화의 수치라 할 만하다. 송나라 진부량陳傅良이 「장맹부가 매화를 찾아가는 시에 차운하여和張孟阜尋梅韻」에서 "내 금자체로 시를 지은 적 있으니, 눈과 달, 얼음과 옥구슬은 말하지 않았지.我嘗欲擬禁字體 不道雪月冰瓊瑰"[71]라 한 데서 나온 풍속이다. 송나라 구양수歐陽修가 눈을 읊은 시에서 옥玉, 월月, 리梨, 매梅 등의 글자를 금자禁字로 정하고 이를 쓰지 않았다는 것을 응용한 것이다. 나쁜 시를 짓지 않는 것도 어려운 일인데, 그나마 매화와 바로 연결되는 시어를 사용하는 것이 매화가 싫어하는 일이라니, 약재거사의 욕심이 과하다 하겠다.

매화를 사랑한 약재거사의 욕심은 여기에 그치지 않는다. 매화의 굴욕 '화굴욕花屈辱'이라는 이름으로 다시 12조를 덧붙였다. 매화를 욕되게 하는 일의 첫 번째는 속된 자들이 꽃을 마구 꺾는 일[俗徒攀折]이다.[72] 또 세밑에 매화가 피면 벗들을 불러 매화를 함께 감상하는 것이 문인의 풍류인데도 자신의 매화를 아껴 쫀쫀하게 숨겨 두고 보이지 않는 것은 매화를 욕보이는 것이다. 이것을 일러 주인의 비루함과 인색함[主人鄙慳]이라 하였다. 또 매화는 청빈한 선비의 꽃인데 부자가 이까지 탐을 내어 정원에다 심는 것 역시 그러하다. 속물근성을 가진 자들에게 매화는 절조가 아닌 장식이기 때문이다. 매화는 은자의 꽃이기에 부잣집에는 잘 어울리지 않는다. 부잣집 정원에 매화를 심는 일[種富家園內]은 매실로 재산을 늘리겠다는 뜻이 있기도 할 것이다. 부잣집에서 구불구불하게 길러 병풍으로 만드는 일[蟠結作屛]도 속물들이 하는 짓이다. 대나무나 소나무 등으로 취병翠屛이라는 담장이나 취개翠蓋라는 가리개를 만들었는데, 매화나무로도 이런 구조물을 만드는 사람들이 있어 약재거사가 이를 경계한 것으로 보인다.

약재거사의 글은 다소 장난기가 있다. 그는 못생긴 여종의 이름에 '매梅' 자를 붙이는 일[與䅍婢命名], 매화꽃을 구경하면서 음란한 기생을 부르는 일[賞花命猥妓] 등도 매화를 욕보이는 일이라 하였다. 그리고 여기에다 용렬한 승려가 우아한 척 창 아래 매화를 심는 일[庸僧窓下種], 주막의 화병에다 매화를 꽂아 두는 일[酒食店揷瓶] 등을 더하였다. 매화나무 아래 거름으로 개똥을 주는 일[樹下有狗屎]을 금하였고, 지저분한 골목길이나 시궁창에 매화를 심는 일[生猥巷穢溝邊]을 하지 말라 하였다. 매화 가지에 옷을 말리는 일도 꽃 위에 잠방이 말리는 살풍경과 다르지 않다. 더욱이 푸른 종이 병풍에 흰 매화를 그리는 일[靑紙屛粉畫]도 운치를 사라지게 하는 일이라 하였다.

매화를 괴롭게 하는 일

약재거사가 든 매화의 적은 '화증질' 14조목에다 '화굴욕' 12조목을 더하여 도합 26조목이나 된다. 그가 든 매화가 미워하고 매화를 욕되게 하는 일은 조선 문인들의 생각과 크게 다르지 않았다. 약재거사는 매화가 싫어하는 것 중 첫 번째로 광풍을 들었는데, 특히 중국 강남보다 훨씬 추운 조선에서는 자칫하면 매화가 꽃잎을 떨구거나 아예 얼어 죽기 일쑤였으니, 조선 문인 역시 사나운 추위를 매화가 가장 싫어하는 것이라 여겼다. 사나운 바람 역시 마찬가지다. 그래서 이러한 일을 두고 거듭 글을 지었다.

홍위洪蔵(1620~1660)의 집에 매화나무가 있었는데 밤에 미친 듯 바람이 세게 불더니 막 피어난 매화가 남김없이 다 지고 말았다. 아침에 일어나니 꽃잎 몇 개가 가지 끝에 남아 있을 뿐이었다. 이에 다음과 같은 시를 지었다.

매화는 고담하여 고사와 같은지라	梅花孤淡如高士
떨어져도 바람 따를 뿐 사람에게 붙지 않네.	零落隨風不附人
높이 날아 깊은 산중으로 잘 가시게나,	高飛好向深山去
앞쪽 길거리 말발굽에는 밟히지 말고.	莫作前街馬足塵

　　－홍위, 「밤새 광풍이 매우 사나워 매화가 모두 다 졌다. 아침에 일어나니 몇 점 남은
　　　　꽃잎만 아직 가지 끝에 붙어 있는 것이 보여, 느낌이 일기에 시를 짓는다」[73]

　광풍에 꽃잎을 떨군 매화를 위해 지은 작품이다. 어렵게 꽃을 피웠는데 갑작스러운 바람에 꽃이 지면 매화로서 얼마나 허망하겠는가! 홍위는 매화의 마음을 헤아려 인간 세상을 떠나 깊은 산속으로 날아가 깨끗한 절조를 지키라고 하였다. 홍위는 홍문관 수찬과 교리, 승정원 승지를 지낸 촉망받는 인재였는데, 41세의 젊은 나이에 세상을 떠났다. 짧은 그의 삶이 떨어진 매화 꽃잎에 포개어진다.

　광풍과 혹한과 같은 자연 현상이야 어쩔 수 없다 하더라도, 매화를 괴롭히는 일 대부분은 약재거사가 이른 대로 인간의 탐욕에서 비롯한다. 혼자 보고자 하여 꽃을 꺾는 일도 그러하다. 권상신權常愼 (1759~1824)은 운치 있는 꽃구경을 무척이나 좋아한 문인이다. 남산

에서 꽃놀이를 하면서 지은 글에서 "꽃구경을 하는 이 중에 꽃을 꺾는 것을 즐겁게 여기는 이가 있는데, 매우 의미 없는 짓이다. 봄의 신이 꽃을 키우는 일은 마치 농부가 곡식을 키우는 것과 같다. 꽃들이 모두 괴로워할 것이요, 자연의 생의生意가 무성한 것은 대개 우리와 한가지인데 차마 이를 꺾겠는가?"라 하면서 꽃을 꺾는 일을 봄의 도적 '춘적春賊'이라 한 바 있다.[74] '춘적'은 매화의 적이기도 하다.

이와 함께 조선에서도 매화를 가장 괴롭게 하는 것은 인간의 속물 근성이었다. 고려 말의 문호 이색(1328~1396)은 "맑은 향을 하늘 아래 홀로 차지하였기에, 원래 속인에게 가까이하지 못하게 하는 법淸香獨占斗牛南 俗子元來不放參"[75]이라 하였다. 매화가 가장 싫어하는 속물근성은 그 아래에서 돈이나 권력 이야기를 나누는 일이다. 남유용南有容(1698~1773)은 어느 날 꿈에 이천보李天輔(1698~1761)와 매화 아래에서 시사를 담론하고 있었는데 갑자기 병풍 너머에서 "오늘 저녁은 매화만 보아야 할 것일세."라고 하는 소리가 들렸다. 깜짝 놀라 돌아보니 먼저 세상을 떠난 오원吳瑗(1700~1740)의 목소리였다. 남유용은 꿈에서 깨어나 이런 시를 지었다.

한번 벗과 헤어진 지 이제 여섯 해   一隔故人今六年
백아의 연주 적막하여 산과 물만 마주하네.   牙絃寂寞對山川
꿈속에서 맑고 참된 말 듣고 나니   夢中一轉淸眞語

누가 매화를 보내어 옛 인연 잇게 하겠나! 　　　誰遺梅花續舊緣

> ─남유용, 「꿈에 의숙과 함께 매화 아래 앉아 있는데 의숙이 시사를 말하였다.
> 갑자기 병풍 너머에서 어떤 사람이 "오늘 저녁은 매화만 보게나."라 하기에
> 내가 놀라 돌아보고 "이는 백옥의 목소리일세."라 하였다. 깨어나 시를 짓는다.」[76]

　　의숙宜叔은 이천보의 자이고 백옥伯玉은 오원의 자이다. 남유용, 이천보, 오원은 절친한 사이였거니와 문학으로 나란히 일시를 울린 인물들이다. 남유용은 오원, 이천보 등과 어울려 맑은 마음으로 매화를 감상하곤 하였는데, 오원이 죽은 후 권력 같은 시사 문제를 논하는 속물이 되어 버렸다. 이를 안타깝게 여겨 꿈속에 벗 오원이 나타난 것이다. 오원은 매화의 신이었으리라. 남유용은 이렇게 시를 지으면서 마음에서 속물근성을 씻어 내게 되었다.

　　매화와 시는 떼어 놓을 수 없다. 약재거사가 매화가 싫어하는 것으로 나쁜 시를 든 것은 매화를 마주하고 좋은 시를 짓겠다는 문인들이 너무 많았기 때문이기도 하다. 조선의 문인은 중국 문인보다 더욱 매화를 사랑하고 또 즐겨 시를 짓고자 했다. 그러나 중국인에 비해 시를 짓는 것 자체가 더 어려운 일이었으니, 마음에 드는 시도 그리 많지 않았을 것이다. 문인화가 강세황姜世晃(1713~1791)은 매화를 마주하고 시를 짓는 문제를 두고 이런 시를 지었다.

매화를 마주할 때마다 마음이 부끄러워라,　　　每對梅花心自愧

옷깃 가득한 먼지로 기이한 시어가 없으니.　　　滿襟塵土語無奇

분분한 속인들이 다투어 많이 지으려 들지만　　　紛紛俗子爭吟弄

누가 맑은 향을 가지고 더러운 시를 씻어 줄까?　　誰把淸香洗惡詩

－강세황,「낙원의 박언회 동현의 매화십영에 화답하다」⁷⁷

누구나 매화를 보고 기발한 시를 짓고자 하지만 늘 짓고 나면 마음에 차지 않는다. 속된 문인들은 매화를 소재로 얼마나 많은 시를 지었는지 자랑하지만 그 많은 것이 모두 시원찮다. 그래서 매화의 맑은 향기로 이런 더러운 시를 씻어 주기를 기대한다고 하였다.

조선의 문인들은 한겨울 매화가 피어나면 시회를 가졌는데 이런 자리에서는 술잔이 오갔을 뿐만 아니라 기생들의 분 냄새도 풍겼을 것이니, 야제거사가 이른 대로 이 역시 매화를 괴롭히는 일이었을 것이다. 앞서 본 대로 조선의 부잣집에서도 다투어 매화를 심었고, 또 매화 구경을 한다면서 사람들을 불러 모아 놓고 화로에 고기를 구워 먹느라 매화에게 매캐한 연기를 쐬게 하였다. 이 역시 욕됨이 심했을 것이다.

조선시대 문인이 매화를 괴롭힌 일은 여기에 그치지 않는다. 약제거사는 매화에 비단 장막을 치는 일을 매화가 싫어한다고 한 바 있다. 한양의 문인들은 한겨울 매화꽃을 보려고 화분에 올려 접을 붙인 다음 방 안에 가두고 군불을 때고 화로를 곁에 두어 뜨거운 불기운을 쐬게 하였다. 그뿐 아니라 조선의 가옥이 외풍이 심했기에 감실을 만들어 그 안에 두었다. 물론 온돌 틈으로 들어오는 그을음에 매화가 더럽혀지지 않도록 한 것이기도 하다. 이까지는 그렇다 하더라도 매화 감실을 화려한 비단으로 치장하기까지 하였다.

앞서 김정희가 이를 비판한 「감실 속 매화에 대한 탄식龕梅歎」을 본 바 있다.[78] 김정희는 매화는 강호에 물러나 사는 은자와 같아 좋은 말과 수레를 타는 것을 부끄러워한다고 하였다. 그런데 매화에 비단옷을 입히니 이는 매화를 욕되게 하는 것이다. 이와 함께 김정희는 매화의 등걸과 가지를 인위적으로 구불구불하게 하여 자연스러움을 상하게 한다고 비판하였는데 이 역시 매화를 괴롭게 하는 짓이다.

이처럼 매화를 괴롭게 하는 세태를 두고 강항姜沆(1567~1618)은 다음과 같이 말하였다. 여기에 매화가 진정으로 싫어하는 것이 두루 나온다.

우리 족조族祖 인재仁齋 선생이 『양화소록』을 지어, 화초의 성질에 대해 곡진하게 설명하였다. 매화는 그중 네 번째인데 매화의 품종을 들고 비스듬히 누워 수척한 것을 상품으로 쳤고 매실을 취하여 이익을 노리는 것을 하품으로 쳤다. 그리고 세밑에 꽃을 피우는 것을 중요하게 여겼지만 동지 전의 조매早梅는 풍토에 맞는 것이 아니라 하였다. 세대를 거듭하여 세상에서 매화를 키우는 사람들은 모두 인재 선생을 그 주인으로 여겨 따랐다.

그런데 지금 매화를 기르는 사람들을 보니 예전에 매화를 기르던 사람과는 같지 않다. 그 곧은 둥치를 굽게 하고 그 긴 가지를 꺾어 버리며, 크기가 사람의 키만큼 되지 못하게 하고 굵기가 한 자가 되지 못하도록 한다. 비스듬히 누워 수척한 천성은 날로 사라져 버린다. 혹 지나치게 빨리 꽃을 피우도록 계획을 잡고 지나치게 정성을 기울여, 질화분에 심고 따뜻한 온돌방에 두고서는 더운물을 부어 주고 화로로 덥혀 동지가 되기 전에 꽃이 피도록 한다. 그러고는 남들에게 자랑하고 호사가들을 불러 모아서 마침내 권세가와 교제할 수단으로 삼는다. 앞서 말한 대로 이익을 노리는 것이라 하고 또 풍토에 맞지 않다고 한 것을 불행히도 모두 가지게 되었다.

대개 매화가 사람에게 중시되는 것은 그 담박한 성품과 추위를 이기는 절개 때문이요, 따뜻한 봄빛도 그 마음을 음란하게 할 수 없고 한겨울 추위도 그 뜻을 꺾을 수 없으며, 사나운 바람과 거센 눈보라도 굴복시키지 못하고 날아다니는 벌 나비도 끼어들지 못하여, 늠름하게 꽃들 중에서 홀로 우뚝 선 점 때문일 뿐이다. 그런데도 이제 이와 같이 하니 되겠는가? 매화가 지각이 있다면 바로 부끄러워 죽으려 하지 않겠는가?[79]

강항은 선조 강희안이 편찬한 원예학의 고전 『양화소록』을 들어 담박과 절조의 상징 매화를 인공적으로 기굴하게 만들고 또 강제로 꽃을 피우게 한다면 매화가 부끄러워 죽을 것이라 하였다. 이헌경李獻慶(1719~1791)의 글을 보면 용처럼 구불구불한 등걸을 가진 용매龍梅, 거북의 등처럼 갈라진 귀매龜梅, 학의 모습을 한 학매鶴梅, 승려의 흰 가사처럼 생긴 승매僧梅, 아홉 번 굽은 구곡매九曲梅, 세 봉우리의 형상을 한 삼봉매三峯梅 등 특이한 품종이 보인다.[80] 매화를 기이하게 만드는 기술은 조선이 세계 최고였다고 하겠다. 그러나 인간의 눈에는 기이해 보일지 몰라도 매화로서는 정말 싫은 일이었겠다.

땔감이 된 매화

조선에서 매화의 가장 큰 재앙은 알아주는 눈이 없어 매화를 작살내는 일이었다. 어유봉魚有鳳(1672~1744)은 이를 두고 이상은이 이른 살풍경에 하나를 더한 것이라 하였다.

나에게 한 그루 매화 있으니	我有一樹梅
고운 가지 정히 무성하더니	芳條正扶疎
바야흐로 섣달 초순이 되자	方當臘月初
흐드러지게 만 송이 꽃이 달렸기에	繁花綴萬珠

어루만지며 떠나지 못하고	摩挲而不去
아침저녁 그 곁에 앉아 있었지.	日夕於座隅
딸아이들 방 가득 놀고 있다가	嬌兒滿室戲
마침 어른들 없는 틈이 생기자	適值長者無
멍해서 아무것도 알지 못하여	蚩蚩亦何知
어지럽게 벌 나비처럼 달려들어	紛紛蜂蝶如
그 꽃을 함께 따 버리고	相與挼其英
그 가지까지 꺾어 버렸다네.	又復折其枝
어느새 마른 그루터기 되었으니	居然成枯株
몽땅한 등걸 기이함이 사라졌고	短短無一奇
사나운 비바람이 불어 댄 것처럼	譬如暴風雨
하룻밤에 봄소식 찾을 수 없네.	一夜春無跡
고인이 이른 살풍경에다	古人殺風景
이놈들이 나쁜 것 하나 더하였구나.	此輩添一惡
그윽한 마음 갑자기 삭막해져	幽意忽蕭條
이를 보니 마음이 불쾌하여도	對之心不樂
꾸짖은들 무슨 득이 될까 하여	呵叱亦何益
한마디만 하고 화를 풀었지.	一語聊自解
아 세상 사람들아,	惟彼世上人
매화 보고서도 귀한 줄 모르니	看梅不知貴

흙먼지 그저 눈에 가득한 채	塵埃空滿眼
맑은 꽃향기 꿈속에 늙어 가네.	淸香夢中老
아이들 사납기는 하지만	兒童雖甚狂
본마음은 좋아서 그런 것	本意在愛好
뜻을 헤아리면 그 역시 고운 것	原情亦可嘉
굳이 괴롭게 고민하지 않으리.	何必苦懊惱
한 번 웃고 술 한 잔 마시니	一笑進一杯
남은 꽃이라도 쓸려 가지 않기를.	餘葩不復掃

－어유봉, 「장난으로 쓰다」[81]

어유봉의 어린 딸들이 부모가 안 계신 틈에 곱게 핀 매화 꽃가지를 꺾었다. 매처梅妻라 하여 매화를 아내처럼 생각한 문인에게 충격적인 일이었을 것이다. 그러나 아버지의 딸 사랑이 송의 문인 임포가 들인 '매처'보다 아래는 아니었을 것이니, 어유봉도 딸을 꾸짖지 않았다. 세상 사람들이 매화를 알아주지 못하는 데 비해, 딸들은 매화를 사랑해서 그리한 것이라 위안하였다.

또 무지한 사람들의 눈에는 구불구불한 매화 등걸이 땔감으로밖에 보이지 않는다. 이러한 사람은 매화의 가장 큰 적이었다. 조선 초기의 대가 서거정徐居正(1420~1488)도 이런 강적을 만났다. 그의 집 뜰에 오래된 매화 한 그루가 있었다. 해마다 꽃이 피고 열매를 맺었기에 이를 사랑하여 완상하고 시를 짓곤 하였다. 그런데 잠시 시골집에 가 있는 사이 그 집에 세 들어 살던 사람이 그 매화를 베어 땔감으로 써 버린 것이다. 아예 뿌리조차 남지 않았으니 그 상심이 짐작된다.

만고에 내 지기는 매화가 있을 뿐	萬古知音只有梅
맑은 마음 굳은 절조 속진을 벗어났지.	淸心苦節出塵埃
십 년 동안 재배에 온 힘을 들였더니	十年勤著栽培力
이렇게 잘려서 헤어질 줄 어찌 알았겠나.	一別那知剪伐媒
곧은 넋은 거센 바람 따라 사라졌건만	貞魂已逐狂風去
맑은 바탕은 좋은 달을 좇아올 듯하여라.	淡質疑從好月來
미친 아이 살풍경 만들게 하지 마시게	莫遣狂童殺風景
때마다 옛 생각에 그리움이 깊으리니.	感時懷古思悠哉

－서거정, 「마당에 오래된 매화 한 그루가 있는데 해마다 꽃이 피고 열매가 맺혔다. 시를 짓고 감상하며 아끼고 사랑했다. 중간에 시골에 있을 때 집을 빌려 살던 이가 잘라서 땔감으로 삼아 뿌리와 그루터기조차 남지 않았기에, 슬퍼서 시를 짓는다」[82]

이미 불 속으로 들어간 매화인지라 서거정이 할 수 있는 일은 이렇게 시를 짓고 마음으로 그리워하는 것뿐이었다. 알아주지 않는 사람에게 매화는 잡목일 뿐이니 살풍경이 드물지 않게 연출되었다.

매화를 사랑한 조선의 문인들은 매화가 무식한 사람들에게 도끼질당

112

하는 것을 안타깝게 여기고 자신의 거처에 옮겨 심는 자비심을 보였다.

계림성 북쪽 오래된 뽕나무밭에	鷄林城北古桑田
홀로 선 찬 매화 몇 년을 겪었나?	獨樹寒梅閱幾年
늙은 등걸이 반쯤 나무꾼의 도끼에 찍히고	老幹半隨樵客斧
새로 핀 꽃이 늘 화전 연기에 둘러싸여 있네.	新葩常帶火耕煙
부러 관아로 옮겨 근실히 북돋아 심었으니	故移官閣勤封植
부디 봄바람에 버려질까 원망일랑 말게나.	休向春風怨棄捐
우습다, 사또가 일 벌이기만 좋아하니	堪笑使君偏好事
작은 시 지어 교방에 전해지게 하노라.	小詩翻與敎坊傳

– 이안눌, 「영춘헌에 쓰다」[83]

조선 중기를 대표하는 시인 이안눌(1571~1637)이 1613년 경주부윤慶州府尹으로 있을 때 지은 시다. 이 시의 서문에 따르면, 성의 북문 바깥 들판의 묵은 밭 풀 더미 속에서 오래된 매화 한 그루가 자라고 있었는데 몸통과 가지가 무척 기이하였다. 그런데 나무꾼이 땔감으로 쓰려고 도끼로 찍어 가고 밭을 일구는 농부가 불을 지르는 바람에 매화나무는 거의 죽게 되었다. 이러한 소식을 듣게 된 이안눌이 안타깝게 여기면서 아전을 시켜 관아의 영춘헌迎春軒 동쪽 담장 아래 옮겨 심게 했던 것이다.

죽은 매화를 위하여

남인 문단의 한 사람이었던 강필신姜必愼(1687~1756)의 매화도 이안 눌의 매화와 비슷한 일을 당하였다. 그는 아내를 잃고 홀아비로 살면 서 매화를 아내처럼 여겼다. "홀로 매화 곁에 자노라니, 매화가 옥랑玉 娘과 같기에, 홀아비 생활 적막하지 않으니, 밤새 이부자리가 향긋하 네.獨傍梅花宿 梅花似玉娘 鰥居不寂寞 通夜寢衾香"[84]라고까지 하였다. 강필 신은 농부의 도끼에 찍혀 죽게 된 매화를 집으로 가져와 지극정성으 로 키웠다. 그 아들 강세진姜世晉(1717~1786)이 부친의 뜻을 받들어 애 지중지하였으나 갑작스러운 추위에 죽고 말았다.

듬성한 늙은 매화나무	蕭蕭古梅樹
난곡에 자라는데	生在於蘭谷
도끼에 나날이 찍혀	斧斤日以侵
가지가 나날이 베어졌네.	枝柯日以禿
선친이 그윽한 자태를 아껴	先君愛幽姿
화분에 올려 곱게 꾸몄으니	登盆費雕飾
썰렁한 가지 청옥처럼 빼어나고	冷枝秀靑玉
찬 등걸 벽옥처럼 솟구쳐서	寒查聳蒼璧
성긴 그림자 자리 곁에 드리우니	疎影垂座隅
거문고와 책이 빛이 났었지.	琴書頓顏色

그윽한 구경거리 시월에 딱 맞아	幽賞愜小春
좋은 비단으로 꾸며 주니	寵章侈九錫
아침저녁 문안드릴 때	定省晨昏際
맑은 향이 내 옷에 묻었지.	淸香襲我服
내 부모님 사랑 잃고 나서	自余廢蓼莪
풍수지탄에 상심이 끝이 없었기에	風樹恫靡極
나직이 시든 꽃잎 주워 들고	低回掇冷蘂
슬픔을 머금은 채 홀로 서 있었지.	含哀立於獨
가지에는 꽃의 정신이 깃들어 있고	枝枝尙精神
잎마다 부친의 수택이 남아 있었네.	葉葉猶手澤
부친이 심은 다른 나무 없겠나마는	豈無桑與梓
이 때문에 그 향기를 사랑했다네.	爲愛馨香德
작년 매서운 추위에	去年寒威重
매화 감실에 얼음과 눈이 쌓였기에	屋龕氷雪積
얼음과 눈이 위태한 뿌리에 닿아	氷雪貼危根
봄을 맞을 마음 영영 잃었지.	春心傷脉脉
옥비玉妃가 나날이 시들어 가니	玉妃日漸瘁
봄의 신도 살려 낼 수 없었지.	東皇不能藥
고운 혼은 가서 돌아오지 않으니	芳魂去不歸
석 달이나 아침저녁 근심하였지.	參月愁晨夕

복숭아 키우는 하인도 눈물짓고	桃僮爲垂淚
학의 아들도 그 때문에 슬퍼하네.	鶴子爲含慽
슬프게도 은혜를 마치지 못하니	煢煢恩不卒
사모하는 마음을 어디에 붙이랴!	攀慕此焉托
향기로운 자취는 찾을 데 없으니	芬躅無處憑
외로운 회포 갈수록 서글프다.	孤懷轉悲惻
나부산에 미인이 많다지만	羅浮多美人
안타깝게 네 죽음 대신할 수 없어	爾死恨莫贖
하인 불러 네 넋을 거두어다가	呼僮斂皜魄
꽃밭 곁에 묻게 하노라.	瘞之花塢側

- 강세진, 「매화를 조문하다」[85]

강세진은 부친이 애써 가꾼 분매를 잃고 제문을 지어 애도하였다.
강세진처럼 조선의 문인들은 추위로 인해 매화가 죽게 되면 그 넋을
위로하는 제문을 지었다. 이 시에서도 후반부에 매화를 옥비玉妃라는
여성으로 바꾸고 그 고운 넋을 달래어 주었다. 중국에서도 당나라 이
래 얼어 죽은 매화를 애도하는 시문을 짓는 전통이 있었거니와 조선
에서도 그러하였다.

매화가 죽는 것은 갑작스러운 혹한 때문만은 아니다. 남들에게 보
이고 자랑하려 방 밖으로 옮겨 다니다 한기를 쐬어 죽게 되는 일도 많

았다. 홍태유(1672~1715)가 사랑한 매화 역시 객사客死하는 참사를 당하였다.

내가 세상에 한 명의 벗도 없어 오직 매화를 지기知己로 삼았다. 내 사는 곳에 매화도 살고, 내가 옮겨 가면 매화도 옮겨 갔다. 작년 모련암妙蓮菴에 있을 때 정말 적막하였는데 매화 또한 따라와 침상을 함께하여 내가 시를 읊조리는 것을 도왔다. 매화와 내가 서로 어울린 것이 이와 같이 오래되었다. 올겨울 내가 다시 절간으로 가게 되었는데 오래 걸릴 것 같지 않아 매화를 일부러 집에 두고서, 꽃을 관리하는 하인 한 명에게 근실히 관리하고 보호하게 시켰다. 매번 오갈 때마다 다른 일을 할 틈도 없이 먼저 가서 상태를 물었고, 매화는 정말 탈이 없었다.

그런데 한참 지난 후에 보니 꽃을 감싼 봉오리가 점점 하얗게 터지려 하던 것이 다시 점점 변하여 누렇게 되었다. 내가 이에 놀라 물어보았더니, 같은 마을에 매화를 좋아하는 이가 있어 그 꽃이 필지 살펴보려고 가져가 감상하다가 마침내 한기를 쐬어 이 지경이 되고 만 것이었다.

다시 문을 열고 마당에 심은 매화를 보니, 눈과 서리가 매서운데도 생기가 정말 활발하였다. 슬프다, 화분의 매화와 마당의 매화는 같은데, 마당의 매화는 하늘의 조화로움을 잃지 않아 눈과 서리를 맞아도 죽지 않았지만, 화분의 매화는 이에 호사가의 손에 곤궁을 겪어 그 하늘의 조화로움을 잃게 되어 바람과 한기를 한 번 쐬자 갑자기 죽어 버린 것이다. 나와 같은 마을에 사는 사람이 정말 매화를 좋아하니, 그 매화가 죽은 것이 반드시 그 사람 때문만은 아닐 것이다. 좋아하여 살리고자 한 사람이지만 어쩌다 죽이게 된 것일 뿐이다. 아, 내가 마침내 글을 지어 조문하노라.

하늘은 북쪽이 따스하고 남쪽이 차게 할 수 없는데
인간이 이에 겨울을 바꾸어 봄으로 만들고자 하네.
그 이치가 그릇된 것이라,
어찌 네 조화로움을 상하지 않고
또 참됨을 잃지 않게 할 수 있으랴!
내 홀로 마당의 매화가 탈 없는 것을 보고서
너를 위해 슬퍼 신음하노라.

— 홍태유, 「말라 죽은 매화를 위한 조문」[86]

홍태유는 홍득기洪得箕와 효종의 딸 숙안공주淑安公主의 손자다. 명가의 후손이지만 오히려 그 때문에 부친이 사사되었고 그 신원을 위해 평생을 노력하였지만 뜻을 이루지 못하자 여주의 이호梨湖에 우거한 인물이다. 이렇게 고단한 인생이었기에 그의 유일한 지기가 바로 매화였다. 함께 기거하던 매화가 꽃을 피우려다 갑자기 생기를 잃어 버렸다. 매화를 잘 아는 이에게 보인 것이 화근이 된 것이다. 방 안에서 화분에 올려놓고 애지중지하면서 보호하던 매화가 잠시 바깥나들이를 하였다가 죽음에 이르렀지만, 마당에 그냥 둔 매화는 멀쩡한 것을 보고, 부친의 행적과 인간의 삶을 떠올렸을 듯하다. 그리고 죽은 매화를 위한 제문을 이렇게 썼다. 물론 매화를 조문한 것이 아니라 스스로의 삶을 조문한 것이리라. 조선의 문인은 매화의 재앙을 두고서도 이런 삶의 공부를 하였다.

제 2 부

매화를 사랑한 사람들

전기田琦(1825~1854), <매화초옥도梅花草屋圖>, 국립중앙박물관 소장.

조선 말기에 유행한 '매화서옥도'류의 그림으로, 참신한 감각이 돋보이는 전기의 대표작이다.
화면 아래쪽의 글을 통해 당시 역관이자 개화파 인물인 역매亦梅 오경석吳慶錫(1831~1879)에게
그려 준 그림임을 알 수 있다. 따라서 초옥 안의 인물은 오경석으로 추측된다.

매화와의 문답

벗이 된 매화

꽃은 식물이지만 벗이 될 수 있다. 12세기 송나라의 문인 요관姚寬은 『서계총어西溪叢語』라는 책을 지었는데, 30종의 꽃을 손님에 비유한 인물로 유명하다. 국화는 오래 산다 하여 수객壽客이라 하고, 난초는 호젓한 은자를 닮았다 하여 유객幽客이라 하며, 연꽃은 개울에서 자란다 하여 계객溪客이라 하였다. 매화를 두고는 맑은 손님이라는 뜻에서 청객淸客이라 하고 특히 음력 설 전에 피는 매화 납매臘梅는 겨울 손님이라는 뜻에서 한객寒客이라 하였다.

또 요관과 비슷한 시기의 송나라 문인 증단백曾端伯은 화중십우花中十友라 하여 10종의 꽃을 벗이라 하였다. 국화는 아름다운 벗 가우佳友, 연꽃은 깔끔한 벗 정우淨友, 난초는 향긋한 벗 방우芳友라 하였으며, 매화는 맑은 벗 청우淸友, 납매는 기이한 벗 기우奇友라 하였다.

꽃을 사랑한 조선의 선비 유박柳璞(1730~1787)도 꽃을 벗으로 불렀다. 자신의 집에 온갖 꽃들을 심어 놓고 백화암百花菴이라는 이름을 붙였는데 그곳에서 재배하는 꽃에 대해 『화암수록花菴隨錄』이라는 책을 지었다. 45종의 꽃을 9등급으로 나누고 매화, 국화, 연꽃, 대나무, 소나무를 1등급으로 두었고, 특히 매화를 두고 "강과 산의 정신이요, 태곳적 면목이라.江山精神 太古面目" 하였다. 이와 함께 유박은 증단백의 '화중십우'를 소개하고 자신의 '화중이십팔우花中二十八友'를 따로 정하였는데, 증단백처럼 겨울에 피는 납매를 기이한 벗 기우奇友라 하되 봄에 피는 춘매春梅를 더 넣고 예스러운 벗 고우古友라 하였다.[1]

중국이나 조선의 문인에게 정원을 장식한 꽃나무는 벗이나 손님이었다. 더욱이 항주杭州의 서호西湖에 은거한 송의 임포(967~1028)는 평생 벼슬을 하지 않고 결혼도 하지 않고서, 매화를 아내로 삼고 학을 자식으로 삼았다는 유명한 '매처학자梅妻鶴子' 고사의 주인공이 되었다. 또 소식蘇軾과 시명詩名을 나란히 한 황정견黃庭堅(1045~1105)은 "산반화는 아우요 매화는 형이네.山礬是弟梅是兄"[2]라 하여 매화를 형으로 삼았다. 그로부터 매형梅兄이라는 말이 유행하고, 대나무 벗 매화 형이라는 뜻의 죽우매형竹友梅兄 혹은 대나무 아우 매화 형이라는 뜻의 죽제매형竹弟梅兄 등이 생겨났다.

이처럼 동아시아 문인들은 자신의 덕을 표상하는 꽃을 사랑하고 꽃에게 인격을 부여하여 벗이나 손님으로 삼았다. 그리고 시를 지어 매화와의 대화를 시도하였는데, 그 시초는 남당南唐과 북송 초기에 걸쳐 활동한 문인 서현徐鉉(916~991)과 탕열湯悅의 시회詩會에서 확인된다. 서현은 국가의 역사서를 편수하던 사관史館에 근무할 때 30년 된 매화가 반쯤 말라 죽은 것을 보게 되었다. 이에 매화를 함께 즐기던 동료들이 대부분 죽고 탕열과 자신만 남은 일에 비감을 느껴 시를 지어 탕열에게 주었다. 탕열은 그 시에 차운하여 시를 지었는데, 3연과 4연에서 "하얀 꽃 이제 거의 없으니, 붉은 얼굴도 절로 삭았네. 나무가 사람과 함께 늙어 가니, 어느 겨를에 또 백발을 근심할까.素艶今無幾 朱顔亦自衰 樹將人共老 何暇更悲絲"라 하였다. 그리고 이 질문에 대한 답을 매화의 입을 빌려 말하였다.

뿌리 내린 지 여러 해 지나고서	託植經多稔
기우뚱한 소쿠리에 가득하였지요.	頃筐向盛時
가지는 비록 고물이 되었지만	枝條雖已故
정분이야 바뀐 적이 있었나요.	情分不曾移
섬돌 앞에서 늙지 않으려 해도	莫向階前老
거울 속에 똑같이 시들어 가네요.	還同鏡裏衰
떨어진 잎 더욱 가련하겠지요,	更應憐墮葉
바람에 불려 거미줄에 걸리리니.	殘吹挂蟲絲

─ 탕열, 「거듭 앞의 시에 차운하여 매화를 대신하여 답하다」[3]

매화가 이렇게 답을 하였다. 마당에 뿌리를 내린 지 몇 년 지나고부터 매실이 제법 열려 소쿠리를 가득 채웠지만, 이제 30년 세월이 지나자 꽃도 곱게 피우지 못하고 열매도 잘 맺지 못한다. 그럼에도 정분마저 사라진 것은 아니다. 늙지 않으려 하지만 어쩔 수 없어 거울 속의 모습은 하루하루 삭아 간다. 근근이 남은 나뭇잎도 곧 바람에 날려 거미줄에 걸린 처참한 신세가 될 것이다. 매화가 이런 우울한 심사를 말하였다. 이에 서현이 다시 "다정함이 모두 이러하니, 백발을 면하도록 힘을 쏟아 보세.多情共如此 爭免鬢成絲"라 하였다.[4]

또 12세기에 활동한 송나라 이유겸李流謙이라는 문인도 어떤 사람이 떨어진 매화를 조롱하는 「조낙매嘲落梅」라는 시를 짓자 매화를 대신하여 "바람에 피었다 지는 것 본디 무심하니, 만물은 가을 가면 봄이 돌아오는 법. 고운 꽃과 시든 꽃 비교해 본다면, 본디 허망함도 없고 또 참됨도 없다오.吹開吹落本無心 萬物自秋還自春 若把穠花校枯寂 本無諸妄亦無眞"[5]라 답하였다. 선문답을 하듯 꽃이 피고 지는 것에 마음을 두지 않고 허망함과 참됨도 따지지 않는다는 것이 매화의 답이었다.

원과 명이 교체되는 시기 문학과 역사에 달통하고 나뭇잎에 글자를 쓰고 이를 모아 책을 만들었다는 '적엽성서積葉成書'의 고사를 남긴 도종의陶宗儀라는 학자가 매화가 빨리 피기를 재촉하는 시를 짓고 다시 매화를 대신하여 매화가 늦게 핀 사연을 말한 적도 있다. "따스한 기운 향한 남쪽 가지 일찍 꽃이 피리니, 그것이 온갖 꽃 우두머리 홀로 되게 양보한 것이라오.向煖南枝趁早開 讓渠獨占百花魁"[6]라 하여 사양辭讓의 미덕으로 이해해 달라고 하였다.

이황의 매화문답시

매화를 사람인 양 설정하여 대화를 주고받는 시를 짓는 전통을 이어 이황李滉(1501~1570)은 매화문답시梅花問答詩라는 독특한 양식을 만들어 널리 퍼뜨렸다. 주지하다시피 조선 성리학을 최고의 수준으로 올려놓은 대학자 이황은 매화를 무척 사랑한 사람이었다. 매화를 매형梅 兄이라 불렀고, 세상을 뜨기 며칠 전 설사를 하게 되자 "매형에게 불결하니 마음이 절로 편치 못하구나."라 하면서 매화를 다른 곳으로 옮겨놓게 하고는 며칠 후 매화 화분에 물을 주게 한 다음 눈을 감은 고사가 널리 알려져 있다.[7]

평생 매화를 사랑한 그였기에 이르는 곳마다 매화를 키우고 사랑하였으며 매화와 만나거나 헤어지면서 시를 짓곤 하였다. 이러한 매화 사랑이 그로 하여금 매화문답시를 만들어 내게 한 것이다. 매화에게 인격을 부여하고 대화를 나누는 사유 방식은 중국에서 확인되지만, 매화에게 시를 지어 뜻을 보이고 다시 매화를 대신하여 그에 답을 하는 매화문답시는 중국에서도 사례가 흔하지 않다는 점에서 우리 한시사의 소중한 자산이다. 아울러 이황에 의하여 만들어진 매화문답시는 후대에 많은 영향을 끼쳐 그 제자들에 의하여 거듭 재생산되었다는 점에서 한국 한시사의 전개에서도 중요한 현상이라 할 수 있다.[8]

이황이 처음 매화와의 대화를 시도한 것은 벼슬에 들고 나는 출처出處 때문이었다. 1566년 2월 조정에서 공조판서로 부르자 이황은 사직을 청하는 글을 올린 후 경상도 예천醴泉에 머물러 있었다. 이때 그 심사를 매화에게 토로하였다.[9]

고고한 매화는 고산이라야 맞는 법	梅花孤絶稱孤山
무슨 일로 이 관아의 정원으로 옮겨 왔나?	底事移來郡圃間
절로 명예 때문에 필시 그르치게 되리니	畢竟自爲名所誤
내 늙어 명예에 시달린다고 놀리지 말게.	莫欺吾老困名關

—이황,「정자중의 편지를 받으니 더욱 진퇴의 어려움을 탄식하고,
시를 지어 뜰의 매화에게 묻는다」[10]

이황은 매화에게 이렇게 하소연하였다. 매처학자의 처사 임포가 사랑한 꽃 매화는 고산孤山에 있어야 맞는데 벼슬아치들이 득실거리는 관아에 온 것처럼, 자신도 벼슬 때문에 고향을 떠나게 된 신세를 한탄하였다. 이황은 다시 매화의 입을 빌려 자신의 처지를 변명하였다.

나는 관아의 뜰에서 고산을 그리워하는데	我從官圃憶孤山

그대는 객지에서 구름과 개울을 꿈꾸는구나.　　君夢雲溪客枕間

한 번 웃으며 만난 것 하늘이 빌려준 기회라　　一笑相逢天所借

굳이 선학과 함께 사립문 지킬 것 있겠나?　　不須仙鶴共柴關

- 이황, 「매화를 대신하여 답하다」¹¹

매화의 답은 엉뚱하다. 이황이 매화를 사랑하면 그뿐이지 굳이 임
포처럼 고산을 고집할 것이 없다 하였다. 아예 벼슬 문제는 말도 꺼내
지 않았으니, 이황은 매화의 고고한 절조를 지킬 뿐 벼슬길에 나아갈
마음이 없다는 뜻을 이렇게 말한 것이다.

이황은 예천에서 열흘 남짓 고민을 하다가 고향 도산陶山으로 돌아
왔다. 마침 도산에도 매화가 피어 있었다. 다시 매화와의 대화를 이어
나갔다.¹²

묻노니 산중의 백옥 같은 두 흰 선선이여　　爲問山中兩玉仙

온갖 꽃 피는 봄날을 어이하여 잡아 두셨나?　　留春何到百花天

만나도 예천의 관아에서와 같지 않으니　　相逢不似襄陽館

추위 속에도 나를 보고 한 번 웃어 주소서.　　一笑凌寒向我前

- 이황, 「도산의 매화를 찾아서」¹³

예천에서는 매화가 만개하였는데 도산에서는 매화가 아직 피지 않

았기에 이황은 매화에게 이렇게 물은 것이다. 이에 대한 매화의 답은
이러하다.

> 나는 바로 임포가 환골탈태한 신선이요 　　　我是逋仙換骨仙
> 그대는 학이 요동에 돌아온 정령위구려. 　　君如歸鶴下遼天
> 하늘이 서로 만나 한 번 웃게 허락하리니 　相看一笑天應許
> 양양관에 비해 늦다 빠르다 비교하지 마소. 莫把襄陽較後前
>
> — 이황, 「매화를 대신하여 답하다」[14]

　　매화는 자신이 임포가 죽어 매화로 환생한 신선이요, 이황은 학이
되어 고향으로 돌아온 정령위丁令威라 하였다. 정령위는 요동 사람인
데, 영허산靈虛山에서 도를 배웠고 후에 학으로 변하여 요동으로 돌아
가 성문의 화표주華表柱에 내려앉았다. 그때 소년들이 활을 들고 쏘려
고 하자 학이 공중으로 날아가 배회하면서 "이 새는 정령위라. 집 떠난
지 천 년 만에 비로소 돌아왔노라. 성곽은 옛날 그대로나 백성들은 옛
날 백성이 아니구나. 어찌하여 신선이 되지 않고 무덤만 즐비한가?"라
고 하고 창공으로 날아가 버렸다는 고사가 있다. 이황이 벼슬길로 나
아가지 않고 도산으로 돌아왔기에 이렇게 말한 것으로, 스스로 속세

◀ 이희윤李喜胤(16세기 후반)의 작품으로 추정되는 〈매죽쌍학도梅竹雙鶴圖〉, 국립중앙박물관 소장.
　어필御筆로 "매화 가지에 댓잎이 서로 묘한데, 가운데 한 쌍의 정령위가 있네.
　梅枝竹葉相妙 中有一雙丁令"라 쓰여 있고, "무인납동육십오세옹戊寅臘冬六十五歲翁"이라 적혀 있다.
　영조英祖가 무인년에 65세였으므로, 이 글은 영조가 쓴 것임을 알 수 있다.
　이희윤은 덕림수德林守로, 성종의 증손 춘성부정春城副正 이위李偉의 양자다.

<독서당계회도讀書堂契會圖>,
서울대 박물관 소장.
이황이 독서당을 떠난 지 그리
오래되지 않은 1570년 무렵의 그림이다.

가 아닌 선계의 인물이라 자부하였다. 그래서 매화와 학이 어울려 맑은 삶을 누리자고 한 것이다. 양양관襄陽館은 이황이 머물던 예천의 동헌에 있던 건물 이름이다.

　명종은 이황을 조정으로 불렀고 이황은 그때마다 사양하거나 어쩔 수 없이 한양으로 가더라도 얼마 지나지 않으면 도산으로 내려가곤 하였다. 이러한 출처에 늘 매화가 자리하고 있다. 이황은 매화를 자신의 분신으로 삼았다.

이보다 앞서 이황은 1555년 2월 첨지중추부사로 한양에 있다가 병을 이유로 들어 사직하고 고향으로 내려갔다. 한강의 동호東湖 독서당讀書堂에 망호당望湖堂이라는 건물이 있었고 그 뜰에 매화 한 그루가 매우 아름답게 피었다. 이에 술을 가지고 찾아가 시를 두 수 쓰고 떠났다. 그 시에서 "천 리 남쪽으로 떠나려니 자네를 잊기 어려워서, 문 두드리고 찾아와 풀썩 넘어져 버린다네.千里南行難負汝 敲門更作玉山頹",[15] 혹은 "가여워라, 남쪽으로 돌아가는 초췌한 객은, 해 저물녘까지 자네와 흠뻑 취하였네.獨憐憔悴南行客 一醉同君抵日頹"[16]라 하여 아쉬운 정을 토로하였다. 매화를 '그대[汝, 君]'라 하여 벗처럼 대화를 한 것이다.

이황이 매화를 노래한 작품은 이처럼 매화와의 대화체로 된 것이 대부분이다. 1569년 조정에서 이조판서, 판중추부사, 우찬성 등으로 불렀으나 나아가지 않고 3월 도산으로 다시 내려가려 하였다. 한양에 머물 때 화분에 심은 매화를 하나 얻어 늘 책상에 두고 보곤 하였다. 고향으로 내려갈 때 이 화분을 들고 갈 수 없어 그 안타까움에 다시 시를 지었다. 이 시 역시 매화와의 문답이다.

고맙게도 매화 신선 나를 짝해 처량한데　　　　頓荷梅仙伴我涼
깔끔한 객창에 꿈속의 넋조차 향긋하구나.　　　　客窓蕭灑夢魂香

고향 길에 안타깝게 그대 데리고 못 가니   東歸恨未携君去
서울의 풍진 속에서 고운 빛 간직하게나.   京洛塵中好艷藏

-이황,「한양의 객사에서 화분의 매화에게 답으로 주다」¹⁷

도산 신선 벗한 우리네도 처량하다지만   聞說陶仙我輩涼
공 돌아가실 때 기다려 꽃향기를 피우리니   待公歸去發天香
공이시여, 그를 마주하고 내가 그립거든   願公相對相思處
옥과 눈의 맑고 참됨 함께 잘 간직하소서.   玉雪清眞共善藏

-이황,「화분의 매화가 답하다」¹⁸

앞의 시는 이황이 매화에게 말을 건넨 것이고, 뒤의 시는 매화가 이황에게 답을 한 것이다. 제자 기대승奇大升이 차운하면서 이황의 시도 그의 문집에 함께 실었는데 여기에서는 매화에게 주는 증별시贈別詩라 하였다.[19] 이황은 매화를 매선梅仙이라 하고, 매화는 이황을 도선陶仙이라 이르면서 서로를 신선이라 불렀다. 이황은 매화가 자신처럼 부귀를 탐하지 않아 처량한 신세지만 그래도 함께하여 서울의 나그네 생활에 찌들지 않게 해 주었기에 고맙다고 하였다. 그리고 고향 도산에 함께 데리고 가지 못하여 미안함을 말하고 자신이 없더라도 맑고 고운 빛을 잘 보존하라고 당부하였다.

이에 대해 매화는 이황이 자신을 떠나더라도 도산의 매화가 이황을

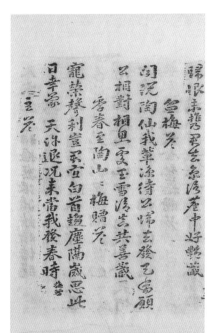

이황, 『매화시梅花詩』 규장각 소장.
이황의 매화시 62수를 모아 목판으로
인쇄한 책인데 매화와의 문답을 적은
시도 여기에 실려 있다.

기다렸다가 꽃을 피울 것이니, 그 꽃을 마주하면서 백설과 백옥 같은
맑은 마음을 보중하라 하였다. 이런 시에서 누가 매화이고 누가 이황
인지 가릴 수 없다. 이황과 매화는 벗이 되었고 마침내 한 몸이 된 것
이라 하겠다.

　이때까지도 이황이 시로 매화와의 문답을 진행하였는데 문답에 맞
게 같은 운자를 사용하였다. 그러다가 다음 작품에 이르면 하나의 작
품으로 증답이 이루어진다.

총애 영화 명성 이익 그대에게 맞겠는가?	寵榮聲利豈君宜
허연 머리 속진 좇느라 해 넘겨 그리웠지.	白首趨塵隔歲思
이날 성은 입어 물러날 수 있게 되었는데	此日幸蒙天許退
내 앞에 봄이 맞닥뜨리니 얼마나 좋은가!	況來當我發春時

－매화가 주인에게 주다梅贈主

재상 인연 없어 그대 만남이 마땅하니	非緣和鼎得君宜
맑은 향기 좋아 절로 그립다 노래하네.	酷愛淸芬自詠思
이제 내 약조한 대로 내려오게 되었으니	今我已能來赴約
내 밝은 시절 저버렸다 싫어하진 않겠지.	不應嫌我負明時

－주인이 답하다主答

－이황, 「늦봄 도산에 이르러 산의 매화와 주고받은 시」[20]

이황은 1569년 조정의 인사를 책임지는 이조판서에 임명되었지만 사양하였고 판중추, 우찬성, 판중추부사 등 다소 한가한 직책에 임명되었으나 역시 나아가지 않았다. 그러다가 3월 드디어 모든 벼슬에서 물러나 도산으로 내려올 수 있었다. 그 감회를 매화문답시에 담았다.

이황은 매화와의 문답을 시로 제작하여 후학들에게도 주었다. 1570년 제자 김부필金富弼이 안동 오천烏川에 있던 자신의 집 후조당後凋堂에 핀 매화를 구경하러 오라고 하였는데, 이황은 그렇게 하겠노라 하였지만 임금의 부름을 받아 뜻을 이루지 못했다. 이에 매화와의 문답을 시로 지어 보내었다. 여기서는 김부필의 매화를 후조당의 매화 후조매後凋梅라 하였다.[21]

김수증과 김창흡의 매화문답

이황이 새롭게 선보인 매화문답시는 김수증金壽增(1624~1701)과 그의 일문에서 다시 성대하게 제작되었다. 조부 김상헌金尙憲이 남양주의 석실石室에 선영을 마련하면서 석실은 이 집안의 선영이 되었다. 송시열宋時烈에 따르면 석실은 원래 적실賊室이었는데 김상헌이 석실이라는 우아한 이름으로 바꾸었다.[22] 이곳에는 멋진 분매盆梅가 있었다.[23] 이를 두고 김수증은 1693년 일흔의 나이에 매화문답시를 제작하였다. 물론 그 전통은 이황의 매화문답시를 이은 것이다.

송백당에 깊이 숨겨 놓은 고운 집은 　　　　　　　松柏堂中藏艷閣

침병 곁에 성긴 가지 찬 꽃이 있다네. 　　　　　　疏枝冷蕊寢屛間

화음의 한 그루 나무가 도리어 우습네, 　　　　　華陰一樹還堪笑

홀로 산승과 짝하여 찬 겨울을 보내니. 　　　　　獨伴山僧度歲寒

　　　　　　　　　　　　　　－석실매가 화음매에게 묻다石室梅問華陰梅

정선鄭敾(1675~1759), 〈미호渼湖〉, 간송미술관 소장.
미호는 석실 앞의 한강을 이른다.

외로운 뿌리는 먼지 구덩이 가까운 것 싫고　　　　孤根厭近囂塵跡

맑고 고운 자태는 적막한 물가만이 맞다지.　　　　清艷端宜寂寞濱

오늘에 나아가고 물러남은 각기 천성이라　　　　今日行藏各天性

첩첩 산의 눈바람에도 한 가지 꽃을 피웠네.　　　　萬山風雪一枝春

- 화음매가 답하다 華陰梅答

- 김수증, 「석실의 분매는 꽃봉오리가 정말 곱다. 병들어 누워 있다가 새벽에 일어나
우연히 퇴계의 매화문답시를 기억하고 마침내 그 시체를 모방하여 장난으로 짓는다」[24]

김수증의 매화문답시는 네 부분으로 되어 있는데 첫 번째는 석실매

石室梅와 화음매華陰梅의 문답이다. 석실매는 김상헌이 세운 석실의 송백당松栢堂에 있던 매화인데 이를 두고 김창흡金昌翕과 김창협金昌協이 거듭하여 시를 지은 바 있으니, 이 집안의 상징과 같은 존재였다.[25]

화음매는 김수증이 은거하던 화천의 화악산華嶽山 북쪽 화음동華陰洞, 지금의 삼일계곡에 있던 매화다. 김수증은 1675년 무렵 이곳에 별서를 마련하고 화음동주華陰洞主로 자처했지만 회양淮陽과 청풍淸風 등의 외직 생활을 하느라 오래 머물지 못하다가 1689년 기사환국己巳換局으로 아우 김수항金壽恒이 유배지에서 사사되자 화음동으로 물러났다. 이후 그곳을 삶의 근거지로 삼았다. 화음동에는 송나라 육유陸游의 "노년이라 쇠잔하여 다시 강성하기 어려움을 알지니, 인간만사 잠자는 것보다 나은 것은 없더라.殘年已覺衰難强 萬事無如睡不知"[26]라는 시구에서 따온 부지암不知菴이라는 건물을 두었다. 그 방 안에 분매 둘을 두었는데 섣달이면 꽃이 피었다.[27]

이 시에서 송백당에 숨겨 놓은 고운 집은 매화 감실을 이른다. 석실매는 감실 속에서 꽃을 피우고 있는데, 화음매는 주인이 자리를 비워 산승과 겨울을 보낸다고 놀렸다. 이에 대해 화음매는 번화한 속세를 싫어하고 맑은 물가를 좋아하는 점에서는 한가지라 하고 화악산 골짜기에서도 꽃을 피운다고 하였다. 김수증은 다시 화음매의 질문과 석실매의 답을 한 번 더 만들었다.

고갯마루 구름 깊은 곳에 홀로 꽃을 피웠는데　　嶺雲深處獨開花

반수암 암자 창가에서 여윈 그림자 비스듬하네.　　伴睡禪窓瘦影斜

문득 겁이 나누나, 동곽 너머 사는 우리 형님　　却恐吾兄東郭外

한 점 흙먼지가 이끼 낀 등걸에 가까이 올까 봐.　　華陰梅問石室梅

－화음매가 석실매에게 묻다華陰梅問石室梅

내 서호의 빙설 같은 맑은 혼이 있어　　我是西湖氷雪魄

예전 북녘의 동산에서 은자를 만났지.　　舊逢逋客北山園

이제는 한 뙈기 맑고 시원한 땅　　如今一片淸涼界

외로운 고송오류촌에서 기쁘게 만나기를.　　好會孤松五柳村

－석실매가 답하다石室梅答

화음매는 화악산 구름 깊은 골짜기에 홀로 꽃을 피워 산승과 호젓함을 함께한다고 하고, 석실매가 도성에서 가까워 혹 속진에 더럽혀질까 걱정이라 하였다. 반수암伴睡菴은 화음동에서 1리 정도 떨어진 곳에 있던 암자다. 이에 대해 석실매는, 고산처사 임포가 살던 서호西湖에서 빙설氷雪의 마음을 과시했던 매화가 화음동에서 은자를 만났다가 이제 석실이라는 청량계淸涼界에서 도연명陶淵明 같은 은사를 다시 만나게 되었음을 자부하였다. 송시열은 1672년 도연명의 「귀거래사」에서 이른 "고송을 어루만지며 머뭇거린다撫孤松而盤桓"와 도연명

의 별호 오류선생五柳先生에서 따와 '도산석실려陶山石室閭'와 '고송오
류문孤松五柳門'이라는 글자를 석실의 도산정사陶山精舍 앞 두 개의 바
위에 새긴 바 있다.[28] 이러한 사실을 연결하여 김수증은 자신이 임포
와 도연명의 후신임을 말하였다.

　김수증은 석실매와 화음매의 대화를 이어 나갔다.

황량한 들에 오래 머문다 의아할 것 없으니　　　莫訝荒郊久滯淫

그 맑은 자태가 세상과 부침할 리 있겠나?　　　清標寧與世浮沈

훗날 절로 돌아가 머물 땅이 있으리니　　　他時自有歸棲處

화음동이 아니라면 바로 동음 땅이겠지.　　　不是華陰卽洞陰

　　　　　　　　　－석실매가 화음매에게 주다石室梅贈華陰梅

이제 돌아올 기약을 늦추지 마소,　　　歸期從此莫敎遲

먼지 구덩이에서 백옥 자태 물들 듯하니.　　　恐有游塵涴玉姿

사향산 그림자 속에 가서　　　去矣麝香山影裏

청령계에서 가지를 즐겨 뻗치시기를.　　　清冷溪上好橫枝

　　　　　　　　　　　　　－화음매가 답하다華陰梅答

　석실매는 비록 도성에서 가까운 석실에 살고 있지만 속진에 물들
지 않을 것이며, 조만간 화음동이나 동음洞陰으로 돌아갈 것이라 맹서

하였다. 동음은 포천에서 화천으로 넘어가는 백운산 자락을 이르는데 아우 김수항과 조카 김창협이 살던 곳으로 김창협이 자신의 호로 삼은 농암農巖이 이곳에 있다. 이에 대해 화음매는 약속을 늦추지 말라 하고 화음동은 아니라도 가까운 청령계淸泠溪에라도 돌아오라 하였다. 청령계는 청령뢰淸泠瀨로 동음의 개울 이름이다. 또 사향산麝香山은 두보杜甫가 살던 기주夔州의 산 이름으로, 백운산을 이른다.

김수증은 마지막으로 꽃이 핀 매화와 피지 않은 매화의 문답을 넣었다.

양 하나 생겨나 그윽한 자태 나오니	一陽生處發幽姿
정말로 맑은 향기가 그윽할 때라네.	正是淸芬瀾漫時
괴이하다, 우리 그대 너무 적막하니	怪殺吾君太寂寞
빈 기지 비실비실 무엇을 하실는지!	空枝裊裊竟何爲

－꽃이 핀 매화가 피지 않은 매화를 조롱하다開花梅嘲未開梅

때를 따르는 의리는 함장을 귀히 여기니	隨時之義貴含章
우리의 도는 어찌 출처를 달리하겠는가?	吾道何分行與藏
지극한 이치 없는 듯해도 숨은 형상이 있으니	至理無形涵有象
누가 외로운 뿌리 하늘의 향을 품은 줄 알랴!	孤根誰識蘊天香

－피지 않은 매화가 답하다未開梅答

양의 기운이 하나 나온다는 것은 동지를 이른다. 동지 무렵에 꽃을 피워야 하는데 그러지 못한 매화를 나무랐다. 이에 대해 꽃이 피지 않은 매화는 『주역』에서 이른 '함장含章', 곧 내면의 아름다운 마음을 간직하고 있다고 하였다. 송나라의 대학자 주희가 "무심함에 상象이 풍성함을 안다면, 그대 복희씨 오는 것을 직접 보게 하겠네.若識無心涵有象 許君親見伏羲來"[29] 라고 한 말에서 가져와 겉으로 꽃이 피지 않은 것처럼 보이지만 곧 꽃을 피울 마음을 지니고 있으니 조만간 천연의 향기를 뿜을 것이라 하였다.[30]

김창흡(1653~1722)은 산수 유람과 문학을 사랑하였다는 점에서 백부 김수증과 뜻이 잘 맞았다. 그래서 백부의 매화문답시를 보고 차운하는 시를 지어 올렸다. 석실매와 화음매가 각기 한 차례씩 묻고 답하는 내용이다.

골짜기 속 고단한 삶 눈과 싸우기 힘든데 　　　　峽裏孤生鬪雪難

선생은 또 그 사이에 머물지도 않으시네. 　　　　先生又不住其間

구름 속의 학에게 은자를 부르라 전한 것 　　　　思憑雲鶴傳招隱

총계봉 앞의 땅이 가장 춥기 때문이라지. 　　　　叢桂峰前地最寒

　　　　　　　　　　　　　　　　　　　　　－석실매가 묻다石室梅問

네 이제 흐드러지게 꽃 피움을 양보하니 　　　　讓爾舒芳今瀾漫

두천의 물가에서 행장을 붙들고 있겠지.	牽留杖屨斗川濱
한 번 이 산으로 돌아올 날이 있다면	但令一有還山日
내 섣달 지난 봄날 이어서 꽃을 피우리라.	受謝吾其臘後春

– 화음매가 답하다 華陰梅答

반수암 암자 곁의 적막한 꽃은	伴睡菴中寂寂花
종 울리자 달빛 창가에 몇 가지 기울었네.	月牕鐘後數枝斜
시원하게 심신의 더러움을 씻었으니	蕭然逈脫根塵累
한바탕 기이한 향을 등걸에 붙이시려나.	一段奇香不著槎

– 화음매가 묻다 華陰梅問

그저 빈숲에서 지내는 냉담한 혼이여	徒爾空林冷淡魂
눈 내린 첩첩산중에 절산 문이 닫혔네.	雪山千疊閉禪園
풍류는 마침내 인연 따라 맡기리니	風流竟屬隨緣地
선생의 칠순 잔치 마을에 향이 그득하리.	香滿先生壽會村

– 석실매가 답하다 石室梅答

– 김창흡, 「백부의 매화문답시에 엎드려 차운하다」[31]

석실매는 화음동 김수증의 집을 마주한 총계봉叢桂峰이 너무 추워

탁심거사托心居士, 〈매도梅圖〉, 국립중앙박물관 소장. ▶
달밤의 매화, 김수증의 화음매가 이런 운치를 자랑한 것이다.

은자의 사신 학을 시켜 석실로 모셔 온 것이라 하였다. 이에 대해 화음매는 두천斗川이 흐르는 석실 일대가 화음동에 비해 따스하여 먼저 꽃을 피울 것이라, 그 때문에 김수증이 길을 나서지 못한다고 하면서, 김수증이 돌아오면 조금 늦게나마 꽃을 피워 맞을 것이라 하였다.

이어 화음매가 먼저 말을 건다. 화음동에 있는 암자 반수암에서 맑은 종소리를 듣고 달빛 아래 꽃을 피우려 하는데, 속진에서 멀리 벗어나 있어 더욱 기이한 향을 풍길 것이라 하였다. 이에 대해 석실매는 매화의 정신을 상징하는 냉담혼冷淡魂을 품고 눈 덮인 깊은 산속에서 외롭게 지낸 화음매를 위로하고 칠순을 맞은 김수증을 위해 자신이 맑을 향을 바칠 것이라 하였다.

윤봉오의 매화문답

이황은 자신과 매화의 문답으로 가설하여 출처에 대한 뜻을 은근히 말하였다. 이에 비해 김수증과 김창흡은 자신의 별서가 있던 화음동의 매화와 선영이 있던 석실의 매화 사이의 대화로 설정하였다. 그리고 이를 통해 별서에서 은자로서 살아가는 자신의 맑은 삶을 투영하였다.

김창흡보다 조금 뒤 세대인 윤봉오尹鳳五(1688~1769)는 매화문답시의 전통을 다시 한번 바꾸었다. 1755년 무렵 벼슬에서 쫓겨나 있을 때 이런 일이 있었다.

> 벗 이치백李治伯이 작은 매화를 가지고 있는데 뿌리와 등걸이 교묘하고 가지와 줄기가 무성하니 대개 뛰어난 품종이다. 치백이 보배로 여겨 아껴 여러 해 키웠지만 꽃이 피지 않았다. 벗 김사응金士凝이 영귀당詠歸堂으로 옮겨 키웠지만 3년이 지나도록 꽃이 없었다. 내가 듣고 가지고 왔는데 이제 10여 개의 꽃잎이 붙고 드문드문 색태가 빼어나 마음에 들었다. 사물도 또한 알아줌이 있는 것이 아니겠는가? 백리해百里奚가 우虞에서는 어리석었지만 진秦에서는 뛰어났던 것이구나. 장난삼아 절구 한 편을 지어 사응에게 받들어 보인다. 비록 양웅揚雄의 문장이 있더라도 조롱을 풀기 어려울 것이다. 껄껄.[32]

벗 천곡泉谷(천옹泉翁이라고도 한다) 이국형李國馨(자 치백治伯)이 멋진 매화를 가지고 있었지만 꽃을 피우지 못하였다. 이에 김명현金命鉉(자 사응士凝)이 자신이 키워 보겠다고 큰소리치고 가져갔지만 역시 꽃소식이 없었다. 그러다가 윤봉오가 돌보자 드디어 꽃이 핀 것이다. 이에 윤봉오는 매화의 주인이 자신이라 말하고, 먼저 김명현의 무능을 놀렸다. 그리고 다시 이국형에게 매화문답시의 전통을 이용하여 놀리는 시를 보내었다. 먼저 그 서문을 보인다.

천옹의 매화가 나에게 온 후 바로 활짝 꽃망울을 터뜨렸다. 올여름 옥구슬을 돌려주었는데 다시 향을 안지 않았다고 한다. 무정한 사물이라 반드시 정이 있지는 않았을 것인데 그 드러나고 숨겨지는 이치를 가지고 보니 또한 막막하게 그 사이 생각이 없을수 없다. 이에 문답체로 절구 두 편을 지어 장난으로 천옹에게 보내어 차운을 구한다.

윤봉오는 자신의 집으로 온 이국형의 매화가 꽃을 피우기에 여름이되자 이를 돌려주었다. 그런데 겨울이 되자 다시 꽃이 피지 않았다. 굳이 자신만 좋아하고 이국형은 싫어하는 것이라 생각하고 다시 조롱의시를 이어 나갔다.

사귐에 취향이 충분히 길었는데	論交臭味十分長
내게 따스한 정이 다르지 않았다네.	於我曾無冷暖情
괴이타, 운천의 물가 자리에는	獨恠雲泉泉上座
십 년에 황하가 맑아질까 한번 웃노라.	十年一笑抵河淸
	─ 매화에게 묻다 問梅

잠을 탐하다 봄소식 푸는 것 늦은 것이요	詎是貪眠懶放春
열반에 들었다 혼이 못 돌아온 것 아니라오.	曾非示寂未還魂

근래 품은 마음이 어떠한지 모르겠으니
말 없고자 하여 말하지 않은 것이라오.

此來情事知多少

寧欲無言故不言

－매화가 답하다梅答

－윤봉오, 「매화문답을 지어 장난으로 천옹에게 보내 차운을 구하다」[33]

　윤봉오는 매화와 자신의 우정이 염량세태炎涼世態를 보이지 않았는데 이국형의 운천雲泉에 돌아가 꽃을 피워 달라 부탁하였다. 백년하청百年河清이라 한 대로 황하가 맑아지려면 백년이 필요한데 한 번 핀 꽃으로 이국형의 정신이 맑아지겠는가, 이렇게 농을 한 것이다. 이에 대해 매화는 잠을 좋아하다 꽃을 피우는 것을 잠시 잊은 것일 뿐 완전히 죽은 것은 아니지만, 혹 사랑이 자신이 아닌 다른 데로 갔을까 걱정이라 하였다. 공자가 "나는 말을 하지 않으려 한다.予欲無言"라고 하자, 자공子貢이 "말씀을 하지 않으시면 저희가 어떻게 도를 전하겠습니까?"라고 하니, 공자가 "하늘이 무슨 말을 하던가. 그렇지만 사계절은 운행하고 만물은 자라난다."라고 대답한 고사가 『논어』에 보인다. 이를 끌어들여 꽃을 피우지 않더라도 계절이 절로 변하고 만물이 그에 따라 변할 것이니 걱정 말라고 하였다.

　벗 이국형은 이 시를 받아 답을 하였는데, 그의 문집이 전하지 않지만 이어지는 윤봉오의 시 서문에서 그 사연을 짐작할 수 있다.

천옹이 나의 매화문답 절구 두 수에 화답하여 탁한 물결에 절로 사느라 다시 말할 만한 것이 없다고 하였는데 다만 도리桃李라 는 한 구절은 매화가 반드시 원통하여 괴로워할 것이다. 이에 신 원하지 않는다면, 어찌 매화가 나를 위해 활짝 웃을 마음이 생기 겠는가? 이에 앞의 운에 거듭 차운하여 매화의 말로 절구를 지어 천옹에게 돌려준다. 천옹이 만약 "매화를 모독했기에 죄를 알겠 노라, 죄를 알겠노라."라 한다면, 매화가 비로소 빙그레 웃을 것 이다. 어찌 거듭 매사梅社의 향기로운 이름이 되지 않겠는가? 상 상해 보고 한 번 활짝 웃으시길. 그 말은 이러하다.

어찌 정이 짧고 긴 것을 따지랴,	何論情短與情長
그저 풍류가 문제요 정은 아니라.	只在風流不在情
십 년 사귐의 정 ┼경거리가 아니니	十載交情非敢翫
석문은 오직 맑은 노신선을 당기네.	石門惟挹老仙淸
속된 기운 딱 끊고 맑은 인연 긴데	俗氣離絶淨緣長
시어에 어찌하여 정이 이리 없으신가?	詩語如何却不情
마당의 도리가 어찌 나와 함께하겠나,	桃李門庭何與我
흐르는 개울물과 함께 몸이 깨끗하리니.	玉溪流水共身淸

－윤봉오,「천옹의 화답시에 도리와 함께하겠다는 말이 있기에
매화를 위해 신원하여 다시 바친다」[34]

이국형은 자신이 윤봉오처럼 맑은 삶을 누리지 못하여 매화 대신 도리桃李를 벗으로 삼을 뿐이라 빈정댄 모양이다. 이에 대해 매화가 원통해할 것이니 사죄를 하라고 다시 시를 지었다. 윤봉오는 여기에 그치지 않았다.「치백이 "매화가 피고 피지 않는 것은 우연이지만 또 한 이치가 그렇게 한 것이다."라 하기에 다시 조롱을 푸는 뜻으로 시를 지어 다시 거듭 부친다」는 제목으로 시를 지어 보내었고,[35] 「치백이 내 가 전에 보낸 시를 심히 타박한 것을 두고 거듭 변명을 하는데, 그 말 이 억지기는 하지만 늘 조롱만 하다가는 장난이 심하다는 경계를 범 할까 하여 다시 앞의 운으로 다른 뜻을 말하여 풀고자 한다. 화를 풀 수 있을지 모르겠다」라는 제목으로 다시 시를 지어 보내었다.[36]

윤봉오는 매화에게 묻고 매화를 대신하여 답을 하는 방식으로 매 화문답시를 지었다. 여기서는 매화가 문인의 일상으로 들어와 한때의 농담을 주고받는 수단이 되었음을 알 수 있다. 이것 역시 매화를 즐기 는 조선시대 지식인의 풍류다. 시를 매개로 하여 서로 매화의 진정한 주인은 자신이라고 논란을 벌이는 것은 거듭 이어진다.

시로 매화의 주인을 다투다

경종 1년(1721) 조문명趙文命(1680~1732, 자 숙장叔章)은 문인이라면 누구나 선망하는 옥당玉堂, 곧 홍문관弘文館의 부교리副校理가 되었다. 이 무렵 경종을 지지하는 소론과 세제世弟로 있던 영조를 지지하는 노론이 처절한 권력 다툼을 벌이고 있었다. 그는 노론의 영수 김창집金昌集의 아우 김창업金昌業의 사위였지만 노론이 아닌 소론을 지지하였고 그러면서도 강경한 소론과 거리를 두어 탕평蕩平을 주창하였다. 그 때문에 1722년 김창집 등 이른바 노론사대신老論四大臣을 공격하여 유배지로 보낸 소론의 저격수 김일경金一鏡을 공박하였다가, 경당鏡黨으로 일컬어지던 소론 정권에서 완소緩少로 지탄을 받고 외직인 천안군수天安郡守로 좌천되었다.

그러나 1724년 경종이 서거하고 영조가 즉위한 후 김일경은 처형되었다. 이듬해인 1725년 조문명은 조정으로 복귀하여 교리와 승지를 거쳐 예조참의에 올랐으며, 1727년에는 딸이 효장세자孝章世子의 빈嬪으로 간택되었다. 그리고 이듬해에는 이인좌李麟佐의 난을 진압한 공훈으로 공신에 녹훈되고 풍릉군豐陵君에 책봉되었다. 1729년에는 대제학, 이조판서, 훈련대장 등을 겸하였으니 명예와 권력을 한 손에 잡았다 하겠다.

그러나 이러한 권력과 부귀영화를 누리면서도 맑은 운치를 잃지 않는 것이 조선의 선비다. 조선의 선비들은 맑은 운치를 누리기 위하여 매화를 지극히 사랑하였다. 그래서 매화 화분을 비싼 값에 구입하여 감실에 두고 정성을 다하여 키웠다. 드디어 매화가 꽃망울을 터뜨리면 벗들을 불러 모아 꽃구경을 함께 하고 시와 술을 나누는 것이 선비 사회의 관행이었다. 18세기 당벌黨閥의 험지에서 탕평을 주장한 조문명 역시 그러하였다.[37]

조문명은 호가 학암鶴巖인데 예곡藝谷, 곧 오늘날의 예관동에 집을 짓고 기거하면서 예곡 또한 자신의 호로 삼았다. 그곳에 육비당六非堂이라는 집이 있었는데 "노인도 아니요 젊은이도 아닌 사람이, 산도 아니고 들도 아닌 곳에 거처하면서, 승려도 아니요 속인도 아닌 나그네가 되어 사니, 어찌 여섯 가지 아닌 사람이 아니겠는가?"라는 뜻을 담았다.[38]

바로 이 집에 아름다운 매화 화분이 있었다. 벗 홍중성洪重聖(1668~1735, 자 군칙君則)은 부귀와 권력을 한 손에 잡은 조문명이 매화의 주인이라는 것에 불만을 품고 그의 매화를 조롱하는 시를 한 수 지어 보냈다.

그대 옥 같은 자태 딴것 구하지 않더니	看渠玉貌本無求
어찌해 뜨거운 재상집에 머물게 되었나?	却入侯家熱處留
꽃 같은 눈송이가 오사모 자주 쳐 삐딱한데	雪萼多侵紗帽亞
바람에 향기가 창칼 가지 위에 떠 있네.	風香半向戟枝浮
눈서리 천지에서 세밑에 피라고 재촉하랴,	氷霜天地能催膾
복사꽃 핀 마당에 부끄러움만 품었겠네.	桃李門庭謾帶羞
어찌 시인 수부의 집에 의탁하지 않았나,	何不托來詩水部
낮은 관리 성긴 그림자와 벗 되어 줄 텐데.	冷官疎影作朋儔

－홍중성, 「총재 조숙장 댁에서 매화 구경이 있었다기에 나중에
율시 한 수를 지어 보내어 조롱하고 풍자하는 뜻을 담는다」[39]

　양梁의 하손何遜이 상서수부랑尙書水部郎을 지냈는데 양주揚州에 머물 때 아끼던 매화를 잊지 못하여 다시 양주의 태수를 자청해서 부임한 뒤 종일 매화나무 아래에 서성이며 시를 읊었다는 고사가 있다. 홍중성은 이 무렵 수조水曹, 곧 공조의 좌랑으로 있었기에 자신을 하손에 비하면서 자신의 매화 사랑이 그 정도라고 하였다. 이조판서와 훈련대장이라는 열관熱官의 자리에 있던 조문명에 비하면 자신은 보잘

것없는 냉관冷官이지만 오히려 매화를 진정으로 사랑할 줄 안다고 말한 것이다. 고관대작의 오사모烏紗帽와 매화의 절조는 어울리지 않거니와, 아리따운 여인을 상징하는 도리桃李가 오히려 그와 어울리므로, 매화가 조문명의 집에 있는 것을 창피해할 것이라 하였다. 이에 조문명은 다음과 같은 답시를 지어 보냈다.

옥 같은 용모 본디 달리 구하는 것 없다 말라,	休言玉貌本無求
장군의 휘장 아래 머문들 무슨 해가 되겠나!	未害青油帳底留
정말 이러한 마음이야 처사 임포와 한가지니	眞是此心如處士
어느 곳으로 나아간들 나부산이 아니겠는가.	就中何地不羅浮
고대광실의 정원이라도 산림의 멋이 있는 법	朱門自有園林趣
시원찮은 냉관이라도 관모 쓴 부끄러움 없겠나.	冷窘能無帽帶羞
나와 우리 형은 원래 친밀한 우의가 있으니	吾與吾兄元密契
그 누가 자신만의 짝으로 삼을 수 있겠나?	阿誰喚作自家儔

－조문명, 「홍군칙이 매화를 조롱한 시에 차운하여 그저 스스로를 비웃는다」[40]

조문명은 매화가 훈련대장인 자신의 집에 있다 한들 그 자태가 위축되지 않을 것이요, 또 자신이 맑은 운치를 사랑하니 매화의 주인이 되기에 부족함이 없다고 하였다. 홍중성의 시에서 '극지戟枝'라는 표현을 사용하였는데, 이 말은 창을 세워 놓은 군문軍門을 가리키니 조문명이 군막軍幕을 뜻하는 청유장靑油帳으로 받은 것이다. 자신이 고산처사 임포와 같은 처사는 아니요 자신의 집이 명품 매화가 나는 나부산이 아니지만 매화를 사랑하는 마음만 있으면 주인이 될 수 있다고 하였다. 자신의 고대광실에서도 원림의 맑은 운치를 누릴 수 있다고 하고 홍중성이 맡고 있는 공조좌랑이 역시 벼슬자리라는 점에서는 다를 것이 없다고 하였다. 그러고는 마지막에 우정을 바탕으로 매화의 공동 주인이 되자고 제안하였다.

이에 조문명은 홍중성과 함께 윤창래尹昌來(자 백욱伯勖), 신치근申致瑾(자 유언幼言) 등의 벗을 자신의 집으로 초청하여 매화를 완상하고 함께 시를 지었다.

시인이 나란히 약속 없이 찾아와서	詩老聯翩不約來 (叔章)
작은 감실의 시든 매화를 마주하였네.	小龕寥落對殘梅
시인의 깃발은 신이한 빛을 더하는데	騷壇旗皷增神朶 (伯勖)
고대광실 풍악은 북두성까지 퍼지네.	甲第歌鍾近斗魁
고운 시는 석정의 연구 잇고 싶은데	佳句欲聯吟石鼎 (君則)
궁한 시름은 황금 술병을 기울일 뿐.	窮憂聊瀉酌金罍
부디 다시 동백꽃 막 필 때 기다려	更須冬柏花初發 (幼言)
꽃 아래 술자리 한번 열어 보세나.	花下淸樽擬一開 (叔章)

－조문명, 「홍군칙, 윤백욱, 신유언이 내방하여 매화를 구경하고 연구를 짓다」[41]

연구聯句는 한 연씩 나누어서 시를 짓는 것인데 당나라의 대작가 한유韓愈의 「석정石鼎」이 모범이 되었다. 조문명 등은 규칙을 조금 바꾸어, 앞사람이 지은 상구上句를 받아 하구下句를 짓고 다음 연의 상구를 지어 다음 사람에게 넘기는, 좀 더 어려운 방식을 택하였다. 서로의 시재를 이렇게 다툰 것이다. 그러면서 매화를 함께 누리겠다는 뜻을 표방하였다.

그러나 이 연구만으로 매화의 주인에 대한 논란이 매듭지어지지 않았다. 조문명과 홍중성이 매화 화분을 두고 주인을 다투는 것을 본 조문명의 당숙 조유수趙裕壽(1663~1741)가 끼어들었다. 조유수는 두 사람 모두 주인의 자격이 없고 자신이 진정한 주인이라 하면서 두 사람의 송사에 대한 판결을 내렸다.

찬 매화 이제 권세가가 구하게 되었으니	寒梅今被熱門求
처사의 정원에서 감히 머물지 못하겠네.	處士園中不敢留
홀연 그윽한 향이 비단 휘장에 피어나리니	忽有暗香生錦障
도리어 흰옷이 나부산에서 사라지게 되리라.	還嗟素服失羅浮
군막에 들어가는 것도 원하는 바가 아니요	入將軍幕元非願
하수부의 시로 들어가는 것도 부끄러운 일.	歸水曹詩亦自羞
꽃이 말할 줄 안다면 내게 이렇게 말하리라,	花若解言應說我
"동호의 저 노인 냉락하여 벗 없어 어쩌랴."	東湖老子冷無儔

-조유수,「홍애자가 대장군과 시를 지어 매화 소송을 내었다. 기우관騎牛官이
문득 판결한다. "장군은 정말 거친 사람이요, 지금 공조좌랑 역시 속된 관리라.
둘 다 마땅하지 않으니, 후계의 늙은이에게 소속시키는 것이 옳다"」⁴²

조유수는 조문명과 홍중성이 시를 주고받으면서 서로 매화의 주인
이라 공방을 벌이는 것을 보고 매화가 대장군의 막하가 되어서도 아
니 되고 또 공조좌랑의 집으로 가서도 아니 된다고 하면서, 느린 소를
타고 유유자적하는 자신이야말로 진정한 주인이라 하였다. 기우관騎
牛官이라는 있지도 않은 벼슬을 만들어 붙인 것이 이 때문이다. 홍애자
洪崖子는 전설에 나오는 신선을 이르는 말이다. 홍중성의 성을 이용하
여 이렇게 말한 것이다. 이 무렵 조유수는 한강 변 응봉 기슭의 신촌新
村에 물러나 한가하게 살고 있었는데 그 뒷산에서 흘러나오는 개울의
이름 후계后溪를 자신의 호로 삼았다.⁴³ 그런 고단한 자신의 처지를 헤
아려 달라고 하면서 자신이 주인이 되어야 하겠다고 나섰다.

이에 놀란 조문명은 다섯 수의 시를 지어 홍중성과 조유수에게 보
내어 자신이 매화의 주인임을 분명히 하고자 하였다.

내 매화에게 깊은 향과 맛을 느끼나니	吾與梅花臭味濃
원래 국색國色이라 범상한 것과 다르다네.	元來國艶異凡穠
듬성듬성 꽃잎은 고귀한 운치를 토하는데	婆娑自吐高華韻
냉담한 가운데도 부귀의 자태 머금고 있네.	冷淡中含富貴容

신선 사는 군옥산 산마루에 혹 있다 하여도　　　或當羣玉山頭在

황금 녹인 휘장 안에 머물러야 가장 맞겠지.　　最合銷金帳裡從

시골 아재 기이하고 공조의 관리 저속하구려,　村叔太奇曹吏俗

어리석은 마음에 억지로 주인이 되자 하시니.　癡心强住主人儂

—조문명, 「다른 운자를 써서 다시 매화 소송으로 나아가서 수조의
시 쓰는 책상 앞에 바치고 신촌의 당숙에게 바친다」44

　조문명은 매화가 부귀한 자신의 집에 어울린다는 점을 거듭 강조하고, 홍중성과 조유수에게 바보같이 욕심을 부리지 말라고 욕을 해 대었다. 조문명은 한 편의 시로 상대방을 누르기에 미진하다고 여겼는지 아예 다섯 수의 연작을 지어 보냈다. "오늘의 좌랑은 하수부에게 부끄럽고, 노년의 창고지기는 먼지만 얼굴에 가득한 것을.今日曹郞羞水部暮年倉吏足塵容"이라 하여, 매화를 사랑하여 좋은 벼슬도 마다한 중국의 하손보다 홍중성이 부족하다고 비난하고, 또 당시 군자정軍資正으로 있던 조유수를 먼지 덮어쓴 창고지기라고 놀리면서 그 역시 주인이 될 수 없다고 하였다. 또 "억지로 아내라고 불러도 나쁠 것 없으니, 장군도 역시 너에게 정을 품고 있다네.强喚爲妻殊未惡 將軍也是有情儂"라 하여 매화를 사랑하여 아내로 부를 것이라고까지 하였다. "꽃나무 주인 누군지 문서로 만든다면, 어찌 맹주로 하여금 너를 남에게 맡기게 하랴.若使勘成花木券 肯敎盟主屬他儂"라 하여 매매 문서를 작성하여 자신이 주인임을 분명히 하겠노라고도 하였다.

그러나 홍중성은 이에 굴하지 않았다. 매화를 자신이 차지해야 하겠다는 뜻으로 시를 지어 소송을 이어 나갔다. 소송의 문서로 다음과 같은 서문이 달린 시 여섯 편을 지어 보냈다.

"매화는 운치가 빼어나고 격조가 높다. 운치가 빼어나기에 시에 들어가고 격조가 높기에 세속에 초탈해 있다." 이는 범석호范石湖가 매화를 평한 글이다. 이제 총재家宰와 창로倉老가 각기 소송을 하여 주인을 다툰다. 아, 권세가의 문으로 들어가면 뜨거울 테고 쌀 창고 있는 마당으로 돌아가면 속될 것이다. 하수부何水部가 아니라면 누구에게 보내야 하겠는가? 내가 강명관剛明官으로 입안을 결송하여 반드시 소송이 없도록 할 것이다.

휘장 안에 맛난 술이 잘 익어 가는데	帳裏羔兒酒正濃
문 가득 복사꽃 오얏꽃 봄빛이 곱구나.	滿門桃李媚春穠
부럽다, 국정을 다스리던 그대의 손으로	羨他鼎鼐調羹手
관복 입고 꽃향기 맡는 것을 배우려 들다니.	學彼衣冠逐臭容
옥 같은 얼굴 흠집은 파리똥으로 더럽힌 것,	玉面瑕招蠅點汚
금빛 수염 향내는 나비더러 좇아오라 하네.	金鬚香引蝶追從
시를 가지고 분기를 다 씻어 내고 싶다면	欲將詩洗鉛華盡

따로 수부의 관리인 내가 있지 않겠는가.　　　　　別有郞潛水部儂

- 홍중성, 「예곡의 숙장 어르신이 다시 매화 소송을 진행하면서
여섯 편의 시를 짓기에 그 시에 차운하여 보낸다」[45]

송나라 범성대范成大는 매화에 대한 저술『범촌매보范村梅譜』를 남
겼는데 그 서문에서 "매화는 운치가 빼어나고 격조가 높기 때문에 성
긴 자태의 비스듬한 가지와 기괴한 늙은 가지를 귀중하게 여긴다."고
하였다. 홍중성은 이를 적당히 바꾸어 매화의 주인은 시를 잘 쓰고 속
세에서 초탈해 있는 자신이 되어야 한다고 주장하였다. 은나라 고종
이 부열을 재상에 임명하면서 조리할 때 필수적인 염매鹽梅와 같은 존
재가 되어 달라고 한 고사를 들어 국정을 맡은 재상이 매화 가지고 다
투어서야 되겠는가, 이렇게 꾸짖었다. 또 당나라 진자앙陳子昻의 시에
"파리가 한 점의 티를 만들어, 흰 구슬이 끝내 억울하게 되었네.靑蠅一
相點 白璧遂成寃"[46]라는 구절이 있는데 이를 끌어들여 매화가 재상가에
서 욕을 보고 있다고 하였다.

　첫 연에서 도리桃李는 앞서 본 대로 조문명이 데리고 있던 아리따
운 여인을 상징한다. 고고한 처사의 절조를 지녀야 할 매화에게 화려
한 꽃을 좇는 나비는 경박한 짝이라 하였다. 매화가 조문명의 집에서
이런 수난을 당하고 있으니 자신이 가져와서 그 더러움을 씻어 주겠
노라 하였다. 강단이 있으면서도 공명정대한 '강명관'이라 하여 명재

판관을 자임하고 스스로 매화의 주인에 가장 합당하다고 판결을 내렸다.

홍중성은 조문명이 지은 다섯 수의 시를 받고서 그보다 한 수 더 많은 여섯 수의 시를 지어 보냈다. 시로 상대를 꺾으려 한 것이다. 이에 질세라 조문명은 다시 다섯 수의 시를 새로 지어 홍중성에게 보냈다. 매화의 주인이 되고자 소송을 벌이면서 시를 가지고서 문서를 대신한 것이다.

이를 지켜보던 조유수도 참지 않았다. 조문명과 홍중성이 연구를 짓고 또 같은 운자로 한 차례 더 시를 지었는데, 다음 작품은 그 운에 따라 조유수가 지은 것이다.

어지럽게 꽃 웃음을 찾아 군문에 왔더니	紛紛索笑戟門來
어디다 씩씩하게 매회를 몰래 옮겨 놓았나?	健步潛移何處梅
산중 은자의 차림새는 부마의 일이 아닌데	林下衣粧非粉侯
군중의 낭자는 절로 꽃 중의 우두머리라네.	軍中娘子自花魁
다툼의 단서가 거듭 여러 시안을 만드니	爭端互起諸詩案
한가한 기운 한 잔의 술로 진정하기 어렵네.	閒氣難平一酒罍
시골 노인더러 이것이 잘못이라고 말한다면	若謂村翁得此過
궁벽한 산 들판의 강에서 누굴 위해 피랴?	窮山野水爲誰開

－조유수, 「홍애자와 이조판서가 다시 매화 소송 시 두 운을 지어 던져 보냈기에 차운하다」[47]

162

홍살문이 있는 군문은 훈련대장을 겸하고 있던 조문명의 집이다. 그곳에 명품 매화를 구해 온 것을 칭송하였다. 그리고 앞서 조문명이 다섯 수의 시를 지어 매화의 주인임을 강조한 작품에서, 무인이라면 홍선紅仙이나 당기黨妓와 같은 기생들을 끼고 놀듯 매화를 처로 삼겠다고 하였다. 이를 두고 조유수는 그런 기생이나 끼고 놀고, 매화는 자신에게 넘기라고 하였다. 또 홍중성은 정명공주貞明公主와 혼인한 영안위永安尉 홍주원洪柱元의 손자인데 부마의 후손이 매화를 가져다 은자 행세를 하는 것이 옳지 않다고 하였다. 조문명과 홍중성이 매화를 두고 시를 지어 소송을 벌이는 것을 시로 인하여 생긴 옥사라는 뜻의 시안詩案이라고 하면서, 술을 마셔서 해결될 문제가 아니라 하였다.

그런데 이 작품은 매화와 관련한 전고를 화려하게 구사하고 있다. 예를 들어 1구의 색소索笑는 두보杜甫의 "처마를 따라 매화 찾아서 함께 웃으려 하였더니, 찬 꽃부리 성긴 가지라 반쯤 웃음을 참지 못했네.巡簷索共梅花笑 冷蘂疎枝半不禁"라는 시구를, 2구의 건보健步 역시 두보의 시에서 "어찌하면 빠른 걸음으로 먼 곳의 매화를 옮겨 와서, 흐드러지게 핀 꽃 어지럽게 머리에 꽂고 맑은 하늘 향하랴.安得健步移遠梅 亂揷繁花向晴昊"라는 구절을 끌어들인 것이다.[48] 이렇게 전고를 화려하게 구사하여 매화에 대한 지식을 과시하고 이로써 매화의 주인이 되고자 하였다. 소송의 문서를 잘 써야 재판에서 이길 수 있는 것처럼 좋은 시를 지어 이렇게 다툰 것이다.

조선 선비들은 매화를 사랑하고 또 그 사랑하는 마음을 가지고 문자의 유희로 발전시켰다. 특히 조문명, 조유수, 홍중성은 시의 우열을 가려 매화의 주인이 되고자 한 매화 소송의 고사까지 만들어 내었다. 눈 내리는 밤 화분에 잘 키워 꽃망울을 터뜨린 매화를 완상하는 선비의 운치가 그리운 세상이다. 그리고 그런 매화를 두고 시를 지어 한바탕 놀이로 삼고 품위 있는 농을 주고받은 선비의 우아함이 더욱 부럽다.

매화와 미인

꿈속에서 만난 매화 미인

매화와 사랑을 나눈 일은 매처학자梅妻鶴子의 고사를 남긴 송의 고산 처사 임포 이전에도 이미 있었다. 수隋의 조사웅趙師雄이라는 사람이 매화로 이름난 나부산에 갔다가 황홀한 경지에서 향기가 감도는 어여쁜 미인을 만나 즐겁게 환담하고 술을 마시며 하룻밤을 보냈는데, 다음 날 아침에 깨어 보니 큰 매화나무 아래에 술에 취해서 누워 있었다는 이야기가 당나라 유종원柳宗元의 『용성록龍城錄』에 전한다.

이 고사에서부터 매화는 아름다운 여인이 되었다. 송나라 소식蘇軾이 유배지에서 지은 시에서 "바다 남쪽 신선 구름이 예쁘게 섬돌에 내려앉자, 달 아래 흰옷 입은 여인이 와서 문을 두드리네.海南仙雲嬌墮砌 月下縞衣來叩門"[49]라고 하였고, 명나라의 고계高啓도 "눈 가득한 산중에 고사가 누웠더니, 달 밝은 숲으로 미인이 오시네.雪滿山中高士臥 月明林

下美人來"[50]라는 명구를 남겼다.

　조선에서도 조사웅의 고사가 널리 알려져 매화를 여인으로 생각하는 일이 잦았다. 이황(1501~1570)은 위에서 언급한 소동파의 시에 차운하여 "어젯밤 꿈속에서 흰옷 입은 신선을 만나, 흰 봉새 함께 타고 하늘 문으로 날아갔네. 월궁에서 옥절구의 불사약을 달라기에, 직녀가 인도하여 항아에게 부탁하였지. 꿈 깨니 기이한 향기가 소매에 가득하기에, 달 아래서 꽃가지 잡고 술병을 기울인다네.昨夜夢見縞衣仙 同跨白鳳飛天門 蟾宮要授玉杵藥 織女前導姮娥言 覺來異香滿懷袖 月下攀條傾一罇"[51]라 하였다. 흰옷을 입은 신선은 조사웅이 만난 매화의 여신이다. 꿈에 그 여인을 만나 함께 흰 봉황을 타고 천문으로 들어간다고 하였으니 흰 봉황은 달빛이겠다. 박순朴淳(1523~1589)도 "성긴 그림자 은은한 향은 웃음을 자아내니, 달 밝은 밤 미인이 오시나 보다.疏影暗香堪索笑 月明疑是美人來"[52]리 하였다. 조선의 맑은 절조를 자랑하는 학자와 시인도 매화를 미인으로 생각하였다.

　또 명나라 오종선吳從先의 『소창청기小窓淸記』에 "봄날 뜰 곁의 몇 그루 매화나무에 꽃이 피면 석 잔 술을 마시고서 매화나무를 몇 바퀴 돌며 꽃을 감상하고 냄새를 맡으면 맑은 향내가 코를 찌른다."라 하고 위에서 든 고계의 시를 읊조리니 참으로 매화와 더불어 조화를 이룬 듯하다고 하였다. 허균(1569~1618)이 『한정록閑情錄』에서 바로 이 이

송수면宋修勉(1847~1916), 〈묵매도墨梅圖〉, 국립광주박물관 소장. ▶
"눈 가득한 산중에 고사가 누웠는데, 달 밝은 밤 숲에 미인이 오네.
雪滿山中高士臥 月明林下美人來"라는 고계의 시를 적었다.

雪滿山中高士臥月明
林下美人來
沙湖 綠

야기를 옮겨 적었다. 그리고 200년 뒤에 신위申緯(1769~1845)도 "미인과 고사의 구절은 청신하니, 근세에 누가 고계와 이름을 다툴까.美人高士句新淸 近世誰爭季廸名"[53]라 하였다. 이 고사와 이 시들이 조선에서도 널리 알려졌음을 짐작할 수 있다.

특히 17세기 문인 오시수吳始壽(1632~1681)는 이 고사대로 꿈에서 매화가 변한 여인을 만나는 행운을 얻었다.

좋아하여도 부족하고 노래하여도 부족하여, 오직 처마를 따라 돌면서 매화를 찾아 함께 웃고자 하였다. 마침내 꽃잎을 따서 술잔에 띄우고 가득 술을 부어 잔을 들었다. 나도 모르게 백옥 같은 산이 절로 무너지듯 쓰러졌다. 매화 등걸 앞에 베개를 높이 베고 있노라니, 어느새 잠이 들었다. 나부산의 선녀 한 사람이 맑게 화장하고 흰옷을 입고서 숲에서부터 나왔다. 대화가 맑고 고운데 향기가 사람에게 스며들었다. 이에 나를 보고 읍을 하면서 말하였다.

"화정和靖께서 이미 서거하고 마음을 알아주는 이가 모두 사라졌는데 당신이 내 마음을 알아주시니, 당신과 헤어지지 않겠습니다."

내가 놀라 일어나 보니, 그 사람이 보이지 않았다. 그저 얼음 같은 자태로 빙그레 한 번 웃고 있는 매화만 보일 뿐이었다.[54]

오시수는 겨울이 오자 작은 화분에 매화를 심고 궤석 곁에 두면서 아침저녁 돌본 끝에 드디어 꿈속에서 미인을 만나 볼 수 있게 되었다. 그 기쁨에 이런 글을 지었다. 화정거사 임포가 떠난 후 자신이 드디어 매화의 남편이 되었음을 자랑하였다. 조선의 문인이 매화를 사랑한 방식이다.

매화장을 한 미인

아름다운 여인은 매화의 좋은 짝이다. 앞서 송 주밀이 편찬한 『제동야어』에 약재거사約齋居士 장자張鎡의 「옥조당매품玉照堂梅品」이라는 글이 실려 있고 여기에는 '매화가 미워하는 것', '매화의 굴욕' 등의 이야기가 실려 있음을 본 바 있다. 또 매화에 잘 어울리는 '화의칭花宜稱' 26조가 있다. 담음澹陰, 효일曉日, 박한薄寒, 세우細雨, 경연輕煙, 가월佳月, 석양夕陽, 미설微雪, 만하晩霞, 진금珍禽, 고학孤鶴, 청계淸溪, 소교小橋, 죽변竹邊, 송하松下, 명창明窓, 소리疏籬, 창애蒼厓, 녹태綠苔, 동병銅瓶, 지장紙帳, 임간취적林間吹笛, 슬상횡금膝上橫琴, 석평하기石枰下棋, 소설전다掃雪煎茶, 미인담장잠대美人淡裝簪戴 등이 그것이다.

얇은 구름이 그늘을 드리울 때, 새벽 햇살이 비칠 때, 살짝 한기가 돌 때, 가랑비 부슬부슬 내릴 때, 가벼운 안개가 어릴 때, 아름다운 달빛이 비칠 때, 저녁 햇살 붉게 비출 때, 설핏 눈이 나부낄 때, 저녁노을

붉게 탈 때, 그 어느 때나 매화와 참으로 잘 어울린다. 맑은 개울이나 자그마한 다리, 대나무 곁이나 소나무 아래, 훤한 창가나 성긴 울타리, 푸른 절벽, 푸른 이끼가 덮인 곳, 어디든 매화와 어울리지 않는 곳이 있겠는가! 고색창연한 구리 화병에 꽂아도 매화가 고울 것이며, 흰 종이로 두른 매감 속에 두면 더욱 운치가 있으리라. 진기한 새나 외로운 학도 매화의 좋은 짝이다. 매화를 완상할 때 숲 사이로 들려오는 피리 소리를 들으면 더욱 좋고, 무릎 위에 비스듬하게 거문고를 올려놓고 연주하면 그 역시 운치가 있다. 매화 화분을 곁에 두고 바위 위에 그린 판에 바둑알을 놓거나 눈 녹인 물로 차를 끓여 마시면서 매화를 보아도 좋다.

매화 곁에 엷게 화장하고 비녀를 꽂은 미인이 있으면 더더욱 좋을 것이다. 이를 '미인담장잠대'라 하였다. 그래서 매화 그림에는 미인이 함께 그려질 때가 많다. 이러한 그림은 대개 앞서 본 조사웅의 고사를 바탕으로 한다. 명나라 오백리吳伯理가 원나라 부채 그림 〈매월미인도梅月美人圖〉에 "달 밝아 꽃 아래서 만나 볼 수 있을 듯, 나부산 꿈속에서 본 모습 같아라.月明花下如相見 好似羅浮夢裏時"[55]라는 시를 적었는데, 원래의 그림에 나부산에서 만난 여인이 그려져 있었음을 짐작할 수 있다.

중국과 일본에 전하는, 매화를 함께 그린 미인은 대개 이러하다. 원대에 그려진 것으로 추정되는 〈매화사녀도梅花仕女圖〉에서 이 점을 확인할 수 있다. 이 그림에서는 거울을 보고 화장을 하는 여인 머리 위에 매화가 피어 있다. 이러한 여성의 화장법을 매화장梅花粧이라 하는데 매장梅粧 혹은 액황額黃이라고도 한다. 육조六朝 송 무제宋武帝의 딸인 수양공주壽陽公主가 인일人日(1월 7일)에 함장전含章殿 처마 밑에 누워 있을 때 매화의 다섯 꽃잎이 이마에 떨어져 붙었다는 고사에서 나온 화장법이다. 당나라 백거이白居易의 『백씨육첩사류집白氏六帖事類集』 등에 실려 있는 고사다.

고려 말의 문인 정추鄭樞(1333~1382)가 당나라 시구를 모아 지은 시에서 "앉아 매화를 마주하니 이마의 화장 어른거리네.坐對梅花映粧額"라는 작가가 알려져 있지 않은 구절을 언급하였으니[56] 고려시대에 매화장이 알려져 있었음을 알 수 있다. 또 조선 초기 김시습金時習(1435~1493) 역시 "매화장 화장하라 봄이 재촉하는데, 따스한 바람에 연지가 녹아 방울지네.梅花額上春催粧 暖風融冶鉛膏滴"[57]라 한 바 있고, 김안로金安老(1481~1537) 역시 "흰 자태 밝은 모습 백옥을 다투는 듯, 매화장 얼음 이마가 엄중하구나.皎態明姿鬪玉纖 梅粧氷額色矜嚴"[58]라 하였다. 더욱이 조선 후기지만 성해응成海應(1760~1839)의 「고려궁사高麗宮詞」에 "몸단장에 매화장 채 씻지 않았는데, 벌써 궁중의 국화 빛깔 옷을 입었다네.新粧未洗梅花樣 已着宮中鞠色衣"[59]라 한 것으로 보아, 매화장은 고려 궁중 여인의 화장술로도 인식된 듯하다.

그런데 이러한 '매화미인도' 속에서 매화 아래의 여인은 늘 누군가

작자 미상, 〈매화사녀도梅花仕女圖〉,
중국 원대, 대만 국립고궁박물원 소장.
이마에 흰 점이 매화장이다.

를 기다리고 있다. 명나라 왕홍王洪의 「매화미인도에 쓰다題梅花美人
圖」에서 "봄소식 찾고 싶어도 괴롭게 방법이 없어, 가다 매화를 보면
문득 봄이 원망스럽네. 첩의 모습 꽃과 함께 백옥 같지만, 가련타 농산
으로 가신 임은 보이지 않네.欲尋春信苦無因 行遇梅花却怨春 妾貌與花俱似
玉 可憐不見隴頭人"[60]라 한 것도 그러하다.

조선에도 이러한 중국 미인도가 들어와 있었다. 호남 출신의 실학자 황윤석黃胤錫(1729~1791)이 본 청나라 시옥施鈺의 그림이 그 예다. 시옥은 이덕수李德壽(1673~1744)가 중국에 갔을 때 그의 초상을 그려 준 인물이다.[61] 황윤석은 1778년 11월 3일의 일기에 그 사연을 다음과 같이 적었다.[62]

밤에 추위가 심해 북쪽 창에 바른 종이가 더욱 팽팽하다. 성균관에서 일하는 사람에게 큰 족자를 찾아 바람을 막으려 하는데, 곧 청나라 내각수서內閣修書 시옥이 그린 매화 곁에 미인이 홀로 서 있는 그림이었다. 직접 제발을 썼는데 "밤 되자 조용히 매화 곁의 달을 보니, 맑은 빛을 그리운 사람에게 부치고 싶노라.夜來靜看梅邊月 欲向淸光寄所思"라 하였다. 인장 세 방이 찍혀 있는데 '송하청재松下淸齋', '내각수서內閣修書', '옥인鈺印'이라 되어 있다. 제작 연월은 기록되지 않았다. 장난삼아 절구 네 수를 쓴다.

세상에 무슨 색色이 홀로 공空이 아니겠나,	世間何色獨非空
끝없는 공도 또한 그림 속에 있으니.	無盡空中亦畵中
상相이 있으면 환幻이 생기는 법	有相從來因有幻
팽개치고 봄바람에 맡겨 두는 게 낫겠지.	不如拋擲任春風

천고의 호방한 사람 육병풍을 말했지만 千古豪家說肉屏

바람 조금 막으려다 비린내만 맡게 되었네. 護風無幾只聞腥

그보다 더욱 좋아라, 달빛 아래 매화 곁에다 可憐月下梅邊夜

하늘이 선녀 보내 나를 맑게 모시게 하였으니. 天遣藐姑侍我清

– 황윤석, 「족자의 그림을 읊조리다」⁶³

황윤석은 당 현종唐玄宗이 살찐 여자 종을 뽑아 문 앞에 세워 바람을 막게 한 육병풍肉屛風에 비해 매화 곁에 여인을 그려 놓은 병풍이 맑은 멋을 느끼게 해 준다고 칭송하였다. 매화 곁에 미인이 홀로 있다고 하였을 뿐 구체적인 그림 내용을 설명하지 않았지만 앞서 본 매화장 고사를 그린 원나라 때의 그림에서 거울만 빼고 달을 그려 넣으면 비슷할 듯하다. '가월佳月' 역시 '화의칭'의 하나라 매화 그림에 자주 등장하므로 이를 참작할 수 있다.

이처럼 중국의 미인도가 제법 조선에 수용되었다. 이하곤李夏坤 (1677~1724)의 시가 적힌 〈사녀도士女圖〉가 국립중앙박물관에 소장되어 있다. 괴석과 대나무, 매화, 동백을 배경으로 미인이 앉아 있다. 미인이 중국 복식을 하고 있거니와 화풍 자체도 조선과는 차이가 있다.⁶⁴ 시가 한 수 적혀 있는데 이하곤의 문집에 1720년 지은 시로 실려 있다.

낭군님 이별할 때 매화가 피더니 昔別阿郎梅發時

작자 미상, 〈사녀도〉, 국립중앙박물관 소장.
이하곤이 중국의 미인도에 자신의 시를
적어 넣었다.

후루야마 모로마사, 〈매화미인도梅花美人圖〉,
도쿄국립박물관 소장.

매화 다시 피어도 그리움만 쌓이네.　　　　　　　梅花又發但相思

봄 되자 무한한 마음속의 일들　　　　　　　　　春來無限心中事

오직 향 태우는 시녀만 알겠지.　　　　　　　　　獨有焚香侍女知

－이하곤, 「사녀의 병풍에 쓰다」[65]

작년 매화 필 때 사랑하는 사람과 작별했는데 한 해가 지나 다시 매화가 피건만 임은 돌아오지 않는다. 봄을 맞은 내 마음을 누가 알아줄까. 오래 자신을 지켜 온 시녀만 그 마음을 알 것이라 위로해 본다. 매화장을 하지는 않았지만 매화와 함께 그려진 여인은 사랑하는 이를 그리워하는 내용을 담고 있다.

일본에도 매화와 미인을 그린 그림이 상당히 많다. 특히 18세기 우키요에浮世繪의 대가 후루야마 모로마사古山師政가 그린 〈매화미인도梅花美人圖〉가 유명하다. 여기서도 매화 아래 여인이 홀로 앉아 있는데 머리를 숙이고 있다는 점에서 역시 누군가를 그리워하고 있다. 누구를 그리워하는 것일까? 원래는 조사웅과 같은 매화를 사랑하는 문사를 그리워한 것이겠지만, 후대에는 미인도의 한 전형으로 매화와 미인이 나란히 그려지는 것이겠다. 그러다 보니 그림 속의 미인이 시대의 환경에 맞추어 중국 혹은 일본 복식을 입은 것이겠다.

매화꽃을 든 미인

'매화미인도'는 대개 여인을 매화나무 아래 그리지만, 매화 꽃가지를 꺾어 들고 있는 여인을 그린 것도 있다. 청나라 장조張照의『석거보급石渠寶笈』에는 당나라 주방周昉이 그린 〈궁인조앵무도宮人調鸚鵡圖〉중 하나로 〈매변미인도梅邊美人圖〉를 소개하였다.[66] 여기에 "대궐의 풍광은 모두 좋은 봄인데, 푸른 새 붉은 나무 나날이 친하다네. 석상에 한참 앉아 아무 일 없어, 매화를 꺾지만 부칠 사람이 없네.上苑風光總好春 青禽紅樹日相親 石牀坐久渾無事 折得梅花不寄人"라는 명나라 도진陶振의 시가 붙어 있었다.

이 그림의 미인은 매화 꽃가지를 손에 들고 있다. 그런데 매화 꽃가지를 부칠 사람이 없다고 하였으니 외로운 여인이다. 앞서 본 대로 육개가 강남에서 매화 한 가지를 꺾어 장안에 있던 친한 벗 범엽范曄에게 보낸 고사를 끌어들인 것이다. 미인이 매화를 꺾은 뜻이 사랑하는 이에게 봄소식과 함께 그리움을 전하려 한 것으로 풀이할 수 있다.

조선에서는 매화를 함께 그린 미인도가 희귀하지만 신숙주申叔舟 (1417~1475)의 다음 시를 보면 아예 없었던 것은 아니다. 또 그 내용은 매화 꽃가지를 꺾어 들고 누군가를 기다리고 있는 것임을 짐작할 수 있다.

가는 대나무 맑은 매화 푸른 물가에　　　　　　細竹清梅綠水涯

봄바람 봄 마음이 규방에 가득하네.　　　　　　東風春意滿香閨

미인이 요서의 꿈에서 막 깨어나　　　　　　　美人初破遼西夢

홀로 꽃가지 기대니 날이 저물 듯.　　　　　　獨倚花梢日欲低

－신숙주,「그림 족자에 쓰다」[67]

요서遼西의 꿈은 당의 문인 김창서金昌緒가 「춘원春怨」에서 "꾀꼬리를 쳐서, 가지 위에 울게 마소. 울면 제 꿈이 깨어, 요서에 가지 못하리니.打起黃鶯兒 莫教枝上啼 啼時驚妾夢 不得到遼西"[68]라고 한 데서 나온 말이다. 신숙주가 본 그림은 사랑하는 사람을 만난 꿈을 꾸다 외롭게 대숲 곁 매화 가지 아래에서 시름에 잠긴 미인을 그린 것임이 분명하다. 신익상申翼相(1634~1697)이 사계절을 그린 병풍에도 이러한 내용이 담겨 있었던 것 같다.

비단 휘장 추위 가시고 해 그림자 더딘데 　　　　羅幕寒輕日影遲

작은 못엔 봄날이라 푸른 물결 이는구나. 　　　　小池春水綠生漪

고운 여인이 잠에서 깨어 주렴을 걷고서 　　　　佳人睡罷掩珠箔

눈 속의 지는 매화 굳이 한 가지 꺾어 보네. 　　　　強折殘梅雪一枝

　　　　　　　　　　　　　　　　　　 –신익상, 「사시사를 쓴 병풍」[69]

이른 봄날 고운 여인이 막 잠에서 깨어 그리운 이에게 보내려고 매화를 꺾는다고 하였다. 시의 내용이 앞에서 본 매화미인도와 다르지 않음을 확인할 수 있다.

불행히 신숙주나 신익상이 언급한 그림은 전하지 않는다. 지금 전하는 미인도 중에 매화가 등장하는 것은 1825년 무렵에 그려진 도쿄 국립박물관 소장, 작자 미상의 〈미인도〉가 유일한 듯하다. 이 그림에는 조선 여인이 꽃을 하나 꺾어 들고 있다. 그리고 그 좌측에 시가 한 수 적혀 있다. 신익상의 시와 비슷한 데가 있다.

잠 깨자 중문에 찬 기운이 선뜩선뜩	睡起重門淰淰寒
치렁치렁 구름머리에 명주 홑적삼.	鬢雲繚繞練衫單
임 그리는 마음에 봄이 저물까 겁나서	閒情只恐春將晚
꽃가지 꺾어 들고 저 홀로 바라보네.	折得花枝獨自看

이 시는 김해 노비 출신의 시인 어무적魚無迹의 「미인도美人圖」다. 허균(1569~1618)의 『국조시산國朝詩刪』에 그의 작품으로 실려 있는데 3구의 '연삼練衫'이 '연포練袍'로 되어 있는 것을 제외하면 완전히 같다. 이화여대에 소장된 허균의 수택본에도 동일하게 실려 있는 것을 보면[70] 허균이 이 시의 저자를 어무적으로 본 것은 분명하다. 황윤식도 뒤에 보이는 윤근수尹根壽(1537~1616)의 기록을 인용하고 어무적의 시라 하였다.[71]

그런데 여기에 의심이 있다. 바로 이 그림과 시에 대해 윤근수가 다음과 같이 증언하고 있기 때문이다.

장인어른이 가정嘉靖 을묘년[1555, 명종 10] 왜변 때 여러 장수들과 함께 군율을 어겨서 평안도로 귀양을 갔다. 하지만 곧 공을 세

작자 미상, 〈미인도〉, 도쿄국립박물관 소장.
조선 복식의 여인을 그린 그림에
어무적의 시를 적었다.

운 데 힘입어, 전라도 흥양현興陽縣의 녹도鹿島로 이배되었다. 얼
마 지나지 않아 녹도에서 전선戰船과 왜구를 포획했는데, 장인이
공을 세우는 데 기여하였기에 풀려나 돌아왔다. 그때 왜선에서
얻은 것이라고 하면서 생초生綃에 그린 미인의 반신상을 보여 주

었는데, 미인이 손에 흰 꽃을 들고 그 향기를 맡고 있는 듯한 그림이었다. 그 위에 다음과 같이 시가 쓰여 있었다. [중략]

명의 화가 당인唐寅이 직접 이렇게 짧은 시를 쓰고 도서인圖書印을 찍었다. 나중에 중국의 잡록을 살펴보니 당인은 소주蘇州 장주長洲 출신의 명사였다. 남경南京 응천부應天府의 향시鄕試에 장원으로 급제하였는데, 거인擧人 서경徐經과 함께 기미년[1499] 회시會試 때 장고관掌考官 예부시랑禮部侍郞 정민정程敏政이 시제試題를 팔아먹은 사건에 연루되어, 죄를 입고 아전으로 충원되었다. 평생 다시는 과거에 응시하지 못하고 문장과 서화로 스스로 즐겼는데 예원藝苑에서 꽤 명성을 얻었다. 그림을 말하면 백호伯虎라고 하였는데 백호는 곧 당인의 자다. 그 같은 재주로도 스스로 영달하지 못하고 생을 마쳤으니, 족히 개탄할 만하다. 임진왜란 때 이 그림 또한 유실되었는데 그 시마저 후대에 인멸될까 염려해서 이를 기록하고 슬퍼한다.[72]

윤근수의 장인인 조안국趙安國(1501~1573)이 1555년 을미왜변 때 군율을 어겼다 하여 평안도로 유배되었다가 다시 전라도 흥양의 녹도로 옮겨졌다. 그곳에서 왜구와 함께 선박을 노획하는 전공을 세웠는데 이때 생초生綃에 미인의 상반신을 그린 그림을 얻었다. 흰 꽃을 손에 쥐고 마치 그 향내를 맡고 있는 듯한 그림이었다. 이 그림이 왜구에

게 노략질당했다가 장인의 손을 거쳐 윤근수의 소유가 되었지만 임진
왜란 때 다시 사라져 버렸다.

윤근수는 나중에 잡록에서 당인에 대한 사실을 보았다고 하였는데
그 내용이 지금 알려진 정보와 거의 같다. 당인(1470~1524)은 자가 백
호伯虎 혹은 자외子畏고, 호는 육여거사六如居士, 도화암주桃花庵主, 노
국당생魯國唐生, 도선선리逃仙仙吏 등을 사용하였다. 소주蘇州 오현吳縣
출신인데 1498년 향시鄕試에서 장원으로 합격하였고 이듬해 회시會試
에 응시하였지만 과거 부정 사건에 연루되어 하옥되었다가 아전으로
폄적되었다. 이에 벼슬을 포기하고 명산대천을 유람하면서 그림을 팔
아 생계를 유지하였다. 산수와 인물, 화조 등에 능하였는데 영왕寧王
주진호朱宸濠가 초빙하였지만 미친 척하고 돌아와 도화오桃花塢에서
은거하였다. 심주沈周, 문징명文徵明, 구영仇英 등과 명사가明四家로 일
컬어지며 시문에도 능한 것으로 알려져 있다. 명 원굉도가 비평한『당
백호휘집唐伯虎彙集』외에『당백호집唐伯虎集』등 만력萬曆 연간 간행
된 문집이 전한다. 규장각에는 그가 편찬한『당해원방고금화보唐解元
倣古今畫譜』가 소장되어 있다.

그런데 가운데 생략한 부분에는 앞서 보인 어무적의 시가 인용되어
있는데 윤근수는 이 시의 작가를 밝히지 않았다. 당인의 도서인이 나
란히 찍혔다고 하고 이 시가 인멸될 것 같아 기록한다고 한 것으로 보
아 당인의 시로 본 것 같다. 윤근수는 그림도 당인이 그린 것이라 여긴

듯하다. 과연 그러한가?

당인은 미인도에 능하였고 또 그의 문집에도 미인도와 관련한 시문이 제법 있으며 특히 반신상의 미인도에 대한 시 「반신의 미인에 쓰다 題半身美人」도 남겼다. 문징명, 서위徐渭 등이 그의 미인도에 붙인 시도 여러 편 전한다. 그러나 이 시나 그림과 관련한 다른 기록은 확인되지 않는다.

그렇다고 윤근수의 증언을 부정하기도 쉽지 않다. 이 그림과 글씨가 당인의 이름을 빌린 가품일 수도 있지만 그렇게 보기에는 시대가 너무 빠르다. 윤근수 이전에 당인의 이름 자체가 조선 문헌에 등장하지도 않거니와, 윤근수도 당인이 누구인지 나중에 책을 찾아보고 알았으니, 그럴 가능성은 거의 없다. 윤근수의 증언을 믿는다면 이 시와 그림이 사라진 당인의 작품이라야 한다. 그런 작품이 조선에 이미 들어와 있었는데 1555년 왜구에 의해 약탈당했다가 다시 돌아왔지만 임진왜란 때 일실된 것으로도 보아야 할 것 같다.

그렇다면 윤근수가 본 미인도의 여인은 조선 사람이 아닐 것이다. 또 어무적의 작품으로 알려져 있는 한시도 일실된 당인의 작품이 아니라면 당인 당시 유전되는 중국인의 것으로 보아야 할 것이다. 당인이 조선에 온 적도 없고 또 조선 사람과 교유를 했다는 기록도 보이지 않는데 어무적의 시를 어떻게 알고 쓸 수 있었는지 설명되지 않는다.

그런데 도쿄국립박물관에 소장된 〈미인도〉는 분명 조선 여인을 그린 것이고 여러 정황이 윤근수가 본 그림과 비슷하다. 그렇지만 동일한 그림은 아니다. 당인의 낙관이 보이지 않을 뿐만 아니라, 윤근수가 반신상이라 한 것과도 달라 전신상이며, 흰 꽃의 향기를 맡고 있다고 하였지만 꽃가지 하나를 손에 들고 있을 뿐이다. 꽃 자체도 매화는 아닌 듯하다. 매화는 꽃이 지고 나서 잎이 돋지만 이 그림에는 꽃과 잎이 함께 있다. 윤근수의 기록을 바탕으로 조선 후기 재생산된 그림일 수도 있겠다.

정약용의 〈매조도〉

우리나라에 미인과 매화가 나란히 그려진 그림이라고 분명하게 말할 수 있는 작품은 현재 확인되지 않는다. 다만 정약용丁若鏞(1762~1836)이 그렸다는 〈매조도梅鳥圖〉는 미인이 보이지는 않지만 곰곰이 살펴보면 여인의 향이 서려 있다.

　정약용은 매화 나뭇가지에 새가 앉아 있는 〈매조도〉를 두 점 그렸다. 하나는 1813년 7월 유배지 강진의 다산茶山 동암東菴에서 그린 것으로 매화 가지에 새 두 마리가 사이좋게 앉아 있는데 시집간 딸에게 그려 준 것이다. 같이 적은 시를 보면 부부화락夫婦和樂의 뜻을 담고 있다.

　다른 한 점이 미인도의 전통과 관련하여 더욱 주목된다. 이 그림은

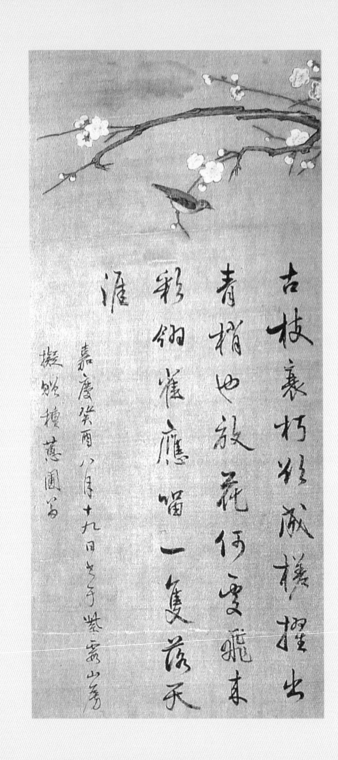

古枝蹇朽栽成樣揮出
青梢也放花何更飛来
彩翎雀應唱一隻蒸天
涯

嘉慶癸酉八月十九日于紫雲山房
擬然植蕙圃写

하단에 "가경 계유년 8월 19일 자하산방에서 써서 '종혜포옹'에게 주려 한다.嘉慶癸酉八月十九日 書于紫霞山房 擬贈種蕙圃翁"는 발문과 함께 다음과 같은 시를 적었다.

마른 가지 썩어 그루터기 되려더니	枯枝衰朽欲成槎
푸른 가지 뽑아내고 꽃도 피웠네.	擢出靑梢也放花
어디선가 고운 빛깔 새가 날아왔나,	何處飛來彩翎雀
한 마리는 하늘가에 두고 왔겠지.	應留一隻落天涯

오랜 유배 생활을 하고 있는 정약용의 외로움이 읽힌다. 말라 죽으려다 꽃을 피운 매화 가지는 실경이면서 자신의 처지를 비유한 것이리라. 고운 새가 날아왔는데 제 짝은 하늘 먼 곳에 두고 왔을 것이라한 말도 주목된다. 딸에게 보낸 그림이 새를 두 마리 그려 부부 금슬을 상징하였다면, 이 그림의 외로운 새는 정약용 자신으로 볼 수 있다.

정약용은 딸에게 그려 준 그림에 "홍 부인洪夫人이 부쳐 보낸 낡은 여섯 폭 치마는 세월이 오래되어 붉은빛이 바랬다. 이를 잘라 네 개의 첩을 만들어 두 아들에게 주고 그 나머지를 가지고 작은 가리개를 만들어 딸에게 보낸다."는 글을 붙였다. 여섯 폭 치마에서[73] 네 폭은 아들에게 줄 서첩을 만들고, 한 폭은 딸에게 그림 가리개를 만들어 주고, 남는 하나를 가지고 이 그림을 그린 것이다. 그렇다면 아내가 보낸

◀ 정약용, 〈매조도〉, 개인 소장.

치마에다 첩에게서 얻은 딸에게 그림을 그려 주었다고 보기는 어색하다.

'종혜포옹'은 정약용 자신으로 볼 수 있겠다.[74] 자신의 외로운 마음을 매화와 새에 부친 것이다. 정약용은 이 그림을 매화와 아무 관련이 없는 1813년 초가을 8월에 그렸다.[75] 이때는 강진으로 유배된 지 13년째 되던 해다. 강진 다산의 자하산방紫霞山房에서 아내를 그리워하면서 그린 것 같다. 문득 매화가 늙어 죽으려다 가지가 하나 뻗더니 꽃을 피웠는데 어디선가 산새가 한 마리 날아든 것을 상상하고 이 그림을 그린 것이라 보고 싶다.

앞서 본 대로 매화 꽃가지를 꺾어 보내는 것은 봄소식과 함께 그립다는 뜻을 표한 것이기에, 이 그림의 매화는 아내에 대한 그리움을 깃들인 것이다. 그리고 외로운 새는 부부가 함께 있지 못하는 처지를 말한 것이다. 매화와 미인을 그리는 전통을 빌리면서, 자신의 실생활을 바탕으로 한 그리움을 이렇게 넌지시 말했으니, 가히 법고창신이라 할 만하다.

화정부인의 일생

매처학자의 고사

조선의 선비가 가장 사랑한 꽃은 단연 매화였다. 사랑하기 때문에 매화는 사람에 비의되었다. 특히 매화는 맑은 운치를 자랑하므로 청객淸客, 청우淸友이라는 별칭이 생겼다. 17세기의 학자 김수항金壽恒 (1629~1689)이 열여섯 살 때 지은「화왕전花王傳」에서 매화를 빙옥처사氷玉處士라 한 것 역시 매화의 맑은 뜻을 높인 것이다.[76] 또 이이순李頤淳(1754~1832) 역시 젊은 시절「화왕전」을 지었는데 여기서도 매화는 국화와 함께 벼슬하지 않은 은일隱逸의 선비라 하였다.[77] 자신의 집 정원에 키우는 꽃에게 벼슬을 내리면서 모란을 화왕花王에, 작약을 화상花相에 임명한 다음, 매화는 벼슬을 하지 않는 처사處士로, 국화는 숨어 사는 은일이라 한 바 있다.[78]「화왕전」은 꽃을 의인화한 희작의 글인데 이러한 데서 늘 매화는 산림의 처사로 등장한다.

그런데 매화는 산림처사가 아닌 아름다운 여인으로도 등장한다. 매처학자梅妻鶴子의 고사를 남긴 송의 은자 임포林逋는 매화를 아내로 삼았다. 조선의 선비들은 매화를 노래하면서 늘 매처학자의 고사를 말하였고, 또 매화를 사랑하는 뜻으로 매화를 처로 삼았노라 농을 건네기도 하였다. 한 예로 박지원(1737~1805)은 전라도 관찰사로 있다가 1795년 갑작스럽게 영해寧海로 귀양 간 후학 이서구李書九(1754~1825)에게 편지를 보내어, "매화 아내가 다정하니 안방을 떠나지 못하겠고, 또 작은 화분이 따라와 그 첩으로 삼고 있다오."[79]라 하여 매화를 아내로 삼고 또 첩으로 들였다고 농을 하였다.

1847년 이상적李尙迪(1804~1865)이 중국 계주薊州를 지나면서 지은 다음 작품에도 매화 아내의 고사가 운치 있게 담겼다.

가죽옷 끼고 앉으니 잠이 편치 않아	坐擁貂裘少睡溫
가물가물 꿈길에서 고향 집을 찾았네.	依依歸夢到家園
눈 갠 개울가 집에 눈 치우는 이 없고	雪晴溪館無人掃
매화 하나 학 하나가 문을 지키고 있네.	一樹梅花鶴守門

– 이상적,「수레에서 꿈속에서 본 것을 적다」[80]

한겨울 북경으로 가는 길 그 얼마나 춥겠는가? 잠이 옳게 들 리 없다. 선잠을 자다가 두고 온 고향 집을 찾아가는 꿈을 꾸었다. 개울가 그의 집에는 눈이 수북이 덮였는데 하인이 없어 눈도 쓸지 않았다. 그저 문 곁에 매화 한 그루와 학 한 마리만 지키고 있다. 오관영吳冠英이라는 청의 문인이 이를 그림으로 그린 바 있다.[81] 아마 눈이 산천을 뒤덮었는데 개울가에 집이 있고 매화 한 그루와 학 한 마리가 문 곁에 서 있는 그림이었을 듯하다. 물론 여기서 매화는 아내고 학은 아들이다.

이처럼 매화는 운치 있는 문사의 아내였다. 이상적의 선배로 그와 함께 위항의 시인으로 이름을 날린 조수삼趙秀三(1762~1849) 역시 매화를 아내로 맞았다.

처사는 본디 아내가 없어	處士元無婦
함께 사는 이 매화뿐이라네.	同居獨有梅
가연은 월하노인 맺어 줄 것이라	芳緣憑月姥
맑은 절조로 얼음 중매 기다렸지.	淸節待氷媒
황혼의 약속 지켜 찾아오니	耿耿黃昏約
백설 같은 흰 뺨이 고와라.	娟娟白雪顋
동짓달 좋은 날을 가려서	葭灰占日吉
발그스름 곱게 꾸몄네.	檀暈畵眉催
물가에 서면 경대 마주한 듯	臨水疑粧鏡
술동이 옮겨 합환주 마시네.	移樽當卺杯
침상에 향기가 은근한데	枕邊香黯淡

등불 아래 자태가 나직하네.   燈下態低徊

마주 앉으면 손님처럼 공대하고   對坐如賓敬

국 맛 맞추려면 네 솜씨 필요하지.   調羹賴女材

봄 그리는 두세 사람이   懷春二三子

이끼 몇 뜯어 머리를 묶고서   結髮數莖苔

방에 들어 웃음을 머금으니   入室相含笑

방 독차지해도 질투받지 않네.   專房未見猜

한밤에 흰 소매 입은 너를 만나   中宵逢縞袂

어찌하면 꿈에서 양대로 갈까?   何以夢陽臺

-조수삼,「매화 아내」[82]

조수삼이 왜 아내가 없었겠는가마는 매화를 사랑하기에 이런 시를 지은 것이다. 조수삼은 월하노인月下老人의 점지와 빙인氷人의 중매로 매화와 가연을 맺었다. 월하노인은 붉은 끈으로 부부의 연을 맺어 준다는 신이다. 또 빙인은 얼음 밑의 사람과 이야기를 나눈 꿈이 중매의 징조라는 고사에서 중매쟁이를 이른다. 깡깡 얼음이 언 겨울철 고운 달빛 아래 매화가 핀 것을 이렇게 말한 것이다. 드디어 천하에 모든 꽃이 사라진 동짓달 매화부인이 단장을 하고 찾아왔다. 임포가 이른 '암향부동월황혼暗香浮動月黃昏' 그대로 달이 막 뜬 저녁이었다. 조수삼의 집 개울가에 매화가 환하게 핀 것을 보고 하얀 뺨을 지닌 고운 자태의 신부로 여겼다. 바로 혼인을 서둘러 합환주를 마신다. 방에 들었다 하였으니, 조수삼의 매화 처는 분매겠다. 그리고 함께 침상에 오르니 매화부인의 향이 은은하다. 등불 아래 자태가 절로 곱다. 조선 선비처럼 조수삼 부부는 손님처럼 서로 공경하면서 산다. 매실로 식초를 만들어 국 맛을 내듯 매화부인이 조리한 음식은 맛이 있다. 봄을 그리워하여 꽃을 피운 두세 가지가 뻗은 매화 화분을 방에 들여놓았다. 매화 등걸에 낀 푸른 이끼가 매화의 머리카락이 되어 결발부부結髮夫婦로 연결한 것도 묘하다. 남편 조수삼이 매화만을 사랑한다 한들 진짜 그의 처가 질투할 리 있겠는가? 혹은 개울가나 마당에 매화가 있다 한들 무슨 시기심이 생기겠는가? 한밤에 매화가 환하게 꽃을 피운 것을 보고 무산巫山 신녀神女를 떠올리고 초 양왕楚襄王처럼 양대陽臺에서 운우지정을 즐기고 싶다고 하였다. 이런 생각을 하노라니 매화가 정말 부인인가 싶다.

화정부인의 가계

아름다운 아내가 된 매화, 그 고사를 두고 박학다식한 학자 서유구徐有榘(1764~1845)는 「화정부인전和靖夫人傳」이라는 매화의 전기를 지었다.[83] 일찍이 고려 말의 이곡李穀(1298~1351)이 대나무를 여성에 비겨 「죽부인전竹夫人傳」을 지었지만 매화를 사람으로 빗대어 그 전기를 지은 예는 서유구밖에 없는 듯하다. 이 작품을 통하여 매화를 아내로 삼은 고사를 좀 더 깊이 있게 살펴보기로 한다.

「화정부인전」은 사람을 대상으로 하는 일반적인 전傳처럼 명호名號와 가계家系로부터 시작한다.

송의 처사 임포는 처가 있어 화정부인和靖夫人이라 하였다. 대개 공후公侯의 비妃를 부인夫人이라 하고 경의 아내를 내자內子라 하며 평범한 사람은 처妻라 부른다. 임포는 포의로 살았는데 부인이라 한 것은 그를 높인 것이다. 화정이라는 말은 남편의 호를 따른 것이다. 부인의 성은 매씨梅氏요, 젊은 시절 자는 경영瓊英이다.

먼저 宋의 문인 임포에 대해 보기로 한다. 임포(967~1028)는 절강浙江의 대리大里 황현촌黃賢村, 곧 지금의 봉화시奉化市 구촌진鎭村鎭 황현촌 출신이다. 항주杭州의 전당錢塘 출신이라는 설도 있다. 학문에 힘을 쏟았지만 벼슬을 하지 않고 항주의 서호西湖 근처에 있는 고산孤山에 초가를 짓고 은거하였다. 그의 호를 고산이라 하는 것은 여기에 연유한다. 보통 화정처사和靖處士로 부른다. 진종眞宗이 그의 명성을 듣

정선鄭敾(1676~1759), 〈고산방학孤山放鶴〉, 왜관수도원 소장. ▶
임포가 고산의 매화나무 아래서 학을 날려 보내는 모습을 그린 것이다.
"울음소리 들릴 듯, 향냄새 맡을 듯하지만, 소리 없고 냄새 없는 것만 하겠나.
鳴似聞之 香似播之 曷若無聲無臭"라 하여 그림의 가치를 높게 평가하였다.

고 이 호와 함께 곡식과 베를 하사한 바 있다. 벗 매요신梅堯臣은 그의 시를 읽으면 만사를 잊을 수 있다고 하였으니 산수에서 한가함을 즐긴 운치를 짐작할 수 있다.

임포는 결혼을 하지 않아 자식을 두지 않았던 것으로 알려져 있다. 가정을 이루는 것도, 부귀공명을 얻는 것도 뜻이 아니요, 청산녹수青山綠水가 마음에 맞다고 선언한 사람이다. 사는 곳에 매화를 360그루 심고 학을 두 마리 길렀다. 임포는 작은 배를 타고 서호 인근의 사찰이나 사당을 찾아다니면서 조용히 살았다. 손님이 찾아오면 집을 지키던 동자가 학을 풀어 날아오르게 하였고, 이를 본 임포가 배를 타고 돌아오곤 하였다. 정선鄭敾(1676~1759)의 〈고산방학孤山放鶴〉이 이를 그림으로 그린 것이다.

임포는 죽어서 살던 집 근처에 묻혔다. 훗날 그의 무덤이 도굴되었지만 그를 사랑하는 사람에 의하여 보존되어 오늘에 이르고, 그의 고사를 들어 정자를 세워 방학정放鶴亭이라 이름하였다. 서호의 소제蘇堤에는 삼현당三賢堂이 있는데 백거이白居易, 소식蘇軾과 함께 임포가 서호의 상징이 되었다.

매화는 임포가 사랑하였기에 「화정부인전」에서는 임포의 호를 따서 매화를 화정의 부인이라는 뜻에서 화정부인이라 불렀다. 임포가 평생 포의로 지냈지만 은사로서의 뜻을 존중하여 그 처 매화도 공후의 아내를 가리키는 '부인'으로 높인 것이다. 화정부인이 자로 삼은 경영瓊英은 원래 옥처럼 아름다운 돌을 이르는 말인데 후대에는 아름다운 꽃, 특히 흰색의 고운 꽃이라는 의미로 사용되며, 흰 눈도 경옥이라 부르기도 한다. 조선 초기 문인 서거정(1420~1488)이 "하늘이 유독 매화 너만 옥으로 만들어서, 구슬 같은 나무에 백옥 같은 꽃이 피었네.天獨於梅玉汝成 瑤華珠樹且瓊英"[84]라 한 것에서 경영이 매화에 어울리는 이름임을 알 수 있다.[85]

세상에서는 그가 월粤 땅의 대유大庾 사람이라 한다. 그 선조 중에 매조梅調라는 사람이 있어 자르고 익히는 일로 은나라 고종의 부름을 받아 공훈이 왕실에 전하게 되었다. 그래서 매梅 땅에 봉토를 주고 이를 성으로 삼게 하였다. 매씨가 성을 가진 것은 이때부터 시작한다. 그 후 본파와 지파가 번성하여 나라 안에 흩어져 살았는데 모두 청백淸白의 절조를 지녔으므로 대대로 명족으로 일컬어졌다. 폭군 주紂 임금 시절 간언을 올리다 죽은 매백梅伯과 한 성제漢成帝 때의 은자 매복梅福이 그중 더욱 드러난 자들이다. 당나라 때에 이르러 매비梅妃가 현종玄宗에게 총애를 받아 호를 매정梅精이라 하였는데 나중에 양귀비楊貴妃의 질투를 받아 서궁西宮으로 쫓겨나 살다가 한을 품고 죽었다. 화정부인에게는 방조傍祖의 항렬이지만 대수代數는 자세하지 않다.

화정부인의 본관 대유大庾는 중국 남방에 있는 매화의 산지 대유령이다. 당나라 장구령張九齡이 대유령에 새 길을 뚫을 때 매화를 심어 매령梅嶺이라고 부르게 되었다는 고사가 있거니와 아름다운 매화가 많이 자라는 곳으로 알려져 있다. 또 화정부인이 성으로 삼은 매씨는 중국에서 제법 큰 성씨다. 탕 임금의 후예인 은나라 때 태정太丁의 아우를 매 땅에 봉하여 매백梅伯으로 삼은 데서 비롯한다. 그러나 여기서는 그 시조를 매조梅調라 하였는데 앞서 몇 차례 보았듯이 『서경』에 보이는 고사다. 군왕을 잘 보좌하는 재주를 염매조정鹽梅調鼎이라 하기에 매조라는 이름을 만들어 낸 것이다.

그리고 실존 인물로 은의 마지막 임금인 폭군 주紂에게 살해당한 매백을 중시조로 삼고 한나라 때의 학자 매복을 매조의 후손으로 넣었다. 매복은 왕망王莽의 난으로 나라가 어지러워지자 미관말직의 지위에 있었지만 과감히 이를 비판하다가 죽을 고비를 넘기고 벼슬에서 쫓겨나 남창南昌에 은거하였는데 그가 머물던 호수가 후대에 매호梅湖로 일컬어지게 되었다. 또 매비는 이름이 강채빈江采蘋인데 음악과 시문에 능하여 현종의 총애를 받았지만 나중에 양귀비에게 현종의 사랑을 뺏긴 후 양동궁陽東宮으로 물러나 쓸쓸한 여생을 보내었다. 후에 현종이 매화를 보고 매비를 그리워하여 진주를 보내었지만 매비는 이를 거절하고 시를 지어 자신의 애원을 노래한 것이 후대에 널리 전해졌다. 송나라 때에는 이러한 사연에 바탕을 둔 「매비전梅妃傳」이라는 소설이 창작되기도 하였다. 화정부인의 세계를 이런 고사에서 엮어 구성한 것이다.

시집가는 화정부인 - 접붙이기

이제부터 화정부인의 이야기다. 먼저 시집가는 대목부터 보기로 한다.

부인은 태어나면서 기이한 자태에 그윽하고 우아하며 정결한 데다 피부가 고와서 손으로 화장을 하지 않아도 그 얼굴이 분을 바른 듯하고 치마에 난초와 같은 향초를 차지 않아도 몸에 기이한 향기가 났다. 훤하여 먼지 낀 세상 너머에 백옥처럼 우뚝 서 있으니 정말 절세가인이다.

부친 매근梅根이 서호西湖로 이주하여 은거하면서 벼슬을 하지 않는데 조래徂徠 출신의 섭청葉靑과 한산寒山 출신의 창균蒼筠과 서로 친하여 세한우歲寒友를 맺었다. 세 사람의 명성이 천하에 무거워졌다. 함께 노니는 이들이 모두 고상하고 운치 있는 선비들이었다.

이때 임포가 고산에 머물고 있었는데 자주 매근을 찾아갔다. 매근은 평소 심지가 굳어 남을 높게 평가하는 법이 없었지만 유독 임포의 재주를 기특하게 여겨 부인에게 말하였다.

"임 군은 산림의 기남자이니 내가 너를 그에게 시집보내고 싶구나."

이에 부인이 사양하여 말하였다. "『시경』에 '잎이 떨어진 매화나무여, 그 열매가 겨우 일곱이로다. 나를 찾는 남자들이여, 바로 지금을 놓치지 마오.'라고 하였으니, 남자가 와야 할 때를 이른 것입니다. 저는 방년이라 아직 이릅니다. 10년 동안 정절을 지킨 후가 아니라면 시집갈 수가 없습니다."

매근이 그 말을 기특하게 여겨 강행하지 않았다. 그 후 10년이 지나고 겨울에 마침내 임포에게 시집갔다.

화정부인이 드디어 임포와 결혼하게 되었다. 그런데 꽃을 시집보낸다는 말은 사실 접을 붙인다는 뜻이다. 화정부인의 부친 이름을 매화의 뿌리 매근이라 한 것도 그 때문이다. 매화는 뜰에도 심지만 접을 붙이고 화분에 옮겨 심어 실내에 둘 때가 많다. 한겨울 눈 속에 즐기기 위해서는 이런 과정을 거쳐야 한다. 이 대목은 바로 이러한 일을 비유한 것이다.

조선에서는 매화 접붙이는 일이 매우 성행하였다. 강희안의 『양화소록』을 참조하면, 먼저 화분에 심은 작은 복숭아나무를 매화나무에 걸어 놓고 복숭아나무와 매화나무의 닿는 부분의 껍질을 벗겨 내고 합친 다음, 살아 있는 칡넝쿨로 단단하게 싸매 두었다가 껍질이 서로

붙을 때까지 기다린 다음 원래의 매화에서 떼어 내면 된다. 서유구는
『임원경제지林園經濟志』를 저술하였거니와 화초의 재배에도 박식하였
기에, 접붙이기에 적당한 매화는 10년 정도 자란 것이라야 하고 또 계
절은 겨울이 적당함을 잘 알고 있어, 화정부인이 10년을 기다린 겨울
철 시집을 가게 된 것으로 설정한 것이다. 그리고 10년을 기다리도록
설정하기 위해서『시경』의「표유매摽有梅」를 끌어들였다.「표유매」는
남녀가 제때에 혼인함을 읊은 시라는 사실은 잘 알려져 있다.

  그리고 앞부분에서 매근과 세한우를 맺은 섭청은 소나무를, 창균은
대나무를 의인화한 것이다. 섭청은 소나무의 잎이 푸르다는 말인데
'잎 엽' 자는 성일 때는 '섭'으로 읽는다.『시경』의「비궁閟宮」에 "조래
의 소나무徂徠之松"라는 말이 나오는데 조래산은 소나무로 유명하여
섭청이 조래 출신이라 한 것이다. 또 당의 시선詩仙 이백李白이 "하얀
비가 찬 산에 비치니, 쭉쭉 은대와 같구나.白雨映寒山 森森如銀竹"[86]라 하
였기에 창균, 곧 대나무의 본향을 한산이라 한 것이다. 이런 언어와 문
학의 패러디가「화정부인전」의 핵심 기법이다.

화정부인의 집-매감

드디어 화정부인은 임포와 결혼을 하였다. 그가 살던 방은 어떠한가? 화
정부인의 방 역시 매화 화분을 방 안에 들여놓던 풍속을 둘러댄 것이다.

임포는 평소 가난하여 사는 집이 대나무를 둘러쳤는데 바람과 눈을 가리지도 못하였지만, 부인은 태연하게 거처하였다. 그 성품이 추위를 잘 견디었는데 마침 뜰에서 노숙을 하다가 사나운 서리를 얼굴에 여러 차례 맞았지만 정신이 상쾌하였으며 몸도 또한 부르트지 않았다. 임포가 이를 보고 기이하게 여겨 말하였다.

"내가 듣자니 조비연趙飛燕은 한겨울 밤 바깥에 서 있는데 몸의 온기가 퍼져 나와 소름도 돋지 않았다고 하던데 당신도 그러한 무리인가 보오."

마침내 질그릇으로 만든 집과 종이로 된 휘장을 쳐서 살게 하였다.

사람들이 매화를 사랑하는 것은 강항(1567~1618)이 이른 대로 "그 담박한 성품과 함께 추위를 이기는 절개 때문이요, 따뜻한 봄빛도 그 마음을 음란하게 할 수 없고 한겨울 추위도 그 뜻을 꺾을 수 없으며, 사나운 바람과 거센 눈보라도 굴복시키지 못하고 날아다니는 벌 나비도 끼어들지 못하여, 늠름하게 꽃들 중에서 홀로 우뚝 선 점 때문일 뿐이다."[87]라고 한 뜻 때문이다. 서유구는 화정부인을 가냘픈 미인 조비연에 비하면서 절로 몸에서 온기가 뿜어져 나와 소름이 돋지 않는다고 하였다. 한 성제의 황후 자리에 올랐던 조비연을 두고, 명의 문인

사조제謝肇淛가 『오잡조五雜組』에서 "조비연은 손바닥 위에서 춤을 추고 바람과 눈 속에서도 소름이 돋지 않아 이 때문에 당시 고금에서 제일인물이라 하였다."고 하였다. 이 대목은 이 고사를 끌어들인 것이다. 그리고 송의 문인 우무尤袤는 매화를 노래한 작품에서 "날이 차도 소름이 돋지 않고, 저물녘에 곱게 단장을 한다네.天寒無疹粟 日暮有嚴粧"[88] 라 하였으니, 서유구가 이러한 고사와 시를 이용하여 매화를 추위에도 고운 자태를 잃지 않는 조비연에 비유한 것이다.

그러나 매화는 사실 추위에 잘 견디지 못한다. 조선시대 글에 매화 화분을 얼려 죽게 한 일을 두고 안타까운 마음에 시를 지은 것이 상당하다. 그래서 조선의 문인들이 고안한 것이 매합 혹은 매감 등으로 부르는 매화를 위한 감실이었다. 서유구는 『임원경제지』에서 서리가 내린 후 잎이 지고 나면 따뜻한 방에 넣고 더운물을 가지와 뿌리에 뿜어주고 곁에 화로를 피워 한기를 없애 주면 동지가 되기 전에 꽃망울을 터뜨리는데, 섣달이 지난 후 꽃이 피도록 하려면 갈무리를 너무 덥지 않게 하여야 하고, 종이로 만든 집에다가 담아 놓아야 먼지가 끼는 것을 방지할 수 있고 향기도 더욱 좋아진다고 하였다. 그리고 질화분은 유석반鍮錫盤을 받침대로 사용하는 것이 좋고 두꺼운 나무판을 쟁반처럼 만들어 받쳐도 좋다고 하였다. 서유구는 이러한 매화를 키우는 데 필요한 정보를 바탕으로 화정부인의 방을 꾸민 것이다.

임포가 살던 서호는 날이 따스하여 접을 붙여 매분에 옮기고 매감

속에 넣어 두지 않아도 되었다. 그러나 조선의 화정부인은 방 안에 살았다. 명의 문인 원굉도袁宏道는 『병화사瓶花史』에서 "꽃을 기르는 화병도 모름지기 정밀하고 양호한 것이어야 한다. 예를 들면 마치 양귀비와 조비연은 초가에 둘 수 없고 혜강嵇康과 완적阮籍과 하지장賀知章과 이백李白은 주점酒店에 청할 수 없는 것과 같다."고 하면서 좋은 꽃은 좋은 화병에 담아야 한다고 하였다. 서유구는 화정부인을 가냘픈 조비연에 비유하면서 초라한 초가가 아닌, 품격을 갖춘 매감을 만들어 주어 거처하게 한 것이다.

화정부인을 사랑하는 뜻

화정부인이 남편 임포와 함께 부부로서 살아가는 모습을 서유구는 다음과 같이 형상화하였다.

> 임포는 산수에 노닐면서 집안의 재산에 대해 묻지 않는데 부인 또한 담박하고 소졸하여 바느질을 하는 법이 없었다. 집안이 더욱 영락하여 아침저녁 끼니도 대기 어려워졌다. 매번 산과일을 주워다 남편을 먹일 계획으로 삼고, 옷에다 이를 주렁주렁 매달고 지냈다. 가끔 직접 국을 끓였는데 달면서도 시어서 특이한 맛이 있었다.

임포가 부인을 우아하고 중요하게 대우하여 그 자태와 운치만을 감상할 뿐이었고, 속되게 서로 껴안은 일은 없었지만 절로 정분이 더욱 두터웠다. 매번 잔설殘雪에서 시원한 기운이 생기고 맑은 달빛이 흘러나오면, 풍성하고 고운 자태에 맑은 운치가 시원하였다. 임포가 이 때문에 손수 코를 어루만지면서 향기를 맡으면 눈이 밝아지고 마음이 상쾌해졌으니, 사랑하여 차마 곁에서 떠나지 못하였다.

처사로서 임포가 생계를 꾸리는 일에 무심한 것은 당연하다. 그런데 정상적인 부부라면 화정부인이 내조를 통하여 남편이 생계에 신경 쓰지 않고 스스로 좋아하는 바를 좇도록 하였을 것이다. 그러나 화정부인이기에 그 역시 '담박소졸'할 뿐 바느질과 같은 최소한의 가사노동도 하지 않는다. 할 수 있는 일이라고는 제 몸에 열리는 매실로 달콤하면서도 새콤한 국을 끓이는 것일 뿐이다. 일상의 부인이라면 큰 문제겠지만, 매화와 함께 살자면 그 정도의 고충은 임포가 감내하여야 한다고 본 것이다. 그래서 임포는 달빛 아래 아내의 우아한 자태를 바라만 볼 뿐 인간 세상 남녀의 일은 하지 않았다고 하였다.

서유구는 그 유명한 임포가 매화를 노래한 두 편의 시를 이 문맥에서 삽입하였다.

衆芳搖落獨鮮妍
暄姸占盡風情
流水小園踈影
横斜水清淺
暗香浮動月黃昏
香霧翁嵐下
先偷眼粉蝶如
知合斷魂幸
有微冷可挹
不頂擅撿玉
尊時戊午暮
春下澣
以筆會故鎬題

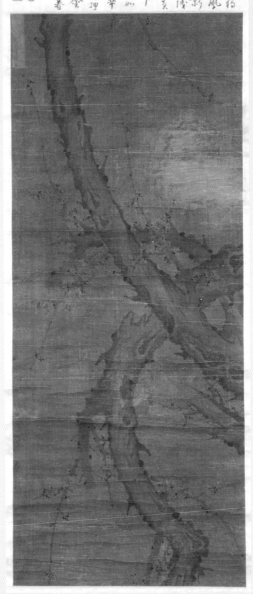

일찍이 시를 지어 주었는데, "잔잔하고 맑은 물에 비낀 성긴 그림자, 어슴푸레 달빛에 그윽한 향기 일렁이네."라 하고 또 "남들은 속기가 많아 붉은 꽃을 좋아하는데, 하늘이 내 독차지하라 맑은 향을 내려 주었네."라 하였다. 사람들이 다투어 전송하여 부인의 참모습을 묘사한 구절이라 한다.

서유구가 화정부인을 찬미하는 노래로 삼은 임포의 시 두 편 중에서 첫 번째 시의 전문은 이러하다.

여러 꽃 다 질 때 홀로 곱게 피어서	衆芳搖落獨暄妍
작은 뜰에 풍정을 독차지하고 있구나.	占盡風情向小園
잔잔하고 맑은 물에 비낀 성긴 그림자	疏影橫斜水清淺
어슴푸레 달빛에 그윽한 향기 일렁이네.	暗香浮動月黃昏
찬 새는 내려오다 먼저 눈길 빼앗기고	霜禽欲下先偸眼
흰 나비는 고운 빛에 넋 잃기 딱 좋다네.	粉蝶如知合斷魂
나지막이 노래하여 가까이할 수 있으니	幸有微吟可相狎
속된 장단이나 좋은 술은 필요가 없다네.	不須檀板共金樽

－임포, 「산속 정원의 작은 매화」[89]

◀ 작자 미상, 〈노매도老梅圖〉, 국립중앙박물관 소장.
김은호金股鎬(1892~1979)가 임포의 「산원소매山園小梅」 두 수를 상단에 적었다.

모든 꽃이 사라진 겨울, 매화는 고고하게 꽃을 피워 고움을 독단하였다. 중衆과 독獨의 대비에서 매화의 고고함을 주제로 먼저 제시하였다. 성긴 매화 가지가 꽃을 피워 찰랑거리는 물가에 비스듬하게 드리워져 그림자를 비춘다. 밤이 되어 달빛이 비치자 그윽한 향을 전한다. 성긴 가지 '소영疏影'과 몰래 퍼지는 향기 '암향暗香'은 매화의 절조를 더욱 돋보이게 한다.

조선의 학자 이익(1681~1763)은 『성호사설』에서 이 구절을 다르게 풀이했는데 더욱 멋이 있다. 황혼 녘에 달이 뜨면 흰 꽃 색깔이 잘 분간되지 않고 향기만 느낄 수 있기 때문에 '암향'이라 한 것이고, 물이 맑고 얕아서 비친 그림자가 비스듬해지므로 '횡사橫斜'라 하면서 실경을 그대로 말한 것이라 풀이하였다. 또 매화는 새벽이 되어서야 향기를 발산한다고 풀이할 수도 있다고 하였다.[90]

3연의 서리 맞은 새 상금霜禽은 매처학자의 시인이기에 흰 학으로 해석하기도 하지만 겨울철의 새로 보아도 좋다. 앞서 본 약재거사가 이른 매화에 잘 어울리는 '화의칭花宜稱' 26조 중 하나가 진귀한 새 진금珍禽이다. 새가 아래로 내려앉으려다 매화꽃에 눈길이 끌릴 테고, 봄이 되어 나비가 고운 매화꽃이 핀 것을 알면 응당 혼이 빠졌으리라. 그저 가까이하면서 그 맑음을 노래할 수 있다면 속인처럼 박자를 맞추어 큰 소리로 노래할 것도 없고 굳이 좋은 술동이 없어도 무방하

홍득구洪得龜(1653~?)의 작품으로 전하는 〈매조梅鳥〉, 국립중앙박물관 소장. ▶
홍득구의 작품으로 추정되는 『제가화첩諸家畵帖』에 실려 있다.
매화에 잘 어울리는 '화의칭花宜稱' 26조의 하나가 진귀한 새 진금珍禽이다.

다.[91] 이런 뜻을 말하였다.

이 시는 중국이나 조선에서 매화시를 대표하는 작품으로 평가되면서 많은 영향을 끼쳤으며 특히 2연이 그러하였다. 한 예로 김창협(1651~1708)과 김창흡(1653~1722) 형제는 '소영횡사수청천'의 글자를 하나씩 사용하여 매화를 노래한 시 일곱 수를 지었다.[92] 이것이 고사가 되어 그 후학 어유봉魚有鳳(1672~1744)은 '암향부동월황혼'의 일곱 글자로 연작시를 지었고,[93] 이하곤李夏坤(1677~1724)과 김이만金履萬(1683~1758)도 같은 양식의 연작시를 지은 바 있다.[94] 또 김귀주金龜柱(1740~1786)는 '소영횡사수청천 암향부동월황혼' 열네 자로 운자를 삼아 연작시를 지었다.[95] 안민영安玟英(1816~?)은 시조「매화사梅花詞」에서 "어리고 성근 매화 너를 믿지 않았더니, 눈 기약 능히 지켜 두세 송이 피었구나. 촉燭 잡고 가까이 사랑할 제 암향부동暗香浮動하더라."나 "눈으로 기야터니 네 과연 피었구나, 황혼에 달이 오니 그림자도 성기도다. 청향淸香이 잔에 떴으니 취코 놀려 하노라."라 하였는데, 바로 이 시를 가지고 지은 것이다.

서유구는 임포가 매화를 노래한 구절을 하나 더 소개하면서 이 작품과 함께 매화의 진면목을 가장 잘 그린 것이라 하였다. 이 작품은 이러하다.

시 지을 때 꽃 시절 저버린 것 늘 아쉬워서　　吟懷長恨負芳時

이 때문에 매화를 보자마자 시를 짓노라.	爲見梅花輒入詩
눈 내린 후 동산에 둥치가 반만 남았더니	雪後園林纔半樹
물가의 울타리에 홀연 가지가 늘어졌네.	水邊籬落忽橫枝
남들은 속기가 많아 붉은 꽃을 좋아하는데	人憐紅艶多應俗
하늘이 내 독차지하라 맑은 향을 내려 주었네.	天與淸香似有私
우습다, 오랑캐도 또한 풍미를 알아서	堪笑胡雛亦風味
곡조를 잘 알아서 뿔피리를 불었구나.	解將聲調角中吹

－임포,「매화」[96]

　이 작품은 위의 시에 비하여 조선에서 그리 큰 반향을 일으키지 않았지만 중국에서는 대표적인 매화를 노래한 시로 평가되었다. 임포는 수심과 질병으로 아름다운 봄을 즐기지 못하였기에 매화가 피자마자 바로 시부터 지었다. 오래되어 둥치가 반만 남은 매화나무가 죽은 줄 알았더니 눈 내린 날 울타리 곁에 꽃이 피어 그 가지가 비스듬하게 기울었다. 속인들은 붉은 꽃을 좋아하지만, 맑은 향을 홀로 사랑하는 시인을 위해 조물주가 매화를 내려 주었나 보다. 그때 어디선가 뿔피리 소리가 들린다. 한나라 때 변방에서 매화락梅花落 혹은 관산낙매곡關山落梅曲이라 하는 곡조를 만들어 피리를 불었다고 하니, 변방의 오랑캐도 매화의 맑은 풍미를 사랑하여 이렇게 하였나 보다. 서유구는 이렇게 임포의 시를 인용하여 매화를 예찬하였다.

화정부인이 이러한 아름다움을 가지고 있었기에 임포는 부인과 아름답게 살았다. 그러한 부부생활에 누군가 의문을 제기하였다. 부부유별의 도리로 볼 때 공경이 주가 되어야 하는데 임포는 사랑을 주로 한다고 본 것이다.

어떤 이가 임포에게 물었다.
"공은 세상을 초탈한 일사인데 어찌 이처럼 부인에게 혹해 있으시오?"
임포가 답하였다.
"고우면서도 교만하지 않고 화려하면서도 실질이 있으며, 그 겉은 수려하지만 그 속은 맑으니 곧은 사람이라오. 비록 송광평宋廣平의 철석鐵石같은 심장心腸으로도 오히려 애정을 잊을 수 없을 것이니 나와 같은 이는 어떠하겠소?"

이에 임포는 화정부인의 덕을 다시 한번 칭송하였다. 송의 학자 주돈이周敦頤가「애련설愛蓮說」에서 "진흙에서 나왔지만 더럽게 물들지 않고 맑은 물결에 씻겨 요염하지 않으며 가운데는 비어 있고 바깥은 곧다."라 한 말을 변형하여, 곱지만 교만하지 않고 화려하지만 실질이 있고 겉은 수려하지만 속은 맑다고 하면서 연꽃이 군자임에 비하여 매화는 굳고 곧은 여인이라 하였다. 그래서 당 현종唐玄宗 때 광평군공

廣平郡公에 봉해진 송경宋璟이 지은 「매화부梅花賦」를 두고 피일휴皮日休가 「도화부서桃花賦序」를 지어, "내가 일찍이 재상 송광평의 바르고 강직한 자질을 사모해 왔으니, 그의 철석같은 심장으로는 아마도 유순하고 애교 넘치는 말을 토해 낼 줄 모르리라고 여겼었는데, 그의 글을 보다가 「매화부」가 있어 보니, 말이 통창하고도 풍부하고 화려하여 남조南朝 서유徐庾의 문체를 꼭 닮아서 그 사람됨과는 아주 달라 보였다."[97]고 한 말을 들어 화정부인은 참으로 사랑하지 않을 수 없는 존재라 하였다.

화정부인과 담박미인

임포와 화정부인이 부부로서 살아감에 있어, 심부름하는 아이가 가족으로 등장한다.

동자 단정丹頂이라는 이가 늘 임포를 따라다녔는데 임포가 매우 그를 좋아하여 자식처럼 기르고 그렇게 불렀다. 임포가 서호에 놀러 나가 돌아오지 않았는데, 어떤 객이 찾아왔다. 이에 부인이 단정을 시켜 날아가 알리게 하였다. 일찍이 부인은 임포에게 말하였다.

"예전 나의 선대 중에 미인을 담박하게 화장하게 하고 푸른 옷을

입은 동자로 하여금 객을 모시게 하였는데, 이제 내가 또 흰옷을
입은 동자를 시켜 손님이 왔다고 알리게 되었으니, 어찌 이리 예
나 지금이나 유사한가요?"

임포가 말하였다.

"자네를 담박하게 화장한 미인과 나란히 둘 수는 없소. 그 미인
은 나부산의 술집에서 조사웅을 만났다가 혼인을 기다리지도 않
고 야밤에 정을 통하였기에, 식자들이 비루하게 여겼소. 자네가
시집온 것은 부모가 명한 것이요, 죽부인竹夫人이 보모가 되었으
니 예를 갖추었다고 할 수 있겠소. 또 우리 두 사람은 맑고 우아
한 것으로 사귐을 맺었으니, 그 이름은 부부라도 의리는 실로 벗
이라 하겠소. 당신은 담박하게 화장한 미인과 함께할 수 없소."

부인은 웃으면서 대꾸하지 않았다.

매처학자의 고사에서 '학자鶴子'는 송 심괄沈括의 『몽계필담夢溪筆
談』에 자세한 사연이 소개되어 있다. 임포가 항상 학 두 마리를 길렀는
데, 놓아주면 구름 위에까지 날아 올라가 한참을 있다가 내려와서 다
시 조롱 안으로 들어가곤 했다. 임포가 늘 거룻배를 띄우고 서호의 여
러 절에서 노닐었는데, 임포의 집으로 찾아온 손님이 있으면 동자가
문에 나가 손님을 맞아 좌정하게 하고는, 우리를 열어서 학을 풀어놓

왔다. 한참 뒤에 임포가 반드시 거룻배를 몰고 돌아왔는데 학이 나는 것을 보고 자기 집에 손님이 온 것을 알았기 때문이라 한다.

서유구는 이 학의 이름을 단정丹頂이라 하였다. 학은 이마에 붉은 점이 있고, 깃털은 희며 꼬리 부분만 검다. 그래서 흔히 학을 형용하는 말로 단정과 함께 호의縞衣, 현상玄裳 등이 쓰였다. 조선 초기의 문인 채수蔡壽(1449~1515)의 「독학부獨鶴賦」에 "여기 한 새가 있으니 눈 같은 털에 서리 같은 깃, 흰 옷에 검정 치마, 흰 구슬에서 흰 바탕을 빼앗아 오고, 꽃봉오리처럼 붉은 이마 드러내었네.鳥有雪毛霜羽 縞衣玄裳 奪素質於白璧 露丹頂於紅房"[98]라 한 바 있다. 이러한 전통에서 서유구도 심부름시키는 아이의 이름을 단정이라 붙였다.

이어지는 대목에 담박하게 화장한 미인 '담장미인淡粧美人'이 등장한다. 앞서 본 대로 당나라 유종원柳宗元의 『용성록』에 실려 있는 고사나. 수나라 조사웅이라는 사람이 어느 겨울날 나부산의 솔숲에 있는 술집으로 가다가 담박하게 꾸미고 소복을 입고 있는 한 여인을 만났다. 조사웅은 그녀와 더불어 이야기를 나누었는데 아름다운 향기가 났다. 여인과 함께 주점으로 들어가 함께 술을 마시는데 푸른 옷을 입은 동자가 노래하고 춤을 추었다. 조사웅은 술에 취해 잠이 들었다 깨어나 보니, 한기가 엄습하는데 동방이 밝아 오고 있었다. 일어나 둘러보니 매화나무 아래였다. 여인은 매화의 화신花神이었던 것이다.

작자 미상, 〈월매독학도月梅獨鶴圖〉, 경기대 소성박물관 소장. ▶

매화와 달, 단학을 그렸다. "빈 산에 달이 가득한데 홀로 봄을 띠었네月滿空山獨帶春"라는 시구를 적었다. 금옹錦翁은 누구인지 알 수 없다. "육십사구작六十四鷗作"의 뜻도 알 수 없다.

지운영池雲英(1852~1935), 〈나부춘몽羅浮春夢〉, 개인 소장.
조사웅이 꿈속에서 나부산 미인을 만난 고사를 그린 것이다.

시유구는 이 고사를 끌어들이되, 화정부인은 담장미인과 다르다고
하였다. 그 근거는 정상적인 혼인 절차의 유무에 두었다. 조선시대에
는 중매쟁이를 통하여 양가의 의중을 타진하는 의혼議婚의 절차를 거
치고 양가 부모가 동의하여야 정당한 혼인이 되었다. 서로의 사랑에
서 비롯한 남녀상열男女相悅에 의한 결합은 '야합野合'으로 비판을 받
았다. 화정부인은 부모의 명령에 의하여 혼인을 하였으니, 조사웅과
담장미인의 야합과는 다르다. 게다가 화정부인은 대나무를 이르는 죽
부인으로부터 혼인과 관련한 교육을 올바르게 받았으니 흠잡을 데가

없다.

　재미난 것은 임포가 아내를 벗이라 한 점이다. 조선의 문사들도 아내를 벗으로 여겼다. 민우수閔遇洙(1694~1756)는 「죽은 아내를 위한 제문祭亡室文」에서 아내를 지음知音이요 외우畏友라 불렀고, 박윤원朴胤源(1734~1799) 역시 「죽은 아내를 위한 제문祭亡室文」에서 아내를 잃은 것이 아니라 곧 좋은 벗을 잃은 것이라 한 바 있다.[99] 조선시대에는 남편의 가장 좋은 벗이 이상적인 아내의 상이었고 이러한 벗으로서의 아내는 책선責善의 내조를 하였다. 화정부인 역시 조선의 모범적인 아내의 상을 따랐다.

　진종 임금이 임포의 이름을 듣고 예물을 갖추어 초빙하였다. 임포는 이를 부인과 상의하였는데 부인은 만류하여 말하였다.
　"우리 집안은 대대로 청한하여 부귀를 원하지 않았소. 또 당신도 으리으리한 큰 집에 있는 복사꽃과 오얏꽃을 보지 않았소? 봄빛이 따스할 때 여러 꽃들이 다투어 피지만 미친 듯한 태풍이 사납게 불어오면 다 떨어져 없어지고 말지요. 비록 예전의 번화한 모습을 다시 찾으려 한들 되겠나요?"
　임포가 마침내 부르는 명을 따르지 않고 숨어서 그 일신을 마쳤다. 후세에서 이 때문에 유일遺逸을 말할 때 반드시 임 선생을 먼저 드는데 대개 부인의 내조의 힘이 많았다고 하겠다.

아내의 내조는 남편이 부귀와 권력 때문에 고고한 뜻을 꺾지 않도록 하는 것을 포함한다. 화정부인은 임포의 출사를 막아 그로 하여금 처사의 삶을 유지하도록 이끌었다. 문학을 자부하여 박지원과 라이벌 관계였던 유한준兪漢雋(1732~1811)은 29세 때 아내의 방을 유인실儒人室이라 이름 짓고 자신이 아내에게 바라는 여섯 가지를 제시하였는데, 그중 하나가 녹거처鹿車妻가 되어 달라는 것이었다.[100] 녹거는 한나라의 포선鮑宣이 청빈함을 숭상하였는데 그의 처도 그 뜻을 높여 화려한 혼수를 모두 친정으로 돌려보내고 남편과 함께 조그마한 수레인 녹거를 끌며 향리로 돌아갔다는 고사에 나온다. 포선의 처를 뛰어넘는 화정부인의 내조에 의하여 임포는 길이 처사로서 역사에 이름을 드리우게 되었다고 하였다.

공경과 효

조선시대 부부는 사랑보다 공경을 중시하였다. 부부유별이라는 윤리 자체가 부부의 육체적 친밀에 바탕한 사랑보다 서로를 손님처럼 공경하는 자세를 중시한 개념이다. 충청도의 학술을 이끈 윤증尹拯(1629~1714)은 아들을 장가보내면서 쓴 글에서 "남자는 욕정에 끌려 윤리강상을 잃어 희롱하고 교만해지며, 아내는 즐거움에 빠져 공손함을 잊어 붙어 지내면서 남편을 쉽게 여긴다."[101]고 비판한 바 있다. 앞서 본 대로 임포와 화정부인은 맑고 우아한 뜻으로 사귐을 맺었고 속되게 서로 껴안는 일은 하지 않았다. 이러니 자식이 생기지 않은 것은 당연하다. 그렇다면 이는 불효가 아닌가? 서유구는 이 점을 지적하였다. 아래 글에서 용주자蓉洲子는 서유구가 용산에 살 때 스스로를 일컫던 이름이다.

용주자蓉洲子는 말한다.

"세상에서 임화정은 자식이 없었다고 하는데 정말 그러한가? 듣자니 부인은 청절하게 스스로 수양하여 늠름하게 얼음과 눈 같은 맑은 절조를 지켰고, 평상시 기거할 때 외설적인 용모로 남편을 본 적이 없었다. 아침저녁 같은 방에 있었지만 정욕은 까마득하게 잊고 살아 목석과 같은 사람이었다. 대개 이와 같았으니 비록 자식을 얻고자 한들 되었겠는가? 후손을 두는 중대함을 생각지 않고 스스로 작은 정결함을 숭상하였으니, 부인은 진실로 천박한 행실을 보였다 하겠다."

어떤 이가 말하였다.

"아닐세. 부인은 가장 아들이 많았다네. 큰아이는 실實이고 다음은 핵核이며, 다시 그다음은 인仁이네. 인은 외가의 성을 따서 매씨라 하여 대대로 고산에 살았고 그 족속이 번창하였기에 지금도 고산에는 매림촌梅林村이 있다고 하네."

윤증과 함께 소론少論을 대표한 학자 박세채朴世采(1631~1695)는 「집안을 다스리는 요체居家要義」에서 부부는 위로는 종묘를 잇고 아래로 자식을 이끌어 내어 대대로 무궁하게 후손을 전할 단서가 되는 것이라 하였다.[102] 『맹자』에서도 "후손이 없는 것이 불효 중에서 중대한 것이다.無後爲大"라 하였거니와, 조선시대 결혼의 가장 중요한 목적은 후사를 두는 것이었다. 그런데 공경을 바탕으로 한 부부유별을 너무 심하게 준수하여 육체적 사랑을 나누지 않아 그 때문에 자식을 두지 못하였으니, 화정부인의 행실은 문제가 있다.

역사에는 임포의 후손에 대한 기록이 보이지 않는다. 그럼에도 임포가 정말 결혼을 하지 않았는지 논란이 되기도 하였다. 송나라가 망한 후 도굴당한 임포의 묘에서 부장품으로 옥잠玉簪 하나가 나왔다.[103] 여성이 사용한 이 옥비녀를 들어 임포가 결혼을 하지 않은 것에 의문을 품는 이도 있었다.

서유구는 임포가 혼인을 하지 않았겠지만 그렇다 하여 매화의 후손이 없다고 할 수 없기에 혹자의 반론을 끌어들였다. 임포는 후손에 대한 기록이 없지만 화정부인, 곧 매화는 매실을 많이 맺으므로 그것이 모두 그 자손이라 한 것이다. '실'은 열매 전체를 가리키고 '핵'은 씨를 가리키며, '인'은 씨 속의 중심을 이루는 부분을 이른다. 이 셋이 화정부인의 자식인데, 이들이 퍼져서 고산에 매림촌, 곧 매화숲 마을을 형성하였다고 설정한 것이다.

서유구의 「화정부인전」은 매화를 소재로 한 가전假傳이다. 한때의 장난으로 이 글을 지은 것이겠지만, 조선시대 선비들이 매화를 사랑하였기에 매화와 관련한 온갖 고사를 동원하여 하나의 작품으로 엮은 것이다. 이 글 하나로 매화의 문화사를 꿸 수 있다.

벗들 사이를 오간 매화 첩

매화 첩의 사연

조선시대 지식인의 매화 사랑은 참으로 각별하였다. 그렇기에 매화를 둘러싼 아름다운 이야기가 많이 전하거니와, 영남대학교 동빈문고東濱文庫에 소장되어 있는 『매사본말梅史本末』이라는 책도 유별난 매화 사랑에 대한 고사를 담은 책이다. 그 사연은 이러하다.

지산 선생芝山先生은 매화에 벽이 있어 매화를 처로 삼았다. 매화 처는 고결하고 선생도 고고하다. 선생은 가난하고 매화 처도 춥다. 매화는 추우면 꽃을 피우지 못하니 선생이 이를 가련히 여겨 영사穎士의 집으로 옮겼다. 영사와 지산의 우정은 처를 맡길 만하다. 영사는 능히 얼어 죽지 않게 하여 꽃을 피우게 한 다음 돌려주었다. 영사도 또한 매화에 벽이 있는 자다. 이때 매사梅社의

여러 사백詞伯 중에 간송澗松, 태화太華, 청람晴嵐 등이 서로 지산
과 영사 사이에 왕래하면서 창화를 하여 매화의 자취를 채웠다.
이것이 매사梅史다.[104]

위의 글에서 영사潁士, 그리고 글을 지은 추수산인秋水散人이 바로
유본정柳本正(1807~1865)이다. 유득공柳得恭의 조카로 자가 평중平仲인
데, 호는 영사 외에 영교潁橋를 많이 사용하였다. 이 시기 문인들은 송
의 문인 구양수歐陽脩에 대한 숭모의 정이 강하였는데 유본정의 호는
구양수의 호 사영思潁에서 딴 듯하다.[105] 향저는 경기도 안산의 군자봉
君子峰 아래 있었고, 경저는 남산 아래 초정동椒井洞 인근 연성계蓮城契
에 있었다.

유본정은 겸가정兼葭亭, 행화춘우림정杏花春雨林亭,[106] 반화방재半畵
舫齋,[107] 완재루宛在樓 등 운치 있는 이름의 집을 경영하면서 벗들과 어
울려 시주를 즐겼다. 특히 겸가정은 겸가추수정兼葭秋水亭이라고도 하
는데, 유만공柳晚恭, 유호柳護, 김시인金蓍人 등이 자주 이 정자에서 함
께 모여 놀았다. 규장각에 소장되어 있는 『팔선와유도八仙臥游圖』는 겸
가추수정에서 벗들과 주사위를 던져 전국의 명승지를 상상으로 유람
하면서 지은 시문을 모아 펴낸 책이다. 판교板橋 박제형朴齊珩, 화산華
山 조명하趙命夏, 감산甘山 이황중李黃中, 태화太華 유호, 남창南窓 이운
형李雲炯, 구당矩堂 이우섭李祐燮, 형전荊田 유본헌柳本憲, 경오鏡浯 임백

연임百淵 등이 함께 놀이를 하고 시를 지었는데 19세기 중엽 꽤 문학으로 이름을 남긴 사람들이다.[108]

위의 글에 보이는 간송은 유만공(1793~1869)이고 태화는 유호이며 청람은 김시인(1792~?)이다. 유만공은 유본정의 숙부이고 유득공의 종형인데『세시풍요歲時風謠』의 저자로 알려져 있다. 유호는 유본정 집안사람인 듯하지만 다른 문헌에서 확인되지 않으며 김시인도 자가 복초宓艸라는 것 외에 특별한 정보를 찾기는 쉽지 않다. 대략 서얼이나 중인 그룹일 것이다.[109] 매사梅社에 모인 사백이라는 사람들이 바로 이들이다. 이들의 모임을 '매사'라 할 만큼 모두 매화에 벽이 있던 사람이다. 물론 이보다 앞서 강박姜樸(1690~1742)을 위시하여 조재호趙載浩(1702~1762)와 이봉환李鳳煥(?~1770) 등이 매화를 좋아하는 문학 모임 매사를 결성한 바 있었다.[110] 이미 송나라 때 매사가 있어 북사北社라고도 하였는데 조선에서도 북사가 매사를 이르기도 하였다.

『매사본말』의 가장 중요한 인물인 지산은 이름이 이원성李元成이다.[111] 지산은 지산만은芝山晚隱의 준말이다. 효령대군의 후손으로, 남산 자각봉紫閣峰 아래 살았다. 꽃에 벽이 있지만 가난한 서생이었다. 작은 매화 하나를 구해 조그만 화분에 심었다. 여러 폭의 병풍을 둘러치고 매합을 만들어 먼지나 그을음으로 더럽혀지지 않게 하였다. 이렇게 사랑했지만 갑자기 한파가 일어 매화가 얼어 버렸다. 섣달이 되어도 꽃을 피우지 못하게 되자 이웃에 살던 유본정에게 이를 보내었다.

매화 첩을 얻은 즐거움

매화를 받은 유본정은 난사蘭士라는 사람을 시켜 매화 그림을 그리게 한 다음 작은 편액으로 만들고 혜하蕙霞라는 사람이 지은 제화시를 써서 벽에 걸었다. 그리하여 진짜 매화와 그린 매화를 나란히 두고 즐기게 되었다.

유본정은 감실에 매화를 넣어 두고 정성껏 길렀다. 그랬더니 드디어 얼어 죽은 줄 알았던 매화가 꽃을 피우려 하자 기뻐 시를 지었다. 유만공도 이를 보고 함께 기뻐하며 답시를 지어 주었다.

그림 매화 가지가 벽 서쪽에 드리워져 있어	畵梅枝出壁西隅
감실 속 진짜 꽃은 그 그림자 외롭지 않다네.	龕裏眞花影不孤
천연의 옥 같은 자태를 그림으로 전하리니	玉骨天然傳小照
부질없이 미인도를 걸 것이 무엇 있겠는가?	何須重掛美人圖

지산 땅은 임포 살던 고산 땅과 달라서	芝山處士異孤山
벗에게 매화 처 맡기고 홀로 추위를 참네.	托友梅妻獨耐寒
동쪽의 집도 서쪽의 집처럼 빈한하니	東家亦似西家冷
끝내 얼어 죽는 것 한가지가 아닐까.	畢竟能無凍一般

－간송치숙澗松痴叔, 「조카가 집의 감실에 키운 매화가 자못 소생할 기색이 있어 시를 세 수 지었는데 나 또한 기뻐서 화답한다.」[112]

조카 유본정이 감실에 키운 매화가 꽃을 피우려 하는 것을 보고 기뻐 지은 시에 숙부 유만공이 이렇게 답을 한 것이다. 자신의 호에 '바보 숙부'라는 말을 장난으로 더하였다. 첫째 작품에서는 그림의 매화가 매감의 매화를 향해 가지를 드리워 이 두 매화가 나란히 아름다운 아내가 되었으니, 굳이 미인도를 더 걸 일이 없을 것이라 하였다. 또 이를 이어 임포가 살던 고산은 따스한 곳이지만 이원성이 사는 한양의 지산이 춥고 집안 살림도 가난하여 부득이 유본정에게 보낸 것이지만, 유본정의 집도 춥고 가난한 것은 한가지인지라 매화 처가 얼어 죽을 것이라 하였다. 물론 그렇게 되지 않게 잘 키우라는 뜻을 말한 것이다.

그리고 유본정과 유만공은 이원성의 화를 돋우는 시를 지어 나란히 보내었다.

지란옥수 고운 아들 영교에게 맡겨서　　　　蘭玉佳兒屬潁橋
삼동에 서당에서 책을 읽게 하였는데　　　　三冬熏炙讀書巢
매화 처도 함께 서재에다 맡겼기에　　　　　梅妻又寄芸窓下
지금 세상의 굳은 우정 볼 수 있겠네.　　　　今世猶看可托交

－간송우제澗松愚弟,「장난삼아 지산처사에게 바치다」[113]

매화부인 원망스레 백두음을 노래하는데　　　梅妻怨作白頭吟

각박한 마음의 임은 거문고만 안고 있네.　　太薄情郞獨抱琴

서생에게 시집보낸 것 그가 원한 것이라　　嫁與書生渠所願

창 앞에서 다시 정을 돋울 일이 없다네.　　窗前不待更挑心

－영교서생潁橋書生,「장난삼아 지은에게 바치다」[114]

　유만공은 유본정에게 시를 보낼 때에는 '바보 숙부'라 하고 이원성에게 시를 보낼 때에는 '바보 아우'라 호칭을 바꾸었다. 이원성이 지란옥수芝蘭玉樹 귀한 아들을 유본정의 서당에 다니게 하였는데 아내인 매화도 서당에 보내었다. 지난번에는 아들을 보내더니 이제는 마누라 매화까지 맡겼으니, 그 깊은 우정을 짐작하겠다고 놀렸다.

　유본정은 한술 더 떠서, 늙었다고 내친 매화 마누라는 남편 이원성을 원망하는 노래를 부르는데, 이원성은 본인이 원해서 그리한 것이므로 태연히 거문고만 안고 굳이 다시 매화 마누라의 환심을 사려고 하지 않는다 하였다. 「백두음白頭吟」은 한나라 때 탁문군卓文君이 지은 노래다. 사마상여司馬相如가 청춘과부 탁문군을 보고 한눈에 반하여, 그를 데리고 밤중에 도망쳐서 성도成都에서 살았는데, 나중에 부귀하게 되어서 무릉茂陵 사람의 딸을 첩으로 삼으려고 하였다. 이에 탁문군이 함께 사랑을 이어 갈 수 없다는 내용으로 이 노래를 지어 절교를 선언하자, 사마상여가 그만두었다고 한다. 마지막 구에서 '도심挑心'이라 한 것은 사마상여가 탁문군을 꾀어내었다는 뜻으로 쓴 말이다. 이원성이 다시 매화를 유혹해 보았자 소용이 없을 것이라는 뜻이다.

이러한 소문을 들은 매사의 벗들은 다투어 이원성을 놀리는 시를 지어 보내었고, 또 유본정이 매화 처를 얻은 것을 축하하는 시를 지어 보내었다. 또 유만공의 아들 유본형柳本衡은 유본정이 국화꽃 핀 난간으로 매합을 대신하고 죽부인으로 첩을 대신하며, 나막신으로 나귀를 대신한다고 하여 시를 짓고 또 그 서문을 지어 자랑해 놓고, 이제 와서 매화를 새로 처로 맞아들였다는 시를 지어 놀렸다. 그래도 유본정은 매화부인이 사랑스럽다고 자랑하였다.

좋은 신랑은 버들뿐 고운 처는 매화뿐   佳郎惟柳艶妻梅

옆집에서 직접 맞아 합환주에 취하였네.   親迎東隣醉合杯

온밤 향긋한 꽃나라에서 정을 나누니   一夜分情香國裏

마누리는 꽃 중매를 나시 원망하겠네.   細君應復怨花媒

－영교매주유생潁橋梅主柳生, 「매화 아래서 장난으로 읊조리다」[115]

영교매주유생은, 유본정이 영교의 매화 주인인 유생이라는 뜻이다. 유본정의 성인 유柳, 곧 버들이 신랑이고, 매화는 그 아내가 된다. 이에 배필이 되어 합환주를 마시고 꽃나라에서 정을 나눈다. 본부인이 꽃 중매를 한 이원성을 원망할 것이라 너스레를 떨었다.

다시 돌려보낸 매화 첩

이원성은 매화가 꽃을 피웠다는 소식을 듣고 섭섭하였다. 고고한 매화가 어찌 지난날 자신이 아낀 마음을 잊고 다른 곳에 가서 꽃을 피웠는가, 섭섭한 마음에 시를 지었다. 은근하게 옛정을 다시 잇고 싶다는 뜻을 유본정에게 전하였다. 유본정은 어쩔 수 없이 매화를 돌려보내었다. 그리고 스스로를 영교穎橋의 정인情人이라 하고「지산이 매화를 그리워하면서 옛 인연을 다시 잇고자 하여 돌려주기를 청하기에 시를 지어 전별하다芝山戀梅欲續緣爲許刷還仍賦餞別」라는 제목으로 시를 지었다.

유본정은 매화와 헤어졌지만 그 후에도 거듭하여 시를 지어 아쉬운 마음을 드러내었다. 매화를 돌려준 유본정은 수선으로 매화를 대신하고자 하여 매화주인 대신 수선주인水仙主人으로 이름을 바꾸었다. 그리고 다음과 같이 시를 지었다.

생생의 인연이 여래임을 깨달았기에　　　　　生生緣業悟如來
청장관은 밀랍 녹여 매화를 만들었지.　　　　鎔蠟靑莊倣樣梅
영사와 지원으로 왔다 갔다 하였으니　　　　穎社芝園來復去
이 꽃은 정말로 윤회의 이름 어울리네.　　　　此花端合號輪回

– 영교수선주인穎橋水仙主人,「매화와 헤어진 후 장난으로 읊조리다」[116]

앞서 이덕무(1741~1793)가 밀랍으로 윤회매輪回梅를 만든 이야기를 살펴본 바 있다. 청장관青莊館은 그의 호다. 윤회매를 두고 유득공 등의 벗들이 다투어 시를 지었기에 조카인 유본정도 이를 잘 알고 있었다. 유만공 역시 그들의 윤회매 시를 본떠 유본정이 차지한 매화를 두고 시를 지은 바 있다.

『주역』의 핵심이 끊임없이 생겨나는 생생生生의 이치다. 꽃과 밀랍이 윤회하고 진짜 매화와 가짜 매화가 윤회하기에 이덕무는 이를 윤회매라 한 것이다. 이에 비해 유본정은 매화가 인연에 따라 자신의 집 영교의 모임 영사穎社와 이원성의 집 지산, 곧 지원芝園 사이를 왔다 갔다 하였기에, 이원성의 매화야말로 윤회매라는 이름이 맞다고 하였다.

매화를 다시 찾은 이원성은 한편으로 기뻤지만 매화 아내에게 미안하여 변명의 시를 이렇게 지었다.

처음 자네 보낸 것 처를 내친 마음이었겠나?	送汝初心豈出妻
잠시 빈집에 두어 외로운 처를 벗 삼게 한 것.	暫留空閣伴孤棲
좋은 인연 다시 맺어 옥구슬을 찾은 오늘	芳緣重結珠還日
정든 자네 웃음과 눈물을 차마 어찌하랴?	其奈情儂忍笑啼

－지산노부芝山老夫, 「옛 매화가 나에게 돌아와 장난으로 읊조리다」[117]

유본정에게 매화 아내를 보낸 것은 처를 내친 것이 아니라, 유본정의 외로운 처지를 잠시 위로해 주라 한 것일 뿐이요, 이제 옛 인연을 잇게 되어 다시 만나니 한편으로 눈물이 나고 한편으로 웃음이 난다고 농을 하였다. 그러나 유만공은 이를 두고 다시 이원성을 놀렸다.

화국부인이 눈 같은 피부 자랑하며	花國夫人詑雪膚
문득 이씨를 찾아 다시 시집갔다네.	却尋李四復歸于
꼭 살피시게나, 녹음이 짙어진 날	須看綠葉成陰日
많은 열매 모두 제 것과 같은지를.	多子皆能類己無

— 간우澗友,「이옹이 매화가 돌아온 것을 기뻐하여 '애 밴 꽃이 다시 돌아왔다'는 구절의 시가 있기에 내가 이 때문에 장난을 친다」[118]

유본정의 덕을 입어 얼어 죽을 뻔하다가 겨우 살아나게 된 매화가 배은망덕하게 다시 이원성에게 돌아간다고 꾸짖었다. 절조를 모르는 매화기에 기생을 가리키는 '화국부인花國夫人'이라 하고 이원성의 성을 빗대 장삼이사張三李四, 곧 아무 남자에게나 다시 시집을 갔다고 하였다. 그리고 당의 시인 두목杜牧이 이른 "푸른 잎 무성하여 열매가 가지에 가득하네.綠葉成陰子滿枝"[119]라는 구절을 빌려, 이원성의 아내가 된 매화가 여름이 되면 매실이 많이 열릴 것이고 그렇게 되면 그 매실의 성이 이씨가 맞는지 확인해 보라 한 것이다.

유본정 역시 이원성이 매화 아내를 의심하는 뜻이 있는 것을 보아 오얏[李]은 매화와 접을 붙여 열매를 많이 맺지만 버들[柳]은 그렇지 않다고 하여, 성으로 해명하는 시를 짓기도 하였다. 그러면서도 옛정이 그리워 스스로를 '구정농舊情儂', 곧 옛 정든 임이라 하고 그리워하는 시를 지었다. 유본형은 형 유본정이 매화와 헤어지게 된 것이 안타까워, 원님에게 억울한 사연을 적어 하소연하는 문서 원정原情을 작성한 것이라 하면서 시를 지었다.

그리고 얼마 지난 후 세모가 되어 유본정이 이원성의 집을 방문해 보니 이원성은 집에 없고 매화만 홀로 있는데 매화가 자신을 보고 하소연하는 듯하였다. 매화가 이미 질 때가 되어 초췌한 모습을 띤지라 유본정은 이것이 슬퍼서 자신이 돌려보낸 매화 아내를 위로하고 자신을 박정한 사내라 자책하는 시를 지었다.

『매사본말』이라는 책

『매사본말』은 이러한 사연을 두고 유본정과 유만공 등이 지은 시를 모은 것이다. 첫 면에 대금초생帶琴樵生이라는 사람의 지識가 실려 있다. 『매사본말』의 성격을 운문처럼 압축적으로 제시한 글이다.

매사梅社의 숙질은   梅社叔姪

죽림의 낙에 손색이 없고	不數竹林之樂
유관柳館의 부부는	柳館夫妻
작약의 시를 번갈아 부르네.	迭和芍藥之詩
시인은 장난을 잘 치니	詩人善謔
화신花神의 괴롭힘 당하네.	花神被惱
이 책을 읽는 이는	讀此卷者
천태산에 들어갔다 돌아오는 듯	如入天台而歸
시원하고 곧음을	蕭瑟弘錚
무어라 이름할 수 없으리라.	不可名言

　매사의 숙질은 유만공과 유본정이다. 이들의 풍류가 죽림칠현竹林七賢인 완적阮籍과 그 조카 완함阮咸이 죽림에서 노닌 일이 부럽지 않다고 하였다. 그리고 유관柳館은 유본정의 집이다. 여기서 유본정이 매화를 아내로 맞아 사랑의 노래를 주고받는다고 하였다. 작약시芍藥詩는 『시경』의 「진유溱洧」에 "사내와 여인이 서로 노닥이며 작약을 선물로 주고받네.維士與女 伊其相謔 贈之以勺藥"라고 한 것에서 남녀의 사랑 노래를 이른다. 또 『시경』 「기욱淇奧」의 "희학을 잘하되 지나침이 되지 않는다.善戲謔兮 不爲虐兮"는 구절을 끌어들여 이들 시인이 희학에 능하되 음란함에 이르지 않는다고 하였다. 송나라의 시인 황정견黃庭堅이 "향기 머금은 흰 꽃잎은 성을 기울일 자태라, 산반화는 아우고

매화는 형이라지. 앉아서 마주하면 정말 꽃에 괴롭힘을 당하기에, 문을 나서 한번 웃으니 큰 강이 비껴 흐르네.含香體素欲傾城 山礬是弟梅是兄 坐對眞成被花惱 出門一笑大江橫"[120]라고 한 시를 끌어들여 꽃의 신에게 괴롭힘을 당하여 할 수 없이 시를 짓는 것이 이러한 장난의 원인이라 하였다. 그리고 마지막으로 이 시집을 읽노라면 신선이 사는 중국 천태산天台山을 다녀온 듯하다고 칭송하였다.

다음 면에 〈매부인소상楳夫人小像〉이 그려져 있는데 화분에 심은 매화가 탐스럽게 꽃을 피운 모습이 담겨 있다. 그리고 유만공이 지은 「매부인소상찬楳夫人小像贊」이 실려 있다. '매楳'는 '매梅'의 옛 글자다.

꽃 족보의 뛰어난 여인이요	芳譜賢媛
향기 나라의 젊은 아가씨라.	香國歸妹
그 모습은 순수하고	純粹其相
그 자태는 그윽하네.	幽閑其態
눈과 얼음이 엉겨 살갗이 되었고	氷雪凝而爲膚
백옥 가지가 꺾여 패옥이 되었네.	瓊枝折以爲珮
빼어난 자태가 그 밖에서 빛나고	殊色彪於其外
곧은 마음이 그 안에 담겨 있다네.	貞心蘊於其內
말없이 숨어 있지만 정이 있는 듯	無語而隱若有情
함께 웃어 환하니 사랑스럽네.	共笑而粲然可愛

단장하였지만 분은 칠하지 않았으니	妍粧不用其脂粉
고운 자태는 그림에서나 알아볼 수 있겠네.	芳姿省識於圖繪
시원스레 청한하고 고결하니	稟爾淸閑而高潔
마땅히 처사의 고운 짝이 되겠네.	宜爲處士之佳配

매화부인을 칭송한다고 하였지만 실제는 매화 자체를 노래한 것
이다.

이어 본문 시작하는 면에 권수제처럼 '지겸임원매사잡영芝蒹林園梅
社雜詠'이라 하였으니 이것이 책의 별칭임을 알 수 있다. 지산 이원성
과 겸가정 유본정의 시를 모았다는 뜻이다. 그 하단에 '사시향암장 양
화초당관四時香菴藏 養花草堂觀'이라 되어 있는데, 사시향암에서 소장
하고 양화초당에서 보았다는 뜻이다. 사시향암과 양화초당은 유본정
의 집으로 추정된다.[121] 이어 유본정, 유만공, 이원성 등의 시가 실려
있고, 그 밖에 유만공의 아들 유본형, 유본정의 아들 유헌식柳憲植의
시도 한두 수씩 수록되어 있다.

마지막에 유본정의 것으로 보이는 「매사본말서梅社本末序」, 만취생
晩翠生(관매실觀梅室)이라는 사람이 1844년 지은 「매사본말평梅社本末
評」, 유본정의 것으로 추정되는 「매사외전평림梅史外傳評林」, 1844년
유호가 지은 「겸가추수정상량문兼葭秋水亭上梁文」[122] 등이 실려 있다.
이만용李晩用(1792~?)이 쓴 발跋과 평評도 하나씩 실려 있다. 이만용은

『매사본말』에 실려 있는 〈매부인소상寐夫人小像〉

자가 여성汝成, 호가 동번東樊이며 이봉환의 손자, 이명오李明五의 아들로 삼대에 걸쳐 서얼시인으로 명성이 높았다. 맨 마지막 면에 적힌 평을 아래에 보인다.

예전의 매화는 오직 고산 한 사람만 있어 그와 더불어 해로하였으니 처라고 하는 것이 옳다. 이제 매화가 이李에게 갔다가 유柳에게 갔다. 조그마한 날씨 때문에 평소 지키던 바를 잃었으니, 첩이라 해야 옳지 부인이라는 호칭은 감당할 수 없다. 어찌 역사라 할 수 있겠는가?

매사의 문인들이 매화로 한때의 즐거움을 삼았기에 이러한 평을 붙였지만 준엄한 비판이 아니라, 농을 하나 더한 것일 뿐이다. 16세기에 퇴계 이황이 '매형'이라 부르면서 최후의 순간에 자신의 불결한 모습을 보이지 않게 치워 달라 하리만큼 고결하던 매화는, 19세기에 문학을 게임과 장난으로 여기는 풍조와 어울려 첩과 같이 이 집 저 집 옮겨 다니는 여인으로 변해 버린 것이다.

제 3 부

조선의 명품 매화

조희룡趙熙龍(1789~1866), 〈홍매도紅梅圖〉, 서울대 박물관 소장.

조희룡은 매화에 벽이 있어 매화를 무척 아꼈고 또 많은 그림을 남겼다. 〈홍매도〉에 "막고야산
藐姑射山의 신선이 큰 단약 한 알을 가졌는데, 혼자 먹기가 부끄러워 세상 사람들과 함께 나누
고자 하였지만 모두 비린내 나는 창자를 가져 소화할 수 없었다. 사해와 구주를 찾아다녔지만
오직 매화만 있을 뿐이다.藐姑射之仙儼 有大丹一粒 獨享爲愧 欲與世人共之 皆腥羶腸 不可下 訪之四
海九州 惟有楳花在耳"라고 적었다.

단속사의 정당매

강희안이 사랑한 매화

조선의 선비들이 가장 사랑한 꽃이 매화였다. 매화에 대한 사랑이 깊다 보니 선비와 관련된 매화 이야기가 많이 전한다. 그중 명품 매화에 대한 기록도 적지 않다. 조선의 명품 매화로는 사명대사四溟大師가 일본에서 가져와 봉은사에 심었다가 나중에 정릉으로 옮겨진 정릉매靖陵梅, 이정귀李廷龜가 중국에 사신으로 갔다가 어사御史 웅화熊化와 내기 바둑을 두어서 얻게 된, 황제가 감상하던 만력매萬曆梅 등이 유명하다. 이 이름난 매화들은 대부분 이름만 남기고 사라졌지만 그 이름과 함께 아직까지 만날 수 있는 것이 정당매政堂梅이다. 정당매에 대한 최초의 기록은 강희안의 『양화소록』에 보인다.

우리 돌아가신 조부이신 통정通亭께서 젊은 날 지리산 단속사斷

俗寺에서 독서를 할 때 손수 매화 한 그루를 뜰 앞에다 심고 이에 절구 한 수를 지었다.

하나의 기운이 순환하여 갔다가 돌아오니	一氣循還往復來
천심을 세밑에 핀 매화에서 볼 수 있다네.	天心可見臘前梅
큰 솥에 끓이는 국 맛 맞출 수 있는 열매가	自將鼎鼐調羹實
부질없이 산중에서 맺혔다 떨어지고 있네.	謾向山中落又開

공이 급제하여 두루 벼슬을 역임하고 정당문학政堂文學에 이르렀다. 조정에서 임금을 보필하여 국사를 바로잡고 국무를 조정하여 처리한 일이 많았기에, 당시 사람들이 시참詩讖이라 불렀다. 그곳의 승려들이 공의 덕을 사모하고 공의 재주를 사랑하며 또 공의 맑은 풍모와 고상한 격조를 그리워하여 끝내 잊지 못하였다. 그럴 때면 매화를 보고 마치 공을 보는 것처럼 하였다. 해마다 뿌리에 흙을 북돋우고 키워서 마땅하게 해 주었다. 이 때문에 지금까지 전해져서 정당매라 부른다. 그 가지와 줄기가 구불구불하고 만 가지 형상을 지니고 있다. 또 파란 이끼를 입혀 놓았으니, 『매보梅譜』에서 이르는 고매古梅와 다를 것이 없다. 정말 영남에 있는 하나의 고물古物이라 하겠다. 이로부터 사대부 중에 영남으로 벼슬하러 가는 이들은 그 고을에 이르면 절을 찾고 매

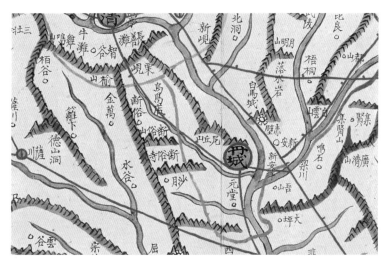

김정호金正浩(?~1866), 『동여도東輿圖』 19세기 중엽, 규장각 소장.
단성(산청군 단성면) 북쪽에 단속사가 보인다. 좌측 덕산동에는 남명 조식이 살았다.

화를 찾아 그 시에 차운하여 처마에 걸지 않는 이가 없다.

강희안의 조부 강회백姜淮伯(1357~1402)이 젊은 시절 벼슬에 오르기 전에 단속사에 심은 매화가 곧 정당매라는 것이다. 단속사는 지리산 동쪽 산청군 단성면 운리에 있었는데 지금 절집은 사라지고 삼층석탑이 그 자리를 알리고 있다. 강회백은 본관이 진주, 자는 백보伯父, 호는 통정通亭이다. 1376년(우왕 2) 문과에 급제하였으니, 강회백이 단속사에 매화를 심은 것은 그 이전일 것이다. 훗날 판밀직사사判密直司事와 이조판서를 거쳐 정당문학 겸 사헌부 대사헌이 되었다. 그래서 그의 벼슬을 따서 정당매라 부르게 된 것이다.

위의 글에 보이는 강회백의 시는『동문선東文選』에「단속사에서 매화를 보고서斷俗寺見梅」라는 제목으로도 실려 있다.『서경』에 은의 고종이 재상인 부열에게 "여러 가지 양념을 넣고 국을 끓일 때면, 그대가 간을 맞출 소금과 매실이 되어 주오.若作和羹 爾惟鹽梅"라고 부탁한 고사가 있다. 여기에서 비롯하여 매실은 국정을 운영하는 솜씨를 비유하는 말로 쓰인다. 강회백이 쓴 시는 국정을 맡아볼 재상의 재목이 시골에 숨겨져 있음을 말하고 있다. 그래서 강회백 자신이 훗날 재상에 오를 것이라는 미래를 예견한 시참이 된 것이다.

강희안은 조부가 심은 매화는 그 연륜이 길지는 않지만, 예스러운 멋을 풍기는 고매古梅와 다를 바가 없다 하였다. 위의 글에서 이른『매보』는 송나라 범성대范成大가 편찬한『범촌매보范村梅譜』를 가리킨다. 이 책에 회계산會稽山에 있는 고매를 소개하고 있는데, "그 가지가 구불구불하여 만 가지 형상이며, 푸른 이끼가 비늘처럼 주글주글 뒤덮고 있다."고 하였다. 강희안은 범성대가 고매를 묘사한 그대로라 하였다. 이리하여 정당매는 조선의 명품 매화가 되었다.

강희안이 자신의 집안사람 시문을 모은『진산세고晉山世稿』를 편찬했는데, 여기에 위의 시와 함께 한 수를 더 수록하였다. 그 시는 이러하다.

우연히 고향으로 와 찾아가 보니	偶然還訪故山來
절 가득한 맑은 향 한 그루 매화라.	滿院淸香一樹梅
물성이야 능히 예전의 뜻 알기에	物性也能知舊意
은근하게 다시 눈 속에 피었구나.	慇懃更向雪中開

-강회백, 「단속사에서 매화를 직접 심고서」[1]

고향에 돌아오자마자 좋아하던 단속사의 매화가 피었는지 궁금해 찾아갔다. 절에 이르자 은은한 매화 향기가 풍겨 온다. 강회백이 매화를 사랑하는 마음을 매화도 알았기에 때맞추어 눈 속에 피었다고 하였다. 선비와 매화가 한마음이다.

글로 빛나는 정당매

정당매는 강회백이라는 아름다운 사람이 있어 이름이 나게 되었고, 또 이를 문학으로 꾸민 아름다운 글이 있어 더욱 이름이 나게 되었다. 정당매를 꾸민 글은 『정당매시권政堂梅詩卷』으로 묶였다. 여기에 매운 선비의 절조로 길이 추앙받는 김일손金馹孫(1464~1498)이 발문을 씀으로써 정당매가 조선의 명품 매화로 기억될 수 있게 하였다.

예전 영남에서 영락한 신세로 지낼 때 두류산頭流山[지리산]을 구경하려고 먼저 단속사에 들렀다. 절 안에 옛 누각이 있고 누각 앞에 매화 두 그루가 있는데 길이는 한 길 남짓하였다. 그 아래 마른 그루터기가 있는데 아직 없어지지 않은 것이 약 반 자쯤 되었다. 중이 정당화라 지목하기에, 그 이름의 연유를 물어보았더니 이렇게 대답하였다.

"강 통정姜通亭이 젊은 시절 손수 심은 것인데, 그 후 급제하여 벼슬이 정당문학에 이르렀으므로, 이를 따라 이름 붙인 것이지요. 강 통정이 세상을 떠난 지 백여 년이 지나자 매화도 역시 늙어 죽는 신세를 면하지 못했습니다. 그 증손 용휴用休[강귀손姜龜孫] 씨가 그 댁 어르신 진산군晉山君[강희맹姜希孟]의 명을 받들고 와서 유적을 찾아보았지요. 강개한 마음이 더욱 많아지기에 마침내 그 곁에 새 뿌리를 심었지요. 지금 벌써 10년이 되었답니다. 강 통정만 자손을 둔 것이 아니라 매화 또한 자손을 키운 셈이지요."

때는 막 초여름이어서 그윽한 향기는 없었다. 나는 손으로 나지막한 가지를 잡고 파란 매실을 따서 맛을 보고, 중의 말을 기록하여 하나의 고사故事로 삼았다. 그 후 8년이 지나서 용휴 씨가 승정원에 들어가 승지가 되고, 나는 병조의 낭관이 되어 아침저녁으로 승정원에서 함께 지냈다. 하루는 여러 공들이 지은 정당매에 대한 시와 문을 보여 주고 나에게 발문을 요청하였다.

내가 생각해 보았다. 천지 사이의 만물은 미미한 꽃 하나 나무 하나라 하더라도 운수가 깃들여 있지 않음이 없다. 그 성쇠와 득실은 모두 조물주의 처분을 듣는다. 비록 사람에게 맡겨져 있다 하더라도 사람이 도모하는 대로 되지 않는 것이 있는 법이다. 그런데도 모르는 자들은 조물주가 가진 것을 훔쳐 자기 것으로 삼으려 한다. 옛날 당나라의 이문요李文饒[이덕유李德裕]가 일생의 힘을 기울여 사방의 꽃과 바위를 모아 평천장平泉莊에 채우고 스스로 "평천장을 경영한 것은 선대의 유지를 따른 것이니, 평천장의 꽃 하나 나무 하나라도 부수는 자는 내 자손이 아니다. 언덕이 골짜기가 되고 골짜기가 언덕이 된 연후에라야 끝이 날 것이다."라고 하였다. 그러나 그 손자 연고延古가 마침내 바위 하나 때문에 장전의張全義의 감군監軍에게 해를 당했고, 언덕과 골짜기가 바뀌기도 전에 평천장은 벌써 주인이 없어졌다. 이문요는 부귀한 처지에 있으면서 권력을 농단하였지만 그 가슴속에 한 무더기 더러움이 있어 또한 초목의 부림을 받았던 것이다. 이를 가지고 선대의 유지를 따른다 하고 이를 가지고 자손에게 물려주었으니, 조물의 이치를 통달한 자라 이를 수 있겠는가?

강 통정이 바야흐로 단속사에 있을 때 그저 한 서생으로 속세 바깥에서 노닐었고 그 매화를 심어 놓고 떠날 때에는 버리는 듯 그 죽고 사는 것을 절의 중에게 맡겼으니 자손에게 물려주려는 것이 아니었다. 그런데도 그 벼슬이 높은 정당에 이르렀으므로, 절의 중이 이를 들어 매화에 이름을 붙이고, 마침내 아름다운 이름을 전하게 된 것이니, 이 또한 우연이라 하겠다. 또 현명한 증손이 있어 다시 가꾸고 심은 것도 통정의 훈계가 있었던 것은 아니다. 사심을 품은 이문요는 그 자손으로 하여금 평천장의 꽃과 바위를 지킬 수 없게 하였지만, 마음이 없는 통정은 도리어 매화 한 그루를 단속사에 남길 수 있었다. 이는 어찌 된 일인가? 조물주는 본디 마음을 지닌 것을 꺼리는 법이다.

아, 사람은 떠났건만, 시는 남아 있고 일은 지나갔건만 이름은 보존되었고, 궁벽한 산 동떨어진 골짜기에 있는 시골 절간의 황폐한 마당에 묵은 그루터기와 새 가지가 찬 그림자를 마주하고 있다. 자손이 된 자가 감회가 의당 어떠하겠는가. 이 때문에 심고 가꾸며 또 노래와 시를 구해서 그 뜻을 드러내고자 한 것이다.

내가 보니 이러하다. 승지 공이 선조를 사모하는 마음이 절절하여 선대의 문집을 간행하여 선비들에게 나누어 주었지만, 그래도 널리 배포되지 못할까 걱정하였다. 매화를 두고 지은 새로운 시를 관리들이 읊어 전하는 것이 시축詩軸에 가득 차게 되었다. 이 모두가 선조에게 근실한 마음을 다한 것일 뿐 자기의 것으로 삼지 않았다는 것을 실로 여기서 보겠다. 또 실로 그가 좋아하는 것도 역시 아무도 이에 따를 수 없을 것이다.

대개 식물 중에서 심을 만한 것이 한둘이 아닌데도 강 통정은 어려서부터 천성이 매화와 합치되는 점이 있었기에 반드시 이를 구하여 심었다. 진산군은 우아한 선비로서 세상의 종장宗匠이 되었고 그의 형 경우景愚[강희안姜希顏] 씨는 『양화소록』을 저술하였는데 여러 꽃을 품평하면서 매화를 으뜸으로 삼았다. 승지 공은 자신의 조부를 계승하여 이 매화에 더욱 정성을 기울여 오직 시들까 걱정하고 있다. 그 집안에서 대대로 숭상하는 풍류와 표격標格을 또한 족히 상상할 수 있다.

나 같은 사람은 얼마 되지 않은 녹봉에 얽매여 귀거래歸去來하지 못하여 꿈속에서 고향을 맴돌고 있다. 혹시 휴가를 얻어 남쪽 고향으로 돌아가게 되면, 마땅히 옛날에 노닐던 단속사를 찾아서, 달이 지고 별이 스러질 적에 한번 매화의 성긴 그림자를 시로 읊조리고, 겸해서 절의 중에게 부탁하여 지금부터 이를 정당매로 부르라 하리라.[2]

김일손은 청도淸道 운계리雲溪里 사람이다. 젊은 시절 밀양으로 가서 김종직金宗直에게 학문을 배우고 김굉필金宏弼, 정여창鄭汝昌 등과 신교를 맺었다. 장원급제한 이력을 바탕으로 누구나 선망하는 홍문관에 들어가 정자正字를 지냈지만 이조차 탐탁잖게 여기고 바로 낙향하였다. 그리고 1489년 4월 함양의 남계藍溪에 살던 정여창을 방문하고 그와 함께 지리산 유람을 나섰다. 이때 김일손은 단속사에 들러 두 그루의 정당매를 처음 만났다. 그 후 8년 뒤 잠시 승정원에 근무하게 되었는데 그때 강회백의 증손자요, 강희맹의 아들인 강귀손姜龜孫(1450~1505)을 만나게 되었다. 강귀손의 말에 따르면, 1479년 무렵 부친 강희맹의 명에 따라 강회백이 심은 매화를 살피러 갔더니 그 매화가 이미 고사하였기에 그 곁에 다시 매화를 심었다.

비슷한 시기의 문인 남효온南孝溫(1454~1492)의 「지리산일과智異山日課」에도 1487년 단속사에 갔을 때 강회백이 심은 매화는 고사하였고 강귀손이 심은 매화만 보았다고 하였다.[3] 또 남효온은 강귀손의 「매화를 심은 글種梅記」을 읽었다고 한 것으로 보아 강귀손은 그 사연을 글로 남긴 것으로 보이지만 지금 전하지는 않는다.

당나라 이덕유李德裕는 평천장을 세우고 아름답고 기이한 꽃과 나무, 바위로 꾸몄다. 그리고 이를 후손에게 영원히 전하고자 사심을 가졌지만 손자 대에 평천장은 주인이 바뀌었다. 이에 비해 강회백은 집착을 하지 않았고 오히려 그 때문에 그가 심은 매화가 후대에까지 전해질 수 있었다고 칭송하였다. 물론 여기에는 강귀손의 노력이 있었기 때문이다. 강귀손은 강희맹이 편찬한 선대의 문집『진산세고』를 간행하였고 여기에 원예학의 고전인『양화소록』이 실려 지금까지 전해질 수 있었다. 또 강귀손은 정당매를 노래한 시문을 모아『정당매시문』을 엮었고 그 뒤에 김일손의 이 발문을 얹었다.

『정당매시문』은 지금 전하지 않아 김일손의 발문 외에 누구의 시문이 더 있었는지 확인하기 어렵다. 홍귀달洪貴達(1438~1504)이 이 책에 쓴 시 몇 수만 전할 뿐이다.[4] 홍귀달이 강귀손이 상주목사로 있을 때 『정당매시집』을 들고 와 시를 요청하였다고 한 것으로 보아 그가 상주목사로 있던 1486년 무렵 『정당매시문』이 완성된 듯하다. 그리고 1493년 승지가 되고 이듬해 김일손이 병조정랑이 되었으므로, 김일손은 1496년 이 발문을 지은 것이라 하겠다.

그러나 『정당매시문』은 그 뒤로 소식이 감감하다. 그러다 19세기 중반 무렵에 가서 권뢰權㙧(1800~1873)가 이 책을 보고 쓴 글이 나타났다. 이 글을 지은 1840년 무렵 정당매는 조그마한 그루터기만 남고 그 곁에 새로 돋은 매화가 있었지만 그럼에도 『정당매시문』과 함께 정당매의 명성은 여전하였던 모양이다.

매화는 하나인데 어떤 것은 『시경』에서 재상의 일을 하였고 어떤 것은 꿈속에서 사자의 방문을 받아 함께 영예를 입었지만 매화의 이름으로 가지고 한 것은 없었다. 서청西廳과 동각東閣은 매화의 별관別館이지만 청완淸玩을 숭상하고 음영에 벽이 있는 자들이 반드시 그 있는 곳을 취하여 이름을 붙였지만 또한 소문이 난 것은 없다.

매화 중에 단속사에 있는 것은 오래된 반 자 크기의 그루터기에 지나지 않고 그 곁에 한 길 남짓 가지 몇이 남아 있을 뿐이다. 게다가 땅이 궁벽한 산 끊어진 벼랑의 절간에 있어 한양과 7백여 리 떨어져 있는데도 어찌해서 이렇게 정당매라는 이름을 얻어 후세 사람들의 입에 읊조려지게 되었는가?

아, 종제 권후權㙔의 외가 선조인 강 통정 공이 이 절에서 젊어 책을 읽을 때 손수 매화 한 그루를 심었는데 후에 과거에 급제하여 벼슬이 정당문학에 이르렀고, 승려들이 인하여 이름으로 삼았다. 이러한 이름을 만들게 된 것은 조물주가 키워 준 처분이라 하겠다. 어찌 이덕유의 평천장이 꽃과 돌의 부림을 받는 것과 짝이 된 것과 다르지 않겠는가?

내가 생각해 보니 천지 사이의 만물은 미미한 꽃 하나 나무 하나라 하더라도 어떤 것은 사람으로 인하여 이름을 얻는 것이 있고 사람도 또한 사물 때문에 이름을 전하기도 하여 그 이름이 심히 아름답게 된다. 그러나 이름이라고 하는 것은 실질의 손님이요, 사람이 이름에 맞는 실질이 없어 그저 손님의 이름이 되어 그 이름이 된다면 어찌 족히 귀하겠는가? 채양蔡襄의 용단龍團이나 전유연錢惟演의 요황姚黃은 모두 실질이 없는 데서 이름을 취한 것이요 마침내 당시 사람의 풍자를 초래한 것이니 이것은 경계할 만하다.

이에 비해 강 통정은 어찌 이름 때문에 그러하였겠는가? 어려서

성품이 매화와 맞아서 반드시 이를 취하여 심었던 것이요, 그 증손 승지 공이 진산군의 명령을 받들어 마침내 예전 그루터기 곁에다 두 그루를 심어 그 자손이 되는 잎과 가지가 세속의 성쇠 너머에서 장구하게 생장하게 되었으므로 절로 한 집안의 꽃 기르는 책이 나올 수 있었던 것이요,[5] 또 매화를 읊은 시를 관리들과 벗들 사이에 퍼뜨려 탁영 김 선생이 또한 그를 위한 글을 짓게 된 것이며, 그 글이 한번 나오자 정당매의 이름이 세상에 무거워지고 또 강 통정의 대대손손이 또한 더욱 번창할 수 있었던 것이다. 고인이 이룩한 문자의 영화는 작록爵祿보다 무거움이 이러하다. 왜냐하면 정당이라는 작록이 무겁지 않은 것은 아니지만 작록보다 심히 무거움이 있는 것은 정당매의 이름이니, 그것이 장차 천년이 지나도록 불후不朽한 것이 되지 않겠는가!

내가 지리산을 유람하려 할 때 단속사로 길을 잡았는데 정당매의 유적을 찾았다. 탁영 선생이 달이 지고 삼성參星이 기울 때 성긴 그림자를 한번 읊조리겠노라 한 것이 또한 나의 뜻이다. 마침내 느낀 바로써 『정당매시문』의 뒤에 써서 종제에게 보인다. 그가 정당의 외손이 되니, 또한 이 매화를 사랑하므로 이로써 선현이 가꾸고 기른 뜻을 오늘에 계승한다면, 내외손의 한 부 화보花譜가 여기에 있지 않겠는가?

— 권뢰, 「정당매시문 뒤에 쓰다」[6]

권뢰는『정당매시문』뒤에 있던 김일손의 발문을 바탕으로 이 글을 지었다. 재상이 국정을 조화롭게 운영하는 것을 상징하는 '염매鹽梅'의 고사나 조사웅이 나부산 선녀를 꿈속에서 만난 고사가 있고, 또 매화를 좋아한 하손何遜이 매화를 동각이나 서청西廳에 둔 고사가 있기는 하지만, 조선의 정당매처럼 사람의 고사가 이름이 된 매화는 별로 없다. 채양이 용단차를 만들고 전유연이 요황이라는 이름의 모란을 키워 임금에게 아부한 것과 달리 강회백은 그저 매화를 사랑했기 때문에 그의 아름다운 이름이 후세에 전해지고 그 후손이 번성하게 되었다고 하였다.

　　퇴계 이황은 "산수를 좋아하는 것은 그 맑고 높은 것을 좋아하면 그뿐이다. 맑은 것은 절로 맑고 높은 것은 절로 높으니, 그것이 사람이 알아주든 그러지 않든 무슨 상관이 있겠는가? 산과 물은 그것을 한스럽게 여기지 않지만 우리 사람들이 이를 한스러워한다."[7]라 하였다. 매화도 절로 맑고 우아하면 그뿐이요 사람이 알아주기를 기다리지 않겠지만, 당나라 유종원이 "아름다움은 절로 아름다운 것이 아니니, 사람으로 인하여 드러난다."[8]고 한 대로 아름다움은 아름다운 사람이 있고 그 사람의 아름다운 글이 있어야 후세에 길이 드리워지는 법이다. 권뢰는 이러한 뜻을 말하였다.

　　권뢰가 본『정당매시문』은 집안의 아우 권후의 집에 소장되어 있었던 모양인데, 지금 이 책은 전하지 않는다. 근년에『정당매시집政堂

梅詩集』이 새로 편찬되었는데 후손 강대곤姜大崑이 관련 시문을 모으고 번역하여 1975년 간행한 것이다. 여기에도 권뢰의 글은 실려 있지 않다.

남명의 정당매 비판

매화는 추운 겨울 눈이 펑펑 내릴 때 꽃을 피워야 제맛이다. 그러나 우리나라에서 자연 상태에서 설중매를 보기는 어렵다. 전문가의 솜씨를 빌려 화분에 담아 따뜻한 방 안, 화로 곁에서 키워야 꽃이 핀다. 그러니 그 기쁨을 자랑하려고 벗을 불러 매화음梅花飮을 즐겼던 것이다. 그러니 부귀한 이가 아니면 설중매는 구경하기 어려웠다. 그런데 단속사의 정당매는 눈 내리는 한겨울 꽃을 피웠던가? 사람들은 관습적으로 매화의 절조를 말하였지만 뜻이 곧은 선비 남명南冥 조식曺植 (1501~1572)은 그리하지 않았다.

절이 낡고 중이 파리해도 산은 늙지 않았건만	寺破僧羸山不古
전조의 왕은 절로 국사를 감당하지 못하였구나.	前王自是未堪家
조물주가 정말 겨울 매화를 잘못 처리하여	化工定誤寒梅事
어제도 꽃을 피우더니 오늘도 꽃을 피웠구나.	昨日開花今日花

－조식,「단속사의 정당매」[9]

전조의 왕이 국사를 감당하지 못하였다는 것은 고려의 문인이었던 강회백이 절조를 지키지 못하고 조선에 출사한 것을 은근하게 비판한 것이다. 강회백을 매화에 비하지만, 매화가 겨울철이 아닌 봄철에 다른 꽃과 함께 꽃망울을 터뜨렸으니, 절조를 찾을 수 없다는 말이다. 선비라면 겨울이 아닌 봄에 피는 매화를 질타하여야 한다. 조식이 갔을 때 정당매는 음력 2월이 되어서야 꽃을 피웠다. 개화가 늦기는 한참 늦었다. 요즘은 단속사 인근의 매화가 양력 2월 말경 꽃망울을 터뜨린다. 음력 1월 눈이 내릴 때 정당매가 가끔 꽃을 피웠을 것 같다. 남명 조식의 타박이 좀 야박하다. 그래서 남명학파의 학맥을 이은 하홍도河弘度(1593~1666)는 조식의 시에 이런 답을 하였다.

산과 물은 고려의 것이요 절은 신라의 것,　　　麗時山水羅時寺
하늘은 봄바람을 이씨에게 내려 주었다네.　　　天付春風仙李家
물성은 그대로라 사람은 그릇되었지만　　　　物性自如人或失
겨울 매화는 여전히 눈 속에 꽃을 피웠네.　　　寒梅依舊雪中花

－하홍도,「남명 선생의 정당매 시에 차운하다」[10]

하홍도는 신라 때 지어진 단속사가 고려를 거쳐 조선에 이른 사실을 말한 다음, 사람은 혹 절조를 잃기도 하지만 매화는 그러하지 않아 눈 속에 꽃을 피운다고 하였다. 스승이 사람을 질타한 것은 수용하였지만 매화에 대한 비난에는 동의하지 않았다.

정당매의 후사

고려를 거쳐 조식과 그 제자들 시대까지 정정하던 단속사는 조선 중
엽 전란의 와중에 불타 버렸다. 그러나 앞서 본 대로 강회백이 심은 정
당매는 고사하였지만 그 증손 강귀손이 다시 매화를 심어 정당매의
이름을 계승하였다. 그 후에도 매화는 여러 차례 말라 죽고 그럴 때
면 매번 다른 매화를 그곳에 심고 이를 정당매라 하였다. 강회백의 후
손인 강항(1567~1618)이 일본에 잡혀 있을 때 고향을 그리워하여 지
은 시에서 "단속사엔 겨울날 매화가 절로 피었으리니, 딸랑딸랑 말방
울 울리는 고향엔 부질없이 풀만 봄을 맞았겠지.斷俗寒梅花自發 鳴珂舊
里草空春"라 슬픈 노래를 불렀는데 그 주석에 "내 선조 통정 공이 매화
를 단속사에 심었는데 산승이 그 매화를 정당매라 불렀다. 그리고 매
화가 말라 죽으면 매번 다른 매화를 그 땅에다 심었다."고 밝힌 바 있
다.[11] 사람이 자식을 낳듯 매화도 자손을 두어 대대로 이렇게 전해진
것이다.

이에 따라 조선 후기에도 거듭 단속사를 찾은 문인들은 정당매의
후손을 두고 정당매라 부르고 이를 노래하였다. 진주의 비봉산飛鳳山
아래 옥봉촌玉峯村에서 태어나 지리산 무이동武夷洞에 들어가 은거한

학자 정식鄭栻(1683~1746)은 조식의 시에 차운하여 "정당매가 작은 못 가에 있는데, 재상의 남은 자취 오래가도 새롭네. 꽃은 사람 따라 그릇 되지 않는 법, 봄바람에 예전처럼 똑같은 봄이라네政梅堂在小池濱 相國 遺蹤久亦新 花事不隨人事誤 東風依舊一般春"[12]라 하였다. 앞서 본 하홍도의 시와 뜻이 비슷하다.

드디어 정당매는 동국東國의 고사故事가 되었다. 이학규李學逵(1770 ~1835)는 1808년 「영남악부嶺南樂府」를 지으면서 정당매를 하나로 넣 었다.

절터는 천만 년 된 땅인데	蘭若千萬地
매화 한 그루 봄을 맞았네.	梅花一樹春
해마다 꽃이 피는 날이면	年年花發日
정당 벼슬한 분 돌이켜 본다.	回憶政堂人

－이학규, 「정당매」[13]

이학규는 일반적인 영사악부詠史樂府처럼 서문을 붙였다. 포의 시 절에 진양의 단속사에서 책을 읽다가 직접 매화 한 그루를 심었는데 벼슬이 정당문학에 이르렀기에 정당매라 부른다는 내용이다. 시에서 는 단속사가 오래된 고찰인데 그곳의 매화가 봄을 맞아 꽃을 피우고 그럴 때마다 정당문학 강회백을 떠올리게 된다고 하였다.

◀ 김명국金明國(1600~?), 〈탐매도探梅圖〉, 국립중앙박물관 소장.

이때도 정당매가 온전하지는 않았다. 앞서 권뢰의 글에서 본 대로 정당매는 19세기 이래 조그마한 그루터기만 남아 있었다. 동국의 고사가 된 매화가 사라질 위기에 처하자 진주 강씨 문중에서 이를 보호하기 위한 노력을 펼쳤다. 헌종 13년(1847) 후손 강세주姜世周가 '통정강선생수식정당매비通亭姜先生手植政堂梅碑'를 세운 것을 보면 표식이 필요할 정도였음을 짐작할 수 있다. 그리고 1915년 하용제河龍濟(1854~1919)가 다시 비를 세웠다. 하용제는 이와 함께 이 두 비를 보호하는 비각을 세웠다. 그 과정은 다음 하용제의 글에 자세하다.

두류산 지맥이 동으로 40리 달려 금계錦溪의 물가에 이르면 곱고도 우뚝하게 솟은 것이 옥녀봉玉女峯이다. 그 남쪽으로 평평하게 구역을 이룬 곳에 부처의 집이 있어 이 일대에서 큰 가람이다. 세상에 전하는 단속사가 이것이다. 절이 폐치되고 민가가 들어서서 잡목과 잡초를 태우고 베어 내어 집과 밭을 만들어 점차 촌락을 이루었다. 그 가운데 황량한 언덕에 한 그루 매화가 겁화劫火를 겪고 남아 있는데, 정당 강 선생이 이 절에서 책을 읽을 때 직접 심으신 것이다. 동네의 늙은이나 젊은이들이 모두 예전 어진 대부가 심고 키운 것이라 여겨 경계하고 보호하여 베지 않게 하여, 이 때문에 수백 년이 지나도록 궁벽한 산 끊어진 벼랑 사이에서 나무꾼의 모임을 지켜보아 오면서 아름다운 향기를 아직 잃지 않았던 것이다.

우리 숙조叔祖이신 경재 선생敬齋先生(하연河演)이 또한 직접 대대로 내려오던 여사餘沙의 전장에 감나무를 심어 지금까지 당시처럼 무성하다. 사람들이 산남山南의 두 빼어난 것으로 일컫는다. 대개 두 선현이 인척이 되어 이웃하여 살고 같은 조정에서 벼슬하여 경상卿相의 반열에 올라 그 은택이 백성에게 미치고 그 영향이 지금까지 이른다. 나무가 아직 사랑스럽거니와 오래갈 만하고 크게 될 만한 덕업은 어떠하겠는가?

그사이 강 아무개 씨가 그 선조의 손길이 묻은 나무가 거의 사라지려 하기에 삼가 단을 쌓아 돋우고 돌에 새겨 드러내니, 예전에 비해 자못 훤해졌다 하겠다. 그럼에도 훵하여 우러러 사모할 데가 없는 것을 우려하여 올여름 강문안姜文案과 강문회姜文會 씨가 75세의 노령에 3~4백 리 먼 길을 달려와 여러 종족과 의논하여 그 곁에 비각을 하나 세우고자 하였는데 몇 달이 걸리지 않아 공사를 마쳤다. 이에 이웃 사람들을 초청하여 술잔을 돌리고 낙성식을 하였다.[14]

단속사 터에 민가가 들어서고 그 가운데 정당매가 훵하게 서 있었다. 이에 1847년 세운 비 곁에 다시 비를 하나 더 세우고 비각을 짓게 된 것이다. 정당매의 비각이 완성되자 인근의 유림들이 시를 지어 보

단속사지의 정당매, 산청군청 홈페이지.

내었는데 이를 『정당매시축政堂梅詩軸』으로 엮었다. 하용제는 여기에
도 서문을 얹고 그 자신도 시를 지어 붙였다. 이 시축을 다시 정리한
것이 앞서 소개한 『정당매시집』이다.

강회백의 후손으로 곽종석郭鍾錫의 제자인 강수환姜璲桓(1876
~1929)도 영사악부「진양악부晉陽樂府」를 지었는데, 정당매를 하나의
고사로 들고 "임금 섬긴 그날에 염매가 되었는데, 후에 남은 뿌리 다
시 심어 후인에게 알렸네. 홀로 산문에 기대니 너무나 적막하여, 석양
에 낮게 시를 읊조리며 백번 돌아보노라.事君當日作鹽梅 復植餘根詔後來
獨依山門太寂莫 微吟斜日百遍回"[15]라 하였다. 터만 남은 단속사에 매화를

다시 심고 강회백의 시를 읊조렸다. 후손의 지극정성으로 횅한 단속사에서 지금도 제법 예스러운 매화를 만날 수 있다.

또 다른 명품 원정매

하용제의 글에는 강회백과 비슷한 시대의 학자 하연河演(1376~1453)이 여사餘沙에 심은 감나무 이야기가 나온다. 여사는 단속사에서 그리 멀지 않은 산청군 단성면 남사마을이다. 지금도 이곳에 가면 이 감나무가 살아 있다. 그런데 이 감나무와 함께 이곳에는 원정매元正梅라는 또 다른 명품 매화가 있다. '원정'은 하즙河楫(1303~1380)의 시호다. 그가 심었다고 하는 매화는 고사하였지만 그 곁에 새로 돋아난 줄기에서는 붉은 꽃을 피우고 있다. 단속사의 정당매와는 달리 이곳의 매화는 홍매다.

원정매가 있는 이 집은 하즙의 후손인 하겸락河兼洛(1825~1904)이 살았다. 흥선대원군興宣大院君과 친분이 있어 그가 직접 쓴 '원정구려元正舊廬'라는 편액이 이 집에 걸려 있다. 하용제가 바로 그의 아들이다. 지금 이곳에 가면 하즙이 지었다는 시가 잘 다듬어진 바위에 새겨져 있다.

집 뒤에 한 그루 매화를 심었더니　　　　　　　舍北曾栽獨樹梅

남사예담촌의 원정매, 산청군청 홈페이지.

세밑에 고운 꽃 나를 위해 피었네.	臘天芳艶爲吾開
창가에서 주역 읽으며 향을 태우니	明窓讀易焚香坐
한 점 티끌도 이른 적이 없다네.	未有塵埃一點來

하즙은 매화 한 그루를 심고 그 맑은 향을 즐기면서 『주역』을 읽었다. 그렇게 사노라면 한 점 속세의 티끌도 가슴에 들어오지 않는다고 하였다. 고려가 그 수명을 다하던 시절 은자로서 이렇게 살았다. 하용제는 이 시에 차운하여 선조의 뜻을 받들었다.

명향실 안에서 마주한 찬 매화는　　　　　　　明香室裡對寒梅
곱디고운 백옥처럼 눈 속에 피었네.　　　　　玉骨嬋妍冒雪開
당시 감상하시던 뜻을 떠올려 보니　　　　　像想當年吟賞意
맑은 운치 스미는 것 한가지라네.　　　　　　一般淸韻襲人來

- 하용제,「삼가 원정 공이 매화를 읊은 시에 차운하다」[16]

　명향실明香室은 하즙이 살던 터에 다시 세운 서재다. 하즙의 시에서
'명창明窓'이라 한 것을 매화와 연결한 이름이다. 1913년 스승 곽종석
(1846~1919)에게 명銘을 받아 걸었다.[17] 이 명향실에서 매화를 완상하
며 선조와 같은 맑은 운치를 누리려 하였다. 그리고 스승 곽종석에게
매화 화분과 함께 자신이 지은 시를 보내었다. 이에 곽종석은 이렇게
시를 지었다.

앞개울 남쪽에 예전 동산의 매화　　　　　　南溪南畔舊園梅
찬 꽃잎 아직도 세밑에 피어났네.　　　　　冷蘂猶從漢臘開
은자는 나부산의 꿈을 알고 있는지　　　　幽人解做羅浮夢
고운 자태로 달빛 아래 오시리니.　　　　　定有瓊姿月下來

- 곽종석,「하은거 씨가 납매 화분 하나를 키웠는데 원정 공이 매화를 읊은 시에
차운하여 회포를 적어 부치고 나에게 화답을 구하기에」[18]

하용제는 원정매 곁에 자란 매화를 따로 화분에 담았던 모양이다. 수나라 조사웅이 꿈속에서 나부산의 매화가 변한 여인을 만난 고사가 있는데 곽종석은 이 고사를 끌어들여 곧 고운 여인 같은 매화꽃을 마주할 것이라 하였다. 매화를 두고 이러한 사제의 정이 있었기에 두 사람은 1919년 파리에 독립청원서를 보내는 데 함께 서명하게 된 것이리라.

사명대사의 정릉매

정릉의 매화

다산 정약용의 아들 정학유丁學游(1786~1855)의 「농가월령가農家月令歌」 3월에 이런 대목이 나온다.

> 한식 전후 삼사일에 과목果木을 접하나니, 단행丹杏 유행流杏 울
> 릉도鬱陵桃며 문배 찜배 능금 사과 엇접 피접 도마접에 행자접이
> 잘 사나니, 청다래 정릉매는 고사古査에 접을 붙여 농사를 필한
> 후에 분에 올려 들여놓고 천한天寒 백옥白屋 풍설 중 춘색을 홀로
> 보니 실용은 아니로되 산중의 취미로다.

3월 한식 전후에 여러 과실나무를 접붙이는데 특히 정릉매靖陵梅
가지 하나를 꺾어 고목 등걸에 접을 붙여 농사를 마친 겨울, 눈 내리는

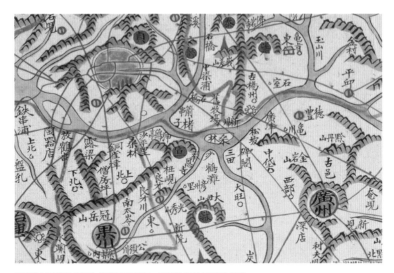

김정호金正浩(?~1866), 『동여도東輿圖』 19세기 중엽, 규장각 소장.
을축년(1925) 대홍수 이전에는 양재천과 탄천이 학여울(학탄)에서 만나 봉은사 동쪽을 지나
한강으로 흘렀다. 봉은사 서쪽에 정릉과 선릉이 있다. 압구정이 그 북쪽에 보인다.

가운데 화분에 올려놓고 감상하는 것이 비록 먹고사는 것과 무관하지
만 산중의 취미라 하였다.

　여기서 나오는 정릉매는 무엇인가? 정릉매에 대한 역사는 김영작金
永爵(1802~1868)의 「고매산관기古梅山館記」에 자세하다. 이제 이 글을
따라 정릉매의 역사를 따라가 보기로 한다.

　성안에 매화를 품평하는 사람은 반드시 정릉 재서齋署에 심어 놓
은 것을 먼저 든다. 대개 지금껏 300여 년 되었는데 꽃받침이 거

꾸로 드리워지고 꽃잎이 크며 향기가 진하여 보통 매화와는 크게 같지 않다. 세상에서 나부산에서 나는 것인데, 『석호매보石湖梅譜』를 살펴보면 90여 종이 있지만 이와 같은 종류는 없다. 오직 두보杜甫가 "강가에 한 그루 매화 드리워 피었는데江邊一樹垂垂發"라 한 것이 대체로 이와 가까운 듯하다. 정말 매화 중에 진귀한 품종이다.

안향청安香廳 좌우에 몇 그루의 오래된 나무가 있는데 등걸이 야위었고 구불구불하며 성긴 꽃술이 백옥을 달아 놓은 듯하다. 꽃이 흐드러지게 필 때에는 재관齋官들이 한양의 시인들을 초대하여 매화음梅花飮을 벌여 마침내 산중의 고사가 되었다. 영조 때 능참봉 아무개가 동쪽 창을 뚫어 한 가지를 방 안으로 끌어들였는데 방 안이 따뜻하여 꽃망울이 먼저 터졌다. 동지향관冬至享官이 와서 기이하게 여겨 돌아가 임금께 아뢰었다. 임금께서 내시를 시켜 가서 보게 하였더니, 내시가 꽃가지 몇을 꺾어 말을 치달려 바쳤다. 이로 말미암아 동쪽 담장 아래 있는 것이 더욱 세상에서 예쁘다고 일컬어지고 있다.[19]

정릉매가 세상에 이름을 얻은 것은 세상에 희귀한 '도심매倒心梅'였기 때문이다. 도심매는 꽃이 거꾸로 드리워진 특수한 종류다. 위의 글에 보이듯 시성詩聖으로 추앙받는 두보가 "강가에 한 그루 매화 드리워 피었는데, 세월은 덧없이 백발만 재촉하네.江邊一樹垂垂發 朝夕催人自白頭"[20]라 한 것이니 중국에서는 그 유래가 오래되었다 하겠다. 조선에서 이 도심매의 존재를 처음 말한 사람은 매화를 무척이나 사랑한 퇴계 이황(1501~1570)이다.

한 봉오리만 등진다 해도 시샘받을 만한데　　　　一花纔背尙堪猜

어찌하여 모두 다 거꾸로 드리워 피었는가?　　　　胡奈垂垂盡倒開

이를 내가 꽃 아래에서 볼 수 있게 되었으니　　　　賴是我從花下看

머리 들고 하나하나 꽃심을 보러 온다네.　　　　　昂頭一一見心來

－이황,「다시 도산매를 찾아서」[21]

이 시의 주석에는 송나라 양만리楊萬里의「매화시梅花詩」에서 "꽃잎하나 무뢰하게 사람을 등지고 피었네.一花無賴背人開"[22]라 한 구절을 가져와 첫 구절을 지었다고 한 다음, "내가 이 중엽매重葉梅를 남쪽 고을의 친구에게서 얻었다. 꽃이 붙은 것이 하나같이 땅을 향하여 거꾸로되어 있다. 곁에서 바라보면 꽃심[花心]이 보이지 않아 반드시 나무아래에서 낯을 위로 들어야 이에 하나하나 그 꽃심이 보인다. 꽃송이가 수북하여 사랑스럽다. 두보의 시에서 이른 '강가에 한 그루 매화 드리워 피었네.'라 한 것이 아마도 이러한 종류의 매화를 가리키는 듯하다."라 하였다. 도산서당에서 지은 작품이니 이곳에 거꾸로 드리워진 도심매가 있었던 모양이다.

　도심매는 매화 중에서도 명품이었다. 이황은 매화 중에 비스듬하고 성기며 늙은 가지가 기괴한 것이 귀한데, 꽃에 푸른 꽃받침이 있는 녹악매綠萼梅와 꽃심이 뒤집어진 기이한 품종이라 하였다.[23] 성호 이익은 『성호사설』에서 「도심매」를 하나의 항목으로 두어 다루면서, 이황과 두보의 시를 예로 들고, 자신은 이러한 매화를 보지 못하였다고 하였다.[24]

　이황이 구한 도심매는 중엽매였다. 강희안의 『양화소록』에는 "서울 지방에서 매화를 접붙이는 것은 모두 천엽의 홍백매紅白梅로 대부분 쌍으로 열매를 맺는데, 곧 화보에서 이른바 중엽매와 원앙매鴛鴦梅라는 것이다."라 하였다. 홍백매는 연붉은빛이 도는 흰 꽃이 피는 매화를 이르는 듯하다. 열매가 쌍으로 열리기에 원앙매라고도 한다. 또 중엽매는 범성대范成大의 『범씨매보』에서 꽃의 머리 부분이 풍성하고 잎이 여러 겹으로 되어 있는데 성대하게 피면 조그마한 하얀 연꽃처럼 생긴 기품이라 하였다. 중엽은 천엽千葉이라고도 하는데 꽃잎이 겹으로 된 품종을 이른다.

　도심매는 중국 문헌에서는 용례가 거의 보이지 않고, 도수매倒垂梅라는 이름으로 드물게 나타난다. 중국에서도 도심매가 매우 희귀한 종이었음을 알 수 있다. 이규경은 『오주연문장전산고』의 「도수매변증설倒垂梅辨證說」에서 『성호사설』의 기사를 인용한 후, "우리나라에서

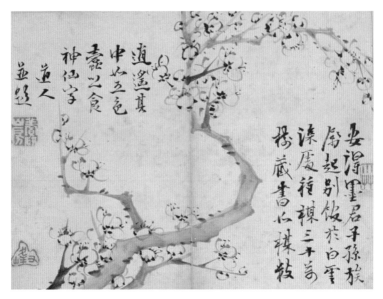

조희룡趙熙龍(1789~1866), 〈백매도白梅圖〉, 서울대 박물관 소장.

조희룡이 그린 백매는 중엽인 정릉매와 다른 단엽이다. "어찌하면 묵군[대나무]을 구해, 자손과 족속이 흰 구름 깊은 곳에 별관을 세우고 매화 삼십만 그루를 심되 매화의 숫자만큼 책을 소장하여 오색의 좀벌레가 신선이라는 글자를 먹는 것처럼 살 수 있으랴.
도인이 함께 적다.安得墨君 子孫族屬 起別館於白雲深處 種楳三十萬樹 藏書如楳數 逍遙其中 如五色蠧之食神仙字 道人竝題"라는 글을 적었다.

도심매는 소의문昭義門 바깥 천연정天然亭에 있다."고 증언하였고, 또 "요즘 세속에서 매화 가지를 굽혀서 거꾸로 드리우게 하고, 오래된 등걸을 그 곁에 꽂아서 스스로 기이한 품종이라 여긴다."라 하여 인공을 가미한 도심매가 조선 후기 등장하였음을 알 수 있다. 정릉의 매화가 명품으로 일컬어진 첫 번째 이유는 이처럼 세상에서 희귀한 도심매였기 때문이다.

이와 함께 정릉매는 영조 임금의 사랑을 받은 데서 더욱 명품이 될 수 있었다. 어떤 능참봉이 매화 꽃가지를 방 안으로 향하게 하여 그 따스한 기운에 먼저 꽃망울이 터졌던 모양이다. 그 보고를 받은 영조는 내시에게 이를 가져오게 하여 완상하였으니, 정릉의 매화는 이제 임금의 성은까지 입게 된 것이다.

중국에서 가져온 매화

그런데 이 정릉매는 사실 국내산이 아니라 중국산이었다. 이에 대한 김영작의 기록을 계속 보기로 한다.

예전 전하는 말에 만력萬曆 32년[1604] 사명선사四溟禪師 유정惟政이 일본에 들어갔을 때 나가사키長崎와 사쓰마薩摩 사이에 정박하고 있는 광동廣東의 상선으로부터 나부산 매화를 얻어, 배에다 싣고 돌아왔다고 한다. 지금 봉은사奉恩寺의 심검당尋劍堂 동남쪽에 매화당梅花堂의 옛터가 있는데 사명선사가 머물던 곳이니, 이것이 그 증좌가 됨이 분명하다. 찬성贊成에 추증된 이신성李愼誠 공이 능참봉이 되었을 때 봉은사에서 정릉으로 옮겨 심었다.

이 기록에 따르면 정릉의 매화는 중국 나부산에서 자라던 것이다. 일본에 간 사명대사 유정(1544~1610)이 중국 상인으로부터 이를 구입하여 봉은사에 심고 즐겼다는 것이다.[25] 그 후 이신성李愼誠(1552~1596)이 이 매화를 정릉으로 옮겨 심었다. 이신성은 1579년 진사시에 합격하고 성균관에서 수학하다가 정릉참봉이 되었으니 대략 16세기 말엽의 일로 추정된다. 그 후 이 매화의 역사를 계속 보기로 한다.

이로부터 점차 접을 붙여 새 가지가 그루터기가 되고 잘라 낸 그루터기에 새 가지가 돋은 것이 그 얼마나 되는지 알 수 없을 정도다. 문헌에서 증명할 수 있는 것으로는 영조 임자년[1732]에 쓴 제명기題名記다. 책의 뒷면에 그 선조 찬성공[이신성]이 북돋워 심었다고 하는 역사를 기록한 사람은 이도익李道翼(자 중필仲弼)이다. 매수梅叟 김굉유金宏裕는 곽탁타郭橐駝처럼 원예에 뛰어난 기술을 가지고 있었는데 병인년[1746] 그 손을 빌려 향실香室 동서쪽에 나누어 심은 사람은 신간申暕(자 자휘子輝)이다. 매수 김굉유의 말로는 자신이 어린 시절 재서의 예전 매화가 사라진 지 이미 오래되었는데, 재상 송애松厓 서종태徐宗泰가 압구정鴨鷗亭에 물러나 있을 때 나부산에서 온 매화를 구해다 접을 붙여 심었다고 한다. 경오년[1750] 매수의 설에 따라 지금 매화가 결단코

276

예전 매화가 아니라고 한 사람은 이석상李錫祥[사흥士興]이다. 건릉健陵 병진년[1796] 매화가 반쯤 마른 것을 보고 대여섯 그루를 다시 심고 칠언절구 다섯 수를 지어 그 전말을 기록한 사람은 신사준愼師浚[경심景深]이다. 정사년[1797] 능지陵誌를 수집하고 매수의 말이 늙은이의 망령에 가까운 것임을 우려한 사람은 이정규李鼎珪[경진景鎭]다.

나는 이렇게 생각한다. 나부산 매화는 우리나라에서 천하에 둘도 없는 큰 복덩이요 기이한 꽃으로 여긴다. 압구정이 정릉의 재서와는 소 우는 소리가 들릴 정도의 가까운 거리다. 처음 압구정에 심었을 때 아마도 반드시 안수晏殊 집안에서 정원 일을 하던 하인처럼 훔쳐 온 것이리니, 그렇다면 그 예전 모습 그대로 복원했을 것이다. 매수가 노망이 난 것이 아니라 꼼꼼히 살피지 않았을 뿐이다. 어찌 이것에 근거하여 급하게 지금 매화가 예전 매화가 아니라고 단정 지을 수 있겠는가? 이도익 씨의 기문과 신사준 씨의 시를 한 번 보면 살필 수 있는 일이니 꼭 여러 차례 변론을 할 필요가 없다.

조선의 명품으로 알려진 정릉의 매화는 정릉의 역사와 함께 기록되기 시작하였다. 정릉의 역사는 먼저 『제명기題名記』로 정리되었는데, 정릉에 근무한 관원의 명단을 적은 책으로 추정된다.[26] 이 『제명기』에

이신성의 후손인 이도익(?~1751)이 1732년 이신성이 매화를 옮겨 심은 전말을 기록하였다.[27]

그러나 이 무렵 이미 정릉에는 이 매화가 사라지고 없었다. 이에 1746년 신간(1709~?)[28]이 매수 김굉유라는 매화 재배에 탁월한 능력을 갖춘 사람의 힘을 빌려 인근 압구정에 있던 나부산의 매화에서 접을 붙여 정릉 향실香室의 동쪽과 서쪽에 나누어 심었다. 압구정의 매화는 서종태(1652~1719)가 심은 것이다. 1701년 좌참찬에 임명되자 잠시 압구정에 물러나 있었는데 이 무렵 나부산의 매화를 구해 심었던 모양이다. 이 때문에 이석상(1700~?)이라는 문인이 정릉의 매화가 사명대사가 가져온 매화와 무관하다고 주장하는 글을 지은 듯한데, 그의 문집이 전하지 않아 사정을 알 수 없다.[29]

그 후 1796년 정릉의 매화가 다시 말라 죽게 되자 신사준(1734~1796)[30]이 대여섯 그루를 새로 심었다. 이때 그가 칠언절구 나섯 수를 지었다고 하였지만 이 시 역시 전하지 않는다. 그리고 같은 해 정릉 참봉으로 있던 이정규(1745~?)[31]가 정릉에 대한 기록을 수집하면서 압구정의 매화를 접붙였다는 김굉유의 설이 잘못임을 기록하였다. 송의 안수가 당시에 유일한 품종의 홍매를 가지고 있었는데 어떤 부호한 이가 그 집 정원 일을 하는 하인에게 뇌물을 주어 가지 하나를 접붙여 오게 하였다. 이에 왕기王琪가 "정원 하인 무단히 훔쳐 가 버리니, 봉성에는 이로부터 쌍둥이가 생겼네.園吏無端偷折去 鳳城從此有雙身"라는 시를 지었다. 범성대의『범촌매보』에 나오는 이야기다. 김영작은 이 고사를 끌어다 압구정과 정릉의 매화가 같은 뿌리에서 나왔을 것이라 결론을 맺었다.

정릉의 이 매화를 두고 1801년, 신위申緯(1769~1847)는 도지매倒地梅라 하고 자세한 기록을 남겼다. 도지매는 앞서 말한 도심매다.

정릉의 도지매는 본디 전당錢塘의 상선에 실려 있던 물건인데 서산대사가 왜의 땅에서 가지고 와서 작은 집을 짓고 그 곁에 길렀는데 이제 봉은사 매화당의 터가 이곳이다. 매화는 정릉의 재실 동쪽으로 옮겨졌는데 꽃이 모두 거꾸로 드리워 땅을 향한다. 이 때문에 도지매라 한다. 신유년(1801) 하짓날에 내가 정릉 제사에 차출되었는데 정릉의 관원이 나를 보고 무척 정답게 대하고 화분 하나를 내어 놓으면서 나의 글씨와 바꾸자고 요청하였다. 재실의 큰 가지에서 하나를 옮겨 심은 것이었다. 내가 웃으며 허락하였으니 이 매화가 나의 소유가 된 것이다. 올해 동지가 아직 먼데 종이 휘장 안에서 꽃이 특별히 무성하였다. 우연히 퇴계가 중엽매重葉梅를 읊은 시를 보게 되었다. "한 봉오리만 등진다 해도 오히려 시샘받을 만한데, 어찌하여 모두 다 거꾸로 드리워 피었나. 이를 내가 꽃 아래에서 볼 수 있게 되었으니, 머리 들고 하나하나 꽃심을 보러 온다네."라 하였다. 선생이 본 것이 아마도 이

것과 같은 품종일 것이지만 다만 중엽인 점이 조금 다르다.[32]

앞서 이황이 노래한 도심매는 중엽인 데 비하여 서산대사가 가져온 매화는 단엽이었다. 지금도 홍매는 대부분 겹꽃인데 정릉매가 단엽이기에 더욱 귀한 대접을 받았을 것이다. 게다가 꽃잎이 땅을 향하고 있으니 특이한 품종이었다. 시서화詩書畵에 모두 능해 삼절三絶의 기림을 받은 신위였기에 그의 글씨가 이 귀한 정릉매 화분 하나와 바꿀 수 있었던 것이다.

1804년 정릉직장이 된 이이순李頤淳(1754~1832)은 그 선조 이황의 시에 차운하여 이 매화를 노래하였다. 그 서문에서 그 역사를 기록하였는데 김영작의 글과 다소 다른 곳이 있다.

『정릉지靖陵誌』를 보니 이러하다. 성릉의 재실 앞쪽에 매화가 이미 오래되었는데 그 연대는 알 수 없다. 어떤 사람은 서강西江에 살던 정릉의 군사가 중국에서 분매를 얻어 온 것인데 표류하던 배에서 정릉의 관원이 가져다 심은 것으로, 그것이 중국에서 온 것이므로 사람들은 나부산 품종이라고 하였다. 어떤 이는 고승 유정이 전란 이후 강화 문제로 일본으로 들어갔을 때 우연하게 중국인을 만나 매화를 얻어 돌아와서 봉은사에 두었다가 나중에 재실에 옮겨 심었다고 한다. 또 찬성 이신성이 재관齋官이 되었을 때 심은 것이라고도 한다. 또 재릉 아래 인근 마을에 사는 노인 김만용金萬容이 송애 서종태 재상이 가지고 있던 나부산 품종의 매화를 안향청으로 옮겨 심었다고도 한다. 여러 가지 설이 의심스러워 어느 것이 옳은지 알 수 없다.

그런데 매화의 품종 자체는 무척 아름답다. 꽃잎이 크고 거꾸로 드리워져 있어 보통 풍격과는 같지 않다. 호사가들이 접을 붙여 한양에 두루 퍼지게 되었다. 영조 때 재관이 창틈으로 매화 가지를 방 안으로 끌어당겨 들이되, 바깥은 흙을 덮어 그 뿌리를 두텁게 북돋우고 그 줄기를 겹겹이 싸 주었다. 방 안은 따스하여 훈기가 일어났다. 겨울이 되자 꽃이 피고 그윽한 향기가 방에 가득하였다. 동짓날 헌관獻官이 왔다가 돌아가 그 일을 아뢰자, 주상이 이를 기이하게 여겨 내시를 보내어 살피게 하였다. 내시가 매화 꽃가지 몇을 따서 바쳤다고 한다.[33]

이이순은 정릉매에 대한 여러 가지 설을 두루 제시하였다.[34] 서강西江에 살던 정릉의 어떤 군사가 중국에서 가져와 심은 것이라 한 것은 새로운 설이다. 이신성이 심었다고 한 것은 봉은사에 있던 것을 옮겨 심은 것이라 보아야 할 듯하다. 압구정에 있던 서종태의 매화를 옮겨 심은 사람이 김영작은 김굉유라 하였는데 여기서는 김만용金萬容이라는 노인이라 하였다. 두 사람의 관계는 알 수 없다. 아무튼 이렇게 하여 정릉매가 두루 도성 안에 퍼지게 되었다고 한다.

이이순은 이 매화를 사랑하여 한 가지를 화분에 옮겨 심어 반교泮校, 곧 성균관 인근에 있던 그의 집으로 가져왔다. 그리고 "동국의 아름다운 꽃은 정릉 재실의 매화, 한 가지 한강을 건너 옮겨다 심었다네.東國佳花靖寢梅 一枝移渡漢江來"³⁵라 하였다.

정릉매의 후사

정릉 매화의 유래에 대해 설이 갈리는 한편, 후대 여러 차례 매화가 죽어 새로 접을 붙여 살렸기에 과연 그 매화가 예전의 매화와 같은지를 두고 논란이 일어났다. 1750년 이석상은 글을 지어 다른 것이라 하였다. 그러나 1797년 이정규는 그렇지 않다는 주장을 내세웠다. 이에 대해 김영작은 정릉과 입구정이 가까우므로 같은 종이며, 이도익과 신사준 등이 이 매화를 두고 지은 시를 보면 같은 품종임을 알 수 있다고 하였다. 그 후 이 매화의 역사를 두고 김영작은 이어지는 글에서 이렇게 적고 있다.

지금 주상 4년 무술년[1838] 내가 성은을 입어 정릉참봉에 임명되었다. 재실에 도착한 날 예전의 기록을 읽고 오래된 자취를 탐방하였더니, 매화는 이미 7~8년 전에 남들이 패어 가고 횅하니 남은 것이 한 그루도 없었다. 서성이며 한참을 슬퍼하였다.

저자도楮子島의 허 노인許老人이라는 사람이 있어 백 리 바깥 흩어진 오래된 매화를 찾아서 접을 붙여 겨우 살려 놓았다는 말을 듣고 다음 해 가을 동료 이휘재李彙載[덕여德輿]와 함께 도모하여 비로소 동쪽 담장 아래로 옮겨 심었다. 흙을 북돋워 주고 단을 단단하게 하였더니, 1년 만에 네댓 가지가 담장 위로 올라왔다. 이 듬해 봄 두세 송이 꽃을 피울 수 있을 것 같았다. 그러나 이휘재는 이미 섣달이 되자 임기가 차서 돌아갔고, 나도 또한 매화와 이 별하게 되었다. 노년에 벼슬살이를 하느라 사방을 떠돌게 되었으니 나중에 이곳으로 올 사람으로 하여금 전적으로 맑은 향기를 누리게 할 뿐이었다.

대개 관직으로 능원을 지킬 때 강역 안에 있는 풀 한 포기 나무 한 그루도 정말 감히 훼손할 수 없는 법이다. 하물며 매화는 식물 중에서 꽃이 아름답고 깨끗한 존재라서 일반 풀과 대오를 함께 하지 않고 또 매우 기이한 품종을 먼 곳에서 옮겨 와서 위로 지존께서 감상을 하셨고 수백 년 동안 이름난 분과 고승들이 이처럼 근실하게 심고 가꾼 것임에랴! 매화가 무성하고 시드는 것은 맡은 임무의 득실得失과 사람의 현우賢愚에 매여 있는 법이다. 이제 고사를 두루 수집하여 나를 이어 이 매화를 관리할 사람에게 알린다. 마침내 재실의 방 편액을 고매산관古梅山館이라 하고 이

렇게 기문을 쓴다.[36]

김영작은 1838년 정릉참봉에 임명되었다. 재실에 도착하자마자 이 매화에 대한 자료를 구하여 읽고 또 현장 답사를 하였다. 그 결과 매화는 이미 7~8년 전에 사라지고 아무것도 남아 있지 않았다. 이에 봉은사 동쪽에 있었지만 지금은 육지가 된 저자도楮子島에, 매화 접을 잘 붙이는 허 노인이라는 사람[37]이 인근에서 오래된 매화를 두루 찾아서 접을 붙였다는 소문을 들은 김영작은 이듬해 이를 원래 매화가 있던 정릉의 동쪽 담장 아래로 옮겨 심었다. 그 정성에 매화는 1년 만에 다시 소생하고 꽃을 피우게 되었다. 이를 기념하여 정릉 재실의 이름을 고매산관이라 하였다.[38]

그런데 이 일을 함께 한 사람인 이휘재(1795~1875) 역시 이 매화에 대한 기록을 남겨 놓았다. 이에 따르면 사연이 이러하다. 정릉 동쪽 담장 아래 있던 매화가 피면 원근의 벼슬아치를 불러 매화음梅花飮을 즐겼는데, 자신이 직장直長 벼슬로 와 보니 매화가 이미 없었다. 김영작이 오래된 매화를 가져와 옛 자리에 심었는데 담장이 무너지면서 매화도 압사하고 말았다. 이휘재는 이 매화가 원래 옛 품종이 아니므로 이제 담장 밑에서 죽은 것도 우연이 아니라고 여겼다. 그리고 다시 정릉 근처의 오래된 품종을 구해다 다시 심었다.[39]

사연이 조금 다르기는 하지만, 아무튼 이리하여 정릉의 매화는 다시 명성을 이어 나가게 되었다. 이후의 정릉 매화에 대한 기록은『정릉지』에 이어진다. 1866년 6월 15일 김낙현金洛鉉(1817~1892)이 쓴「서김소정고매기후書金邵亭古梅記後」에 그 사연이 보인다.[40] 김낙현이 1864년 정릉참봉이 되어 재실에 와서 매화를 찾았더니 동쪽 담장 아래 매화 한 그루가 늙고 초췌하여 곧 말라 죽을 지경이었다. 그다음 해 여름 접을 붙여 잘 살리는 사람을 찾아 돌보게 하였더니 1년 후 싹이 나게 되었다.

비슷한 시기 이유원李裕元(1814~1888)도『임하필기林下筆記』에서

「고승매高僧梅」라는 항목을 두어 이 매화에 대해 기록하였다. "정릉 재실 뜰에 소나무와 회나무 등 푸른 나무들이 빽빽한 가운데 매화나무가 있는데, 꽃이 아름답게 핀다. 이는 바로 서산대사西山大師 휴정休靜이 직접 심은 것이다. 정축년[1877] 봄에 사람들이 모두 그것을 보았지만, 50년 사이의 영고榮枯는 모르겠다."라 하였다. 사명대사가 서산대사로 잘못 알려지게 되었지만, 그럼에도 그 매화가 적어도 1877년까지는 무사하였음을 알 수 있다. 그러나 1899년 12월 황규종黃圭琮이 남긴 이 매화에 대한 최후의 진술에 따르면[41] 이해 정릉참봉이 된 황규종이 정릉 매화에 대한 칭찬을 듣고 잔뜩 기대하고 왔지만 정작 매화는 뿌리만 남아 있었다고 한다.

나라가 망해 가는 터에 정릉의 매화를 누가 관리할 수 있었겠는가? 정릉의 매화는 이렇게 하여 사라졌다. 지금 정릉에는 누군가 몇 그루 매화를 다시 심었다. 그다지 품위가 있는 것은 아니지만, 매화가 있다는 자체로 반가운 일이지만 이이순의 글에 따르면 정릉의 매화에서 접을 붙인 것이 한양에 가득하다 하였으니, 서울과 인근의 고매를 찾아 접을 붙여 정릉 매화의 역사를 이어 가면 더욱 좋겠다. 다만 과연 강남에 고매가 있는지 모르겠다.

이정귀의 관동 월사매

관동 매화와 『속강목』의 사연

조선시대 명품 매화로 가장 이름을 떨친 것이 앞서 본 정릉매와 지금 볼 월사매月沙梅다. 월사月沙 이정귀李廷龜(1564~1635)가 중국에 사신으로 갔다가 어사御史 웅화熊化와 내기 바둑을 두어서 얻게 되었다고 하는 홍매紅梅다.

이정귀 집안은 17세기 최고의 명문 중 하나다. 이정귀, 이명한李明漢, 이일상李一相이 삼대에 걸쳐 대제학에 오른 일은 두고두고 칭송되었다. 이 집안은 관동 이씨館洞李氏, 혹은 동촌 이씨東村李氏로 일컬어진다. 동촌은 성동城東 지역을 이르던 말이며 관동은 성동의 연화방蓮花坊에 속해 있는 동네 이름인데, 곧 이 집안이 고조 이석형李石亨 이래 성균관 앞쪽 지금의 연건동에 세거하였기에 이러한 이름이 생긴 것이다.[42] 이석형(1415~1477)은 집 안의 동산에 못을 파고 연꽃을 심었으며 그 곁에 넘치는 것을 경계한다는 뜻을 취한 계일정戒溢亭을 지었다. 계일정 주변에 아름다운 꽃나무를 심어 두고 정자에 올라가 두건을 젖혀 쓰고 편안히 앉아 아침저녁 시를 읊조렸다.[43] 이석형 이후 이 집안이 큰 인물을 내지 못하였는데, 한참 세월이 지난 후 이정귀가 태어날 조짐으로 계일정 옆 연못에서 연꽃 몇 송이가 갑작스럽게 피어났다고 하는 전설이 전한다.

이 관동의 집에 가장 이름난 존재가 단엽홍매單葉紅梅였다.『동국문헌비고』에는 이정귀를 모신 사당 앞에 단엽홍매가 있는데 중국인이 선물한 것으로 우리나라에서 홍매화가 중엽이 아닌 단엽인 것은 이한 그루뿐이라 하였다. 이 매화의 실체는 어떠한가? 한참의 세월이 흐른 후 한장석韓章錫(1832~1894)이 이에 대하여「이원필의 만력매첩의 발」에 다음과 같이 적고 있다.

우리나라에서 매화를 품평할 때 가장 진귀한 것이 두 종이다. 그 하나는 꽃받침이 거꾸로 드리우고 꽃잎이 크고 기이한 향기가 있는 것이다. 세상에서는 사명대사가 일본에 갔다가 나부산 백매를 얻어 배에 싣고 돌아온 것으로, 지금 봉은사에 대사가 머물렀던 매화당의 옛터에 있었는데 나중에 정릉의 재서齋署로 옮겨 심었다고 한다. 매양 활짝 필 때가 되면 재관齋官이 도성의 시인을 불러 매화음을 가져 드디어 산중의 고사가 되었다. 세월이 오래되어 말라 가자 소정 김영작 공이 낭관이 되었을 때 저자도의 허 노인을 따라 백 리 밖으로 찾아가 접을 붙여 다시 왕성히 살려 내고 「고매산관기古梅山舘記」를 지어 역사를 고증한 것이 매우 소상하다. 지금도 아직 그대로 있는지는 알지 못한다.

다른 하나는 꽃잎이 한 겹으로 연한 홍색을 띠고 있는 것이다. 만력 연간에 월사 이정귀 공이 북경에 사신으로 갔을 때 어사 웅화와 내기 바둑을 두어서 이를 얻어 우리나라로 돌아왔다. 대개 현황제顯皇帝[신종神宗]가 감상하던 것인데 어사가 황제의 명에 응하여 지은 시를 올려 하사받은 것이었다. 자손들이 배양하여 10대가 되도록 이 매화는 탈이 없었다. 사대부들이 노래를 불러 전하고 이로써 명나라 회복의 한 맥으로 삼았다. 이씨 집안에 의탁하여 있다가 이씨가 시골로 흩어 떠돌게 되면서 매화 또한 소식이 없어졌다.[44]

이정귀의 사당에 있던 홍매는 원래 명 신종明神宗이 감상하던 것이다. 웅화가 신종의 명으로 시를 지어 바쳤는데 그 상으로 이 홍매를 하사받은 것이다. 이를 이정귀가 바둑으로 내기를 하여 얻어 왔다는 것이다. 이정귀는 1598년, 1604년, 1616년, 1620년 네 차례 중국에 사신으로 다녀온 바 있다. 1617년 1월 북경의 옥하관玉河館에서 웅화를 만나 시를 주고받았는데 이정귀는 9년 만에 만났다고 하였고 웅화는 9

년 뒤에 다시 왔다고 하였다.[45] 1609년 웅화가 조선에 왔을 때는 관반 館伴으로 이정귀를 만난 것을 이르는 듯하다. 이때 이정귀는 좋은 부 채를 선물받았지만[46] 정작 홍매에 대한 기록은 보이지 않는다.

그럼에도 월사매는 전설로 되어 왕성한 이야기를 만들어 내었다. 윤봉조尹鳳朝(1680~1761)의 기록에 따르면 내기 바둑을 두어 웅화에 게서 매화 화분과 함께 『자치통감절요속편資治通鑑節要續編』을 받았다 고 한다.

작고한 월사 이 문충공李文忠公 집에 소장하고 있는 중국본 『속강 목續綱目』은 신종 황제가 직접 읽던 책이다. 신종이 어사 웅화 공 에게 시를 짓게 명하였는데 이 때문에 이 책과 화분의 매화 하나 를 하사받게 된 것이다. 웅 공은 평소 문충공과 친하게 지냈기에 황제가 하사한 두 가지 물건을 문충공이 감상하도록 내어놓은 것이다. 문충공이 소장하고 있는 서적은 수천 권인데 오직 이것 을 으뜸으로 삼았다. 공이 작고한 후 정묘호란과 병자호란이 일 어나 창졸간에 소란스러워 어디로 갔는지 알 수 없게 되었다. 그 후 신유년[1741] 공의 증손이 어느 날 아침에 한 여종이 무엇을 가지고 나가 시장에서 팔려는 것을 마침 보게 되었다. 급히 찍혀 있는 인장을 살펴보고 값을 물어 준 다음 다시 온전하게 보관하 였다. 그 일이 또한 매우 기이하다.[47]

『속강목』은『자치통감절요속편』인데,『송원강목宋元綱目』이라고도 한다.[48] 이정귀가 가져온『속강목』은 병란 때 분실한 줄 알았는데, 이 정귀의 증손이 어떤 노비가 시장에서 다른 사람에게 파는 것을 보고 다시 구입하여 소장하게 되었던 것이다. 이 책은 홍매와 함께 당시 사 대부 사이에 크게 화제가 되었다. 남유용南有容(1698~1773) 역시 이정 귀의 집안이 소장하고 있는 이 책에 대한 기록을 남겼는데,[49] 여기에 도 홍매에 대해서 따로 언급하였다.

천자가 하사하신『송원서宋元書』를 웅 어사가 이 문충에게 보내 고 또 침전寢殿에 있던 고매古梅 하나를 묶어서 보내었다. 그 품 종이 호서 지역에 크게 퍼져 지금까지 끊어지지 않는다. 숭정崇 禎 기원후 두 번째 갑진년[1724] 일 벌이기를 좋아하는 이가 문충 공의 사손嗣孫 판원 공判院公의 집에 한 그루를 보내었다. 이에 이 책과 매화는 200년 분리되어 있다가 다시 합치게 된 것이다. 내 가 거듭 절하고 그 때문에 기문을 적는다. 아, 강남 땅 숲과 못 사 이에 현황제顯皇帝의 후손이 있는가, 없는가? 정사년[1737] 3월 25일 쓰다.[50]

앞서 본 한장석의 글에 이정귀가 명에서 가져온 홍매가 10대가 지 나도록 사당 앞에 계속 있었다고 하였으나 이는 사실과 다르다. 홍매는 접을 붙여 가서 호서 지역에 크게 번성하였지만 정작 사당 앞에는 존재하지 않았다. 그러다가 18세기 중엽이 되어서야 호서의 것을 가져와 사당 앞에 심게 되면서 신종의 유물인『송원서宋元書』, 곧『속강목』과 함께 홍매가 나란히 이정귀의 종가에 자리하게 되었던 것이다. 좀 더 정확한 홍매의 역사는 채지홍蔡之洪(1683~1741)이 지은 시의 제목에서 다음과 같이 증언하고 있다.

> 월사 이 상공이 연경에 사신으로 갔을 때 웅 각로熊閣老와 내가 바둑을 두어 만력 황제가 하사한 매화 화분을 따서 왔는데 그 문인 목천현감木川縣監 민후건閔後騫에게 주었다. 민씨의 자손이 다시 양천현감陽川縣監 황이장黃以章에게 전하였다. 숭정 이후의 정사년[1737]에 이 상공의 현손인 학사學士 이정보李鼎輔가 비로소 예전 매화의 뿌리가 아직 남아 있다는 소문을 듣고 사람을 시켜 가져갔다. 이에 느낌이 생겨 시를 짓는다.[51]

이정귀가 가져온 매화는 문인이자 외손인 민후건(1571~1652)이 받아 갔는데,[52] 그가 목천현감으로 나갈 때 이를 가지고 가서 심었던 것이다. 이를 양천현감 황이장이 차지하였는데,[53] 그 후 1737년 이정귀의 후손 이정보(1693~1766)가 이 홍매 소식을 듣고 이를 다시 찾아갔다. 이정보는 이정귀의 종손인 이우신李雨臣의 차남으로, 판서와 대제

학을 역임하였지만 자신이 이 매화를 두고 쓴 글은 확인되지 않는다. 남유용의 글에서 1727년 사손이 다시 찾았다고 하였는데 이정보를 이르는 것 같다. 연도에 약간 차이가 있지만, 18세기 중엽이 되어서야 비로소 이정귀 사당 앞에 홍매가 등장하였다고 보면 되겠다.

이러한 사연을 담은 글은 『황사매책시문첩皇賜梅冊詩文帖』으로 묶였다.[54] 여기에는 첫머리에 「신종황제가 하사한 속강목의 발문神宗皇帝御賜續綱目跋」이 실려 있는데 이름이 명기되어 있지 않지만 여러 정황을 보면 이정귀의 후손 이우신(1670~1744)이 지은 듯하다. 그의 노력으로 윤봉조, 남유용, 채지홍 등이 글을 지어 이 첩에 실었음을 알 수 있다.

이 글에 따르면 응화가 신종으로부터 매화시 율시 한 수를 받고 화답하는 시를 올리자 신종이 다시 서호西湖에서 온 기이한 매화 화분 하나와 『송조강목宋朝綱目』을 하사하였다. 그 후 이정귀가 응화와 바둑을 두어 매화와 함께 이 책을 받아 왔다는 점은 동일하다. 그런데 민후건이 아니라 같은 동네에 살던 벗으로 교관 벼슬을 지낸 민효건閔孝騫이 호남으로 돌아갈 때 이정귀가 준 것으로 되어 있으며, 그 후 다른 나무에 이 매화를 접붙여 자라고 있다고 하였다. 앞서 본 윤봉조의 글에서도 민효건이라 하였으니 이정귀가 가져온 매화는 민효건을 따라 호남으로 내려갔다가 1737년 다시 관동으로 올라온 것으로 보아야 할 것이다. 나란히 교관 벼슬을 한 것으로 보아 민효건과 민후건은 동

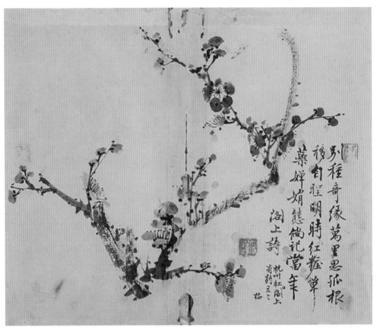

別種奇緣萬里愁孤根
移句程明時紅粧單
藥婢娟慧倘記當年
洄上詩
杭州紅
高詩三
拓

이공우, 『양교영매첩兩橋詠梅帖』 문우서림 소장.
묵매지만 원래는 단엽홍매였을 것이다.

일 인물인데 후에 개명한 듯하다.

　또 이우신은 『속강목』의 사연도 자세히 기록하였다. 이 책은 병자
호란 때 일실되었는데, 신유년(1741) 종숙 중령仲靈이 의원을 찾아가
는 길에 약방에서 이 책을 팔려는 여인을 만났다. 이 책은 신종의 어
보御寶가 날인되어 있고 그 아래 도서인이 있었지만 주인이 보고 돌
려 달라고 할까 우려하여 지워 놓았다. 중령은 불에 비춰 보고 그것

이교익의 그림으로 추정되는 『화첩畫帖』에 실린 〈홍매紅梅〉, 국립중앙박물관 소장.
엷은 홍색의 꽃이 단엽으로 그려져 있다.

이 이정귀의 도서인임을 확인한 다음 구입해 왔다. 그리고 장황을 다
시 하여 가보로 전하게 되었다고 적었다. 이우신은 『황사매책시문첩』
의 첫머리에 이러한 사연을 적고 자신의 장편고시와 함께 안중관安
重觀(1683~1752)이 1736년 지은 발문과 이영보李英輔(1687~1747), 남
한기南漢紀(1675~1748), 조귀명趙龜命의 글을 받아 실었다.[55] 남한기가
1737년 지은 글을 보면 『속강목』을 다시 찾은 '중령'이 이소한李昭漢
(1598~1645)의 손자를 가리키는 것 같지만 이름은 알 수 없다.

『황사매책시문첩』에 실려 있는 글들이 대개 1737년 무렵 제작된 것이므로 이 무렵 이정귀 집안의 영광을 세상에 알리는 용도로 이 책이 편찬되었음을 알 수 있다. 여기에 같은 해 이병연李秉淵과 이구원李九畹, 김시민金時敏 등이 지은 「월사 선생 댁에 황명의 보서를 날인한 서책의 노래月沙先生宅皇朝安寶書冊歌」 등이 실려 있다. 그런데 조영석趙榮祏(1686~1761)도 이 시첩에 넣을 글을 지어 주었는데 이정귀가 내기 바둑을 두어 홍매를 받아 온 것은 사실이 아닌 전설이라 하였다.[56] 이 때문에 당시 최고의 문사들이 이 사건을 기념한 『황사매책시문첩』을 엮을 때 당연히 그의 글은 실리지 못하였다.

세상에 드문 단엽홍매

이정귀 후손들이 월사매에 기울인 정성은 여기에 그치지 않는다. 『양교영매첩兩橋詠梅帖』으로 전하는 시첩詩帖도 후손이 기울인 정성의 결실이다. 이 시첩은 이정귀 집안의 후손인 노촌 이구영 선생이 소장하던 것으로 지금은 문우서림에 소장되어 있다. 이구영 선생의 전언에 따르면 그 사연이 이러하다.

이정귀 집안의 후손 이연익李淵翼(1829~1891)[57]이 족형인 이교익李敎翼(1807~?)이 살던 집을 들렀는데 그곳에서 화분에 심긴 월사매를 보게 되었다. 이교익이 세상을 뜨고 월사매를 심은 화분도 부서진 상태였다. 이 월사매를 가지고 온 이연익은 화분을 새것으로 갈고 정성을 기울여 드디어 다시 꽃이 피어났다. 이에 벗 홍종우洪鍾宇를 불러 감상하면서 백여 수의 시를 지었다. 그리고 또 다른 벗 김윤식金允植(1835~1922)에게 청하여 이 시첩의 서문을 받았고, 여기에 더하여 같은 집안의 문인화가 이공우李公愚(1805~?)에게 부탁하여 월사매 그림을 받았다.[58] 이 그림에는 "유별난 품종의 기이한 인연에 만 리의 그리움, 외로운 뿌리 명나라 시절 옮겨 온 것이라. 붉은 화장 홑꽃잎 고운 자태에, 당시 홍각에 적힌 시를 아직 기억하겠네.別種奇緣萬里思 孤根移自聖明時 紅粧單葉嬋娟態 倘記當年閣上詩"라는 시가 적혀 있다. 홍각紅閣은 명의 숭정제崇禎帝가 세운 누각이니, 단엽의 월사매가 명나라를 그리워할 것이라는 뜻인 듯하다.

월사매 화분을 가지고 있던 이교익도 그림에 능하였다. 그는 자가 사문士文이고 호는 송석松石이며, 국립중앙박물관에 〈호접도胡蝶圖〉 등 여러 종의 그림이 전한다. 그의 그림으로 추정되는 『화첩畫帖』이 국립중앙박물관에 소장되어 있는데 그중에 홍매를 그린 것이 보인다. 『양교영매첩』의 사연을 보건대 이 홍매는 월사매일 가능성이 높다. 굵은 둥치에 연분홍 단엽의 꽃이 핀 것을 보면, 월사매를 그린 것 같다. 그러나 이 무렵 이 정도 크기로 남은 월사매는 없었을 것이니, 이정귀가 가져온 매화가 온전했으면 이러하였을 것이라 상상하여 둥치는 크게 그리되 꽃잎 자체는 이교익이 직접 키우면서 본 바대로 그렸을 것이다. 이 그림이 지금은 사라진 월사매의 모습을 가장 잘 보여 준다.

　이정귀의 후손이 월사매를 보존하려고 노력한 것은 선조에 대한 존숭의 뜻이 컸겠지만, 당시 드문 단엽이었기 때문에 더욱 세인의 관심을 끌었다. 이 시기까지 홍매 자체가 흔하지 않았거니와 꽃잎이 홑겹으로 된 단엽은 매우 희귀하였다. 또 백매도 단엽을 귀하게 여겨『양화소록』에도 "고풍이 감도는 매화나무를 만들려면 반드시 단엽으로 피는 나무를 접붙여야 한다."라 하였다.

　단엽홍매를 구하고자 한 기록은 도처에서 확인된다. 성해응(1760~1839)은 조석규趙錫圭에게 "단엽홍매는 정말 구하기 어려운데, 화사한 꽃망울이 온 누각을 비추게 하였으면紅梅單葉儘難求 準擬繁英照一樓"이라는 시를 보내어 이 품종의 매화를 구한 바 있다.[59] 조석규는 화훼를 좋아하여 난초와 국화, 매화, 대나무, 오동나무, 소나무, 연꽃, 파초 등 여덟 가지를 벗으로 삼고 여기에 자신까지 너하여 집 이름을 구우헌九友軒이라 한 사람이다.[60] 매화에 벽이 있거니와 그의 집에 단엽홍매가 있어 성해응은 이를 구하고자 한 것이다.

　비슷한 시기 매화를 사랑한 신위申緯(1769~1845) 역시 단엽홍매를 구하려 무던히 노력한 끝에 유정주兪鼎柱라는 사람으로부터 어렵게 단엽홍매를 구하였다. 1829년 겨울, 신위는 이 단엽홍매가 꽃을 피울 것을 상상하여 이를 그림으로 그리고 시를 함께 적었다.

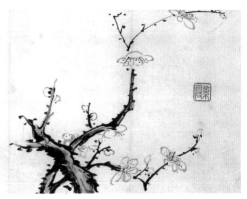

腔愁　單葉紅梅舊詩

解惆悵事惱人如有滿

青粉墻頭顧映眸小鬟不

千蓓蕾職務牽迫又回軺

年恰趁花時來枝間紅綴

假山背花開我出不相待今

年一枝移健奴置我書廊

但一株俞家廟令眞好事去

紅梅單葉國中無月沙祠前

신위, 〈단엽홍매單葉紅梅〉, 성균관대 박물관 소장.
신위는 단엽홍매를 보지 못한 상태에서 꽃이 피기를 기다리며
상상으로 1829년 이 그림을 그렸다.

단엽홍매는 나라 안에 없고　　　　　　　　紅梅單葉國中無

월사의 사당 앞에 단지 한 그루 있다네.　　　月沙祠前但一株

유씨 집 사당지기는 정말 호사가라　　　　　俞家廟令眞好事

작년 건장한 하인 시켜 한 가지를 보내었지.　去年一枝移健奴

내 서재 앞 석가산 뒤에 심었더니　　　　　　置我書廊假山背

기다리지 않고 내 나가 있을 때 꽃을 피웠지.　花開我出不相待

올해 꽃이 필 때를 딱 맞추어 왔더니　　　　今年恰趁花時來

가지 사이 붉은 꽃봉오리 천 송이 맺혔네.　　枝間紅綴千蓓蕾

직무로 다시 수레 돌려 외지로 나가면서　　　職務牽迫又回軺

푸른 칠 담장 머리를 아쉽게 바라보았지.　　　青粉墻頭顧映眸

젊은 여종 슬퍼하는 내 마음 알지 못하니	小鬟不解悃悵事
가슴 가득 근심이 있는 듯 사람을 괴롭히네.	惱人如有滿腔愁

— 신위, 「단엽홍매」⁶¹

이렇게 시를 지어 단엽홍매를 보고자 기대하였지만, 나중에 확인해 본 결과 벗이 보내 준 매화는 단엽이 아닌 꽃잎이 여러 겹인 천엽매였다. 그리고 이정귀의 사당에 있던 월사매도 이미 고사한 상태였다.⁶²

이유원(1814~1888) 역시 「옥경고승기玉磬觚謄記」에서 "월사 이 공이 중국에서 가져온 단엽홍매는 사당 앞에 심었는데 이 품종이 두루 나라 안에 퍼졌다. 사당에 있던 나무는 이미 말랐지만 사람들이 단엽홍매를 보면 문득 월사매라 한다."⁶³라 하였다. 이유원은 이정귀의 사당에 있던 홍매가 가지를 친 단엽홍매를 하나 구하여 자신의 시골 서재 앞에 심고 기뻐서 시를 지었다.

이름난 재상의 사당 앞 한 그루 매화	名相廟前一樹梅
백년 세월 끊임없이 붉은 꽃을 피우네.	百年不盡點紅開
맑은 향이 동방에 두루 퍼져 있는데	淸香遍滿東方在
기이한 품종은 만 리 먼 곳에서 왔다지.	奇種猶傳萬里來
시인이 새로 시 지어 자주 노래를 하기에	韻士新詩頻諷詠
산속의 서재에서 근일 즐겨 옮겨 심었지.	山齋近日好移栽

해진 비단에다 꽃의 역사 적고 싶으니   殘縑政欲題花史

범상한 꽃들아, 감히 시샘하지 말게나.   凡卉芬芳莫敢猜

－이유원, 「산속의 서재에 단엽홍매를 두었는데, 곧 월사 선생의
사당 앞에 있던 품종이기에 기뻐 한 편의 시를 읊조린다」[64]

이렇게나 귀한 단엽홍매를 구한 이유원의 기쁨을 이 시에서 읽을
수 있다.

월사매에서 만력매로

이정귀의 사당 앞에 있던 단엽홍매는 19세기 후반 한장석과 이헌재李
獻宰에 의해서 만력매萬曆梅라는 이름을 얻게 된다. 앞서 본 한장석의
「이원필의 만력매첩의 발」은 다음과 같이 이어진다.

동강거사東岡居士 이원필李元泌이 강호江湖의 벽이 있었는데 교
목喬木이 중간에 시든 것을 슬퍼하고 열천冽泉을 맡길 데가 없는
것을 개탄하여[65] 이름난 원림과 그윽한 화단을 두루 다니면서 매
화를 찾았지만 만나지 못하였다. 우산霽山의 옛집으로 돌아왔을
때 울타리 아래 자그마한 관목 틈에서 이를 찾아내었다. 곧바로
잡목을 베어 내고 북돋우고 물을 주었더니 마른 등걸이 다시 무

성해지고 선명한 꽃망울이 향기를 뿜었다. 예전 대명 시절에 심었던 것과 완전히 같았다. 아, 식물의 번성하고 시드는 것은 사람이 현달하고 영락하는 것과 닮아 있으니 마치 운명이 있는 듯하지만, 재배한 공이 또한 어찌 적었겠는가?

원필 형제는 시문을 지어 감격을 기록하고 동지들에게 화답을 구한 것이 거의 한 권을 이루었다. 내가 이를 읽어 보니 거듭 강개한 마음이 들었다. 예전에 내가 이원필로부터 중국 나부산에서 난 매화 하나를 얻어 고향으로 싣고 돌아오는데 사공이 소금물을 부어서 말라 죽어 버렸다. 작년 봄 이원필이 또 매화 한 그루를 한양으로 보내고 아울러 만력 황제의 홍연紅輦과 함께 서울로 올려 보내었다. 나라 안의 진귀한 것을 한꺼번에 편하게 앉아서 볼 수 있게 되었다. 나의 적막함을 위로해 주어 참으로 기뻐할 만하다.

매화는 뿌리를 옮겨 심어 무성해졌는데 금년 겨울 다시 꽃이 피는 것을 볼 수 있을 듯하였다. 그런데 내가 벼슬살이에 지쳐서 매화 때문에 다시 한양에서 1년을 더 머물 수 없을까 우려하여 내가 고향으로 돌아가기를 기다린 후 농두隴頭의 인편에 매화 한 가지를 보내어 강남江南의 봄을 나누어 주었다. 이에 이를 기록하여 답례물로 삼는다. 원필은 이름이 헌재獻宰요, 그 아우 교재敎宰와 함께 자질이 아름답고 성품이 고결하여 사람들은 그들을 매화의 벗이라고 일컫는다.

이헌재(1854~?)는 가평에 살던 한장석의 벗인데 이정귀의 후손이다. 이정귀의 묘소가 가평에 있는데 그곳에 살던 후손 중 한 사람이다. 그렇기에 선조가 남긴 홍매를 찾기 위해 부단히 노력하였던 것이다. 가평에 이정귀의 홍매에서 접을 붙인 매화 그루터기가 다행히 남아 있었기에 단엽홍매의 전통을 이어 갈 수 있었다.

이헌재는 매화를 사랑하는 벗 한장석에게 두 차례나 단엽홍매를 보내었다. 처음 한장석의 고향으로 보낸 것은 뱃길로 아산으로 옮기던 중 사공이 소금물을 주는 바람에 죽어 버렸다. 이에 이헌재가 다시 홍매와 함께 중국 명나라에서 황제가 타던 가마 홍연까지 구하여 한장석이 우거하던 서울로 보내었다. 한장석이 이헌재에게 보낸 시「이원필이 집안에 전하는 절강의 매화 한 뿌리를 경저로 보내고 오언시를 함께 보내었기에, 멀리서 화답하여 우계산거에 부친다李元泌送家傳浙江梅一本于京第, 附贈五首詩, 遙和以寄于雪溪山居」[66]가 이에 대한 화답시로 추정된다. 이 시의 주석에서 "매화는 곧 월사공이 옮겨 심은 옛 품종인데 꽃잎이 거꾸로 드리워지고 기이한 향이 난다."라 하였으니, 이정귀가 가져온 것에서 접을 붙여 전해진 것임을 알 수 있다.[67]

그러나 이 무렵 한장석은 벼슬에 지쳐 아산의 황곡정사篁谷精舍로 낙향하려 하였기에 꽃이 피는 것을 보려고 한양에서 더 지체할 수 없었다. 한장석이 이 발문을 쓴 것은 1890년 4월이었으니 이때는 이미 매화꽃이 모두 떨어져 버렸다. 다시 꽃을 보려면 거의 1년을 기다려야 하였다. 이에 벗은 낙향한 한장석이 즐길 수 있도록 홍매를 보내었다. 육개陸凱가 강남에 있을 때 벗 범엽范曄에게 매화 한 가지를 부치면서 시를 함께 보낸 고사를 따라 매화와 함께 시를 지어 보내었다.

홍매를 사랑한 이헌재는 조상이 남긴 홍매의 뜻을 기려 시를 짓고 벗들의 시를 모아 『만력매첩萬曆梅帖』을 엮었다. 그리고 한장석에게 발문을 청해 받았다. 한장석은 발문을 쓴 후 고향으로 돌아갔다.

글이 완성되고 나서 내가 고향으로 돌아간 후 전원이 매우 황량 하기에 홀로 손수 붉은 매화 한 그루를 심었더니 키가 울타리를 몇 자나 넘어서고, 푸른 매실이 축축 백여 알이나 달렸다. 고양 전 원의 하인이 올봄에는 저음으로 매우 성대하게 꽃이 피었다고 하 였지만 안타깝게도 이를 보지 못하였다. 두 그루를 한양 집에 옮 겨 심을 계획을 하고 빈 땅을 구하여 가을이 지난 후 가지고 오려 고 생각하였는데 갑자기 함경도 관찰사에 임명한다는 글이 이르 렀다. 세속의 인연이 끊어지지 않았으니 사람의 뜻이 이렇게 망 가지는 모양이다. 아마도 여산廬山에서 솥에다 단약을 끓인다고 산수山水 신령에게 꾸지람을 입을까 겁나기에 그저 다시 이를 언 급한다. 4월 3일 황곡정사에서 큰비가 내리는 가운데 또 쓴다.

서울대학교 치과병원의 홍매, 2017년 구영 교수 촬영.

    한장석은 잠시 고향에 내려와 지내면서 매화를 키웠다. 그러나 이 매화도 꽃을 피우는 것을 보지 못하고 한양으로 올라왔다. 고향의 매화를 옮겨 심을 생각을 하였지만, 1890년 곧바로 함경도 관찰사로 나가라는 첩지를 받았다.

    한장석과 홍매와의 인연은 이러하였다. 그와 벗이 시를 주고받음으로써 이정귀의 단엽홍매는 신종이 내린 매화라 하여 만력매라는 명칭을 얻었다. 김윤식金允植(1835~1922)의 종형 김만식金晩植(1834~1901)

의 서재 앞에도 이 품종의 매화가 있었는데 그 명칭을 만력매라 하였다. 다음은 옥천의 선비 육용정陸用鼎(1842~1917)의 글이다.

취당翠堂 김 상서金尙書의 서실에 옅은 흰빛을 띠는 홍매 화분 하나가 있었다. 나는 처음에 심상하게 이를 보았는데 그 후 벗 이단농李丹農에게 들어 보니, 이 매화는 만력매라 부른다고 하였다. 예전 황명 만력 시절 우리나라 조정에서 변무辨誣할 일이 있었는데 재상 월사 이 공이 정사로 중국에 사신으로 갔다. 사신의 일을 마치고 나서 이 공이 중국에서 마침 심어 놓은 매화 한 그루를 얻어 우리나라에 가지고 와서 심었다. 우리나라 사람들이 그 후 마침내 이를 만력매라 하였다. [중략]

내가 이 매화를 보았더니, 등걸이 예스럽고 질박하면서도 가지가 성글었다. 꽃은 10여 송이 정도도 되지 않아 그다지 번성하지는 않다. 그러나 색이 옅은 흰색으로 살짝 붉은빛을 머금고 있어 담담한 맛을 사랑할 만하였다. 흡사 우리나라 사람의 붉은 마음과 흰 절개와 어우러져 영롱하게 빛나는 듯하였다. 다만 이 매화가 그사이 누구에게 전해지다가 이제 와서 취당 공의 서안 앞 화분에 심겨 취당공이 또한 한없이 사랑하여 즐기게 되었는지는 알 수 없다. 벗 단농이 칠언율시 세 수를 짓고 나도 대략 거칠게 운을 밟아 답을 하고, 마침내 겸하여 이 서문을 쓴다.[68]

육용정이 본 만력매는 오늘날 흔히 볼 수 있는 빨간 매화가 아니다. 연한 흰빛 속에 붉은빛이 감도는 것이었다. 한장석 역시 연한 붉은빛이 도는 매화라 하였다. 육용정은 이러한 매화의 빛깔에 의미를 부여하였다. 충심을 상징하는 붉은빛과 절조를 상징하는 흰빛이 함께 있으니 이를 대명의리大明義理의 상징이라 한 것이다. 이 같은 대명의리에 대한 집착은 육용정이 살던 20세기 초까지 지속되었다.

이러한 사연을 담은 월사매 혹은 만력매는 사라졌다. 서울대 치과병원 구영 교수에게 이 이야기를 했더니, 다음 해 봄날 사진을 보내왔다. 병원 앞에 심어 드디어 붉게 꽃을 피운 홍매였다. 단엽의 홍매는 아니지만, 월사매의 역사가 이렇게 이어졌다.

대명매와 대명홍

대명을 표방한 식물

이정귀가 가져온 홍매는 월사매, 만력매라는 이름 외에 대명매大明梅
로도 불렸다. 조면호趙冕鎬(1803~1887)는 1883년 이 매화를 두고 지
은 시의 서문에서 "대명매는 원래 월사 이 문충공李文忠公이 명나라에
사신으로 갔다가 가져온 것인데 가묘家廟 앞에 심었다. 이때부터 이
웃 사람들이 접을 붙여 전한 것이 많은데 속칭 월사매라 하는 것이다.
근년에 내가 반촌泮村의 정씨鄭氏에게서 화분 하나를 얻어 완상하였
다."[69]라 하였다.

이어지는 글에 따르면 명의 유민인 왕진열王晉說이 이날 밤에 찾아
와 매화에 대해 이야기를 나누다가 탄식하고 눈물을 줄줄 흘렸다. 어
사御使 왕즙王楫의 아들 왕봉강王鳳岡이 명이 망한 후 조선으로 와서
효종으로부터 '이문以文'이라는 이름을 받았고, 그 후손들은 대대로

대보단大報壇의 참봉을 맡았다. 왕진열도 바로 그 일을 이어받아 하고 있었다.

조면호는 대명매가 된 만력매의 후손을 두고 시를 한 수 더 지었다. 그 제목에서 "대명매는 월사 이 선생이 중국에 사신으로 간 날 응화의 집에서 바둑을 두어 단엽홍매를 따서 돌아왔다. 서재 앞에다 심었는데 훗날 그 서재가 사당이 되었다."라 유래를 설명하고, 그곳에 살던 후손 이연익李淵翼(1829~1891)이 외숙인 신석우申錫愚(1805~1865)에게 주었다고 하였다.[70] 신석우는 이를 받고 신석희申錫禧(1808~1873) 등의 벗들과 예전 자신이 지은 「대명홍매大明紅梅」와 같은 운으로 다시 시를 지은 바 있다.[71]

이러한 사례에서 보듯 이정귀의 만력매의 후손이 19세기에 다시 대명매로 일컬어진 것이다. 권직희權直熙(1856~1913) 역시 이정귀의 매화를 대명매라 하였다. 그리고 이정귀 생전에는 이 매화가 번성하다가 그가 죽고 명이 망한 후에 말라 버렸는데, 그 후손의 지극정성으로 200여 년이 지난 1891년 드디어 소생하여 꽃을 피웠다는 기이한 일을 적고, 당시 기호 지역의 사족들이 다투어 이 일을 시로 지었다고 하였다.[72]

가평 이정귀의 묘소 근처에 있었다는 대명홍大明紅도 대명매로, 월사매의 후손일 가능성이 높다. 안교익安敎翼(1824~1896)이 "가릉嘉陵의 한 사족 집에 대명홍 한 그루가 있어 아낀다."[73]는 기록을 남겼다.

가릉은 가평으로, 인근에 있는 대명의리大明義理의 상징 조종암朝宗巖과 호응을 이룬다.

이정귀의 묘소에서 그리 멀지 않은 곳에 자리한 조종암은 1684년 대명처사大明處士로 불린 허격許格이 이제사李濟社, 같은 고을의 선비 백해명白海明과 함께 조성한 것이다. 김상헌金尙憲(1570~1652)이 심양에서 얻어 온 명 의종明毅宗의 '사무사思無邪' 어필을 바위에 새기고 또 선조가 쓴 '만절필동萬折必東'과 '재조번방再造藩邦'도 함께 새겼다. 그리고 효종의 복수설치復讐雪恥의 뜻을 표방하여, 해는 저물고 길은 먼데 지극한 고통이 마음에 있다는 '일모도원지통·재심日暮途遠至痛在心'이라는 송시열의 필적 여덟 글자를 그 왼편에 새겼다. '조종암'이라는 글씨는 낭선군朗善君 이우李俁의 전서篆書를 새긴 것이다. 그리고 효종을 따라 중국에서 들어온 명의 유민 왕이문王以文의 후손 왕덕일王德一과 왕더구王德九 형제가 1831년 조종대통단朝宗大統壇을 세우고 제향을 시작하였다.[74]

19세기 대명매는 대명의리의 상징적 공간 조종단과 맥을 같이한다. 조종단의 역사에 깊이 관여한 김평묵金平默(1819~1891)과 유중교柳重教(1832~1893)가 대명매에 대한 글을 많이 남긴 것도 자연스러운 현상이다. 유중교는 1874년 왕숙열王俶說에게 보낸 편지에서 "집 안의 정원에다 대명매 한 그루를 심고서 매우 정성껏 아끼고 보호하여 꽃과 잎을 보고 세월의 흐름을 느끼는 바탕으로 삼았습니다."[75]라 하였는데, 여기서 '꽃과 잎'은 정온鄭蘊(1569~1641)의 고사로 연결된다.

정온은 병자호란 이후 고향 거창군 위천면의 모리某里로 들어가 은 거하였는데, 명나라가 망한 후 "숭정의 연호가 여기서 멈추었으니, 내 년에는 어떻게 다른 역서를 펼쳐 보겠나. 이제부터 산인은 더욱 일을 줄여 나갈지라, 단지 꽃과 잎을 보고 가는 세월을 살피리라.崇禎年號止 於斯 明歲那堪異曆披 從此山人尤省事 只憑花葉驗時移"[76]라는 유명한 시를 남겼다. 이 시의 마지막 구절에서 따서 이름을 붙인 화엽루花葉樓가 후 손에 의해 세워졌다.[77]

김평묵은 아예 '대명'이라는 수식어가 붙은 다양한 식물을 심었다. "어제 대명매를 심고, 오늘 대명죽을 심었지. 강가에 봄비가 그치면, 대 명국을 심으리라. 주인이 길 셋 열면, 그대 함께 대명족이 되세그려.昨栽 大明梅 今栽大明竹 江干春雨歇 當栽大明菊 主人新卜開三逕 與子同爲大明族"[78] 라는 시를 지었다. 대명매, 대명죽大明竹, 대명국大明菊을 심고 대명족 大明族이 되고자 하였으니 대명의리의 극치라 하겠다. 이로도 부족하 여 김평묵은 거듭하여 장편으로 대명매의 노래를 지어서 불렀다.[79]

대명매

대명을 표방한 식물 중에 가장 이채로운 것이 대명매다. 앞서 말한 대로 대명매는 월사매의 별칭으로 등장하였는데, 후에는 명나라에서 가져온 품종이면 대개 대명매라 불렀다. 정철鄭澈의 후손 정재명鄭在明이 자신의 거처를 황매당皇梅堂이라 하였는데 고용후高用厚(1577~1652)가 중국에서 가져온 매화를 옮겨 심었기 때문에 이 이름을 붙인 것이다.[80] '대명大明'이 '황명皇明'으로 더욱 높아졌다. 정규한鄭奎漢(1751~1824)은 "숭정 12년[1639] 고용후 공이 서장관書狀官이 되어 명나라에 사신으로 갔을 때 대명매 한 그루를 가져왔는데 수백 년이 지나도록 오래된 등걸이 아직 남아 있었다. 선지善之[정재명]가 여러 번 청하여 한 뿌리를 얻었기에 그 집의 이름으로 삼은 것이다."[81]라 하였다.

그러나 이는 사실과 맞지 않다. 고용후는 1631년 정치적인 사건에 연루되어 유배를 갔고 이후에도 벼슬길이 막혀 고향 광주로 내려와 살았기 때문이다. 그가 1630년 동지사冬至使로 북경에 갔다 왔지만 매화를 가져왔다는 기록은 19세기에 가서야 보이기 시작한다. 물론 그가 매화를 사랑한 것은 맞다. 고용후는 광주 유곡리柳谷里 압보촌鴨保村, 지금의 남구 압촌동이 고향인데 그 서남쪽에 매산梅山이 있었다. 그래서 매화 수백 그루를 심어 매산이라는 이름에 부합하게 하였다.[82]

사실 대명매의 주인은 고용후가 아니라 그의 조카 고부천高傅川(1578~1636)이다. 그의 연보에 따르면 1620년 표해민漂海民을 돌려보내기 위하여 서장관으로 중국에 갔는데, 이듬해 명 광종明光宗의 장례를 치를 때 예법에 밝다 하여 주찬酒饌과 함께 은배銀盃 한 쌍, 홍매 화

전남대학교의 대명매, 전남대 미디어 포털.

분 하나, 『고씨화보顧氏畫譜』 4권을 하사받았다고 한다.[83] 황매당의 매화는 고용후가 아닌 고부천이 중국에서 가져온 홍매로 보아야 할 것이다.

전남대학교에 대명매라 부르는 아름다운 홍매가 있는데 바로 고부천이 가져온 것으로 전해진다. 고부천의 후손인 전남대 고제천 교수가 담양군 창평면 유촌리에 있던 매화를 이리 옮긴 것이라 한다. 유촌柳村은 중국에 다녀온 이듬해인 1621년 무렵부터 고부천이 벼슬을 그만두고 물러나 살던 마을이다. 여기에 대명매를 심었고 그 후손이 전남대로 옮겨졌다고 보면 되겠다.

대명홍

우스운 것은 대명매가 명나라가 망한 지 한참 지난 19세기에 오히려 더욱 성행하였다는 점이다. 이 시기 대명의리와 연결되면서 명나라에서 가져온 매화가 다투어 대명매의 이름을 얻게 되었다. 대명매를 보건대 이른바 '대명의리'가 오히려 이 시기에 가장 성한 것임도 짐작할 수 있겠다.

대명매와 비슷한 대명홍大明紅이라는 이름의 꽃도 조선 후기 비상한 관심을 끌었다. 대명홍은 허목許穆(1595~1682)의 글에서 본격적으로 등장한다. 1670년 큰 가뭄, 홍수, 태풍이 있고 7월 그믐에 서리가 내려 온갖 곡식이 영글지 않았다. 이듬해에도 보리 흉년이 극심하여 백성들이 크게 주리고 돌림병이 돌아 나라 안 곳곳에서 죽은 자들이 이루 셀 수 없을 정도였다. 5월부터 7월까지 석 달 동안 장마가 져서 굶어 죽은 시체들이 즐비하였나. 이때 뜻을 함께한 벗 윤선도尹善道가 사망했다는 소식이 들렸다. 허목은 이에 탄식만 하면서 마음이 즐겁지 않았는데, 동산에 우거진 풀숲에서 대명홍 몇 줄기에 꽃이 사랑스럽게 피었다.

대명홍은 우리나라에는 없던 꽃으로, 꽃은 붉고 꽃술은 자줏빛이며 줄기는 검고 잎은 작다. 키가 몇 자 남짓이고 7월에 꽃이 핀다. 꽃잎은 다섯 개가 가지런히 나고 향기가 청량한 특이한 꽃이

다. 이 꽃은 중국에서 나온 것으로 우리나라에 전해지면서 대명
홍이라 한 것이다.[84]

허목의 답답한 마음을 풀어 준 꽃이 대명홍이었다. 7월에 핀다고 하
였으니 매화와는 다른 품종인데 정확히 어떤 꽃인지 의심스럽다.[85]

대명홍의 역사는 나무송羅茂松(1577~1653)과도 관련이 있다. 나무
송은 병자호란 때 병조정랑으로 있다가 강화가 이루어지자 화순 동복
同福의 물염정勿染亭으로 물러나 그곳에 대명단大明壇을 쌓고 대명홍
을 심었다. 1898년 후손 나경성羅經成이 「대명단의 대명홍에 대하여大
明壇大明紅說」에서 증언한 내용이다.[86] 중국 강남에서 나는 매화의 일
종이라 하였는데 나경성이 직접 본 것 같지는 않다. 그의 글에서 묘사
한 대명홍이 허목이 이른 것과 같기 때문이다. 그럼에도 나무송이 대
명홍을 처음 조선에 심었다는 전승 자체는 무시할 수 없다.

그런데 이 대명홍은 대단히 혼란스러운 존재다. 숙종 30년(1704) 창
덕궁 금원禁苑 옆에 대보단을 만들고 명의 태조, 신종, 의종의 제사를
지냈는데, 여기에 대명홍을 심었다는 기록이 여러 곳에서 확인된다.
유한준俞漢雋(1732~1811)은 대보단에 대명홍이 있고 화양동華陽洞에
앞서 소개한 대명도大明桃가 있는데 그다지 특이한 것은 아니라 하였
다.[87] 여기서 대보단은 화양동이 아니라 창덕궁에 있던 것으로 여기에
대명홍이 있었다.

또 성해응(1760~1839)은 한강 가에 사는 한 선비를 통해 대명홍을 구해 심었는데 화양동에서 가져온 것으로, 잎이 좁고 길며 꽃은 맨드라미 같다고 하였다. 이인상李麟祥(1710~1760)이 읊은 "대명화는 송자의 눈물이요, 단목은 숙종이 봉한 것.明花宋子淚 檀木肅王封"이라는 구절을 근거로 하여, 황단皇壇, 곧 대보단에 대명홍이 심겨 있는 것처럼 말했지만 대보단에는 대명홍이 없다고 하였다.[88] 성해응은 창덕궁의 대보단과 화양동의 대보단을 착각한 듯하다. 유한준이 이른 것처럼 대명홍은 창덕궁의 대보단에 있었다. 또 성해응은 자신이 본 화양동에서 가져온 대명홍은 맨드라미 같은 데 비해 허목의 글에는 꽃잎이 다섯 개고 붉으며 꽃술이 노라며 향이 강한 전혀 다른 꽃이라 의아하다고 하고, 명나라에서 온 것이라면 달라도 무방하다는 결론을 맺었다.

그런데 사실이 그러하였다. 홍원섭洪元燮(1744~1807)은 정조 말년 무렵 쓴 시에서 창덕궁 대보단의 조종문朝宗門 안에 심은 두견화杜鵑花가 대명홍인데 명나라의 품종이라 하였다.[89] 우리나라에서는 두견화가 진달래를 이르는데 중국에서는 영산홍映山紅을 가리킬 때가 많으므로 명에서 가져온 영산홍을 대보단에 심고 이를 대명홍이라 한 듯하다. 이러니 명에서 가져온 꽃이면 매화든 영산홍이든 모두 대명홍이라 불렀을 가능성이 높다. 맨드라미 같다고 하였으니 명나라에서 가져온 박태기나무도 대명홍이겠다.

또 조선 말기 궁중에서 불린 「화조가花鳥歌」에서 "반갑도다 대명화난 우리 선조 의탁ᄒᆞ야 대보단이 쑤리박아 만시만시 대압소서"라 하였으니,[90] 대명화大明花 역시 대명홍과 다르지 않았을 것이다. 그러나 한장석이 1877년 대보단에 갔을 때에는 이미 이 꽃은 사라졌다고 하니,[91] 지금은 이 꽃을 확인할 길이 없다.

앞서 이인상은 대명화를 두고 송시열의 눈물이라 하였고, 성해응은 맨드라미처럼 생긴 대명홍을 화양동에서 가져왔다고 하였다. 송시열의 화양동에 있던 대명홍이 무엇인지 궁금하다. 송시열은 화양동의 개울 동쪽과 북쪽의 바위틈에 있는 두 그루를 포함하여 세 그루의 매화를 심었다.[92] 청풍현감으로 있던 김수증(1624~1701)이 그중 한 그루를 얻어 가져가 청풍 관아 한벽루寒碧樓 곁의 유연재悠然齋에 심었다. 이에 송시열은 숭앙해 마지않던 주희의 「십매十梅」라는 시와 어울리는 공간이 되게 하였다.[93] 송시열이 직접 증언한 화양동 매화의 고사다.

그러나 송시열은 이 매화를 두고 대명매라 한 적은 없다. 대명의리의 상징 송시열의 화양동에 훗날 누군가가 명에서 가져온 꽃을 심고 이를 두고 대명홍이라 했을 것 같다. 채지홍蔡之洪(1683~1741)의 「화양동의 이적 이야기華陽洞異蹟說」가 이와 관련이 있을 듯하다.[94] 그 내용은 이러하다.

화양동에 홍매가 한 그루 있었는데 1689년 기사환국己巳換局으로 송시열이 실각하자 그해 봄 이 홍매가 무단히 말라 죽었다. 그러다가 1694년 갑술옥사로 노론이 재집권하던 해 봄에 다시 살아나 잎과 꽃이 예전과 같아졌다. 노론사대신이 죽임을 당한 1721년 이 홍매는 갑자기 물에 떠내려갔다. 이후 소론사대신이 사사되고 노론이 집정하게 된 1725년에 나무꾼이 모래벌판에서 홍매를 찾게 되었다. 이러한 신화가 '대명의리'의 상징 송시열의 대명홍을 만들어 낸 것이리라.

대명화

비슷한 이름의 대명화는 이정귀나 송시열보다 더욱 세월을 소급하여 안평대군安平大君(1418~1453)과 연결된다. 1886년 5월 허전許傳(1797~1886)이 진주 금산면의 가방嘉坊에 사는 문국현文國鉉(1838~1911)의 세거지를 찾았다. 서실의 이름이 모명재慕明齋인데 명을 사모하는 서재다. 그 앞에 대명화라는 나무가 하나 있었다. 꽃은 이미 졌고 줄기와 사시도 그다지 무성하지 않으며 길이는 한 길도 되지 않고 잎도 조그마했다. 허전은 이 꽃을 두고 "정월부터 꽃망울이 맺히고 3월에 피는데 그 색깔은 붉고 그 꽃잎은 중엽重葉이며 그 꽃송이는 철쭉과 비슷하지만 조금 더 크다. 그 속은 비고 꽃술은 없는데 그 향이 강하다. 대개 신이한 꽃이다."[95]라 하였다.

또 이 꽃은 안평대군이 심액沈詻(1571~1654)에게 전하고 심액이 다시 유명柳蕡(1548~1614)에게 전하였으며, 유명이 문두징文斗徵(1645~1702)에게 전했는데 그 7세손이 문국현이다. 대명화가 안평대군에서부터 외손으로 전해졌다는 것이다. 당시 한 그루인데 곁으로 한두 개의 줄기가 더 생겨나 있었다고 하고, 다른 사람이 가져가 심으면 살지 못한다고 하였다. 박태기나무와 유사한 것 같다.

이정귀와 송시열의 대명화가 대명의리의 상징이었다면 안평대군의 대명화는 문학으로 연결되었다. 안평대군은 높은 감식안을 바탕으로 집현전 문사들과 어울려 문학과 예술을 즐긴 바 있다. 문씨 집안에서 안평대군의 대명화를 두고 성대한 시회를 연 것이 우연히도 부합한다. 이 시회의 결산물이 『대명홍시집大明紅詩集』이다. 이 시집은 문두징의 후손 문상해文尙海(1765~1835)가 발의하여 가진 시회에서 제작된 시를 문세순文世純(1821~1852)이 편집한 것이다.[96] 하달홍河達弘(1809~1877)도 이 시집에 서문을 지었는데, 꽃은 피지만 열매가 열리지 않으므로 종자로 전할 수 있는 것도 아니고 가지를 옮겨 심어도 잘 자라지 않는다고 하였다.[97]

원래 이 대명화는 대명의리와는 무관하게 안평대군이 명에서 수입한 꽃이었기 때문에 그 이름이 유래하였을 듯하다. 고려 말 충숙왕忠肅王이 귀국할 때 원나라에서 특수한 품종의 국화, 모란, 서향화瑞香花, 포도 등을 가져왔으니,[98] 조선 초기에도 여러 품종의 꽃나무가 수입되었을 것이다. 그렇다 하더라도 안평대군이 명에 간 적이 없으니 안평대군의 대명홍은 훗날 만들어진 이야기일 것이다. 허전은 이어지는 글에서 허목의 글을 인용하여 서로 다르지만 중국에서 온 것은 같다고 하고, 대명홍이라는 것이 꽃의 이름이 아니요, 우리나라 사람이 존주尊周의 뜻으로 꽃에 이름을 깃들인 것이라 하였다. 아마 이것이 대명홍, 대명화의 진실일 것이다.

이처럼 18세기 이래 대명홍은 대명의리에 찌든 지식인들의 정원에 들어섰다. 황반로黃磻老(1766~1840)가 "압록강 동쪽 천 리의 나라 안에, 집집마다 대명홍 꽃이 피었네.鴨水以東千里國 家家花發大明紅"[99]라 하였을 정도다. 박규수朴珪壽(1807~1876)도 그의 집에 대명홍을 심었다.[100] 또 임헌회任憲晦(1811~1876)에 따르면 이명구李明九가 「대명홍전大明紅傳」을 지었다.[101] 김종우金宗宇(1854~1900)는 1894년 자신의 서당 앞에 대명홍을 심었는데 이듬해 봄과 가을 두 차례 붉은 꽃이 피는 상서로움을 자랑하기도 하였다.[102] 1885년 고종이 유생의 시험을 보일 때 제목이 '대명홍'이기도 하니,[103] 대명홍의 열풍을 짐작할 수 있다.

대명의리가 기승을 부리던 조선 후기, 중국에서 가져온 다양한 식물이 '대명'의 이름을 얻었다. 앞서 본 대로 김평묵은 대명매, 대명죽, 대명국을 심고 대명족이 되고자 하였다. 또 화양동에는 대명도大明稻라는 벼와 대명도大明桃라는 복숭아도 있었다. 1765년 남방에서 재배하는 남명도南明稻라는 벼를 담양 소쇄원瀟灑園의 주인 양산보梁山甫의 후손인 양제신梁濟身이 화양동에 보내어 만동묘萬東廟의 자성粢盛으로 삼게 하였다는 기록도 보인다.[104] 또 민정중閔鼎重(1628~1692)이

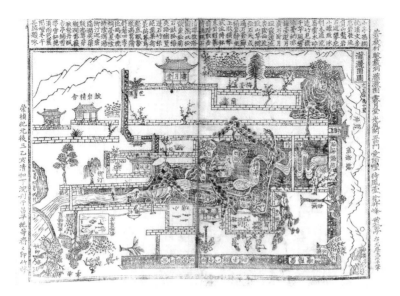

〈소쇄원도瀟灑園圖〉, 『소쇄원사실瀟灑園事實』 전남대 도서관 소장.
양산보梁山甫(1503~1557)가 경영한 소쇄원에 매화를 따로 심은 매대梅臺가 보인다.
남명도는 확인되지 않는다.

중국에 갔을 때 만세산萬歲山에서 구해 온 복숭아 씨앗을 화양동 만동
묘 아래에 심었는데 이를 대명도大明桃라 불렀다.[105] 민정중이 1669년
동지사로 북경에 갔을 때 구해 온 것으로 추정되는 복숭아 씨앗이 대
명의리의 공간 화양동으로 들어가 대명도가 된 것이다. 부끄럽게도
조선은 꽃의 이름에서조차 대명천지였다.

삼매당과 사매당

박계립의 삼매당

앞서 본 한강 정구(1543~1620)의 백매원百梅園처럼 조선시대 문인들은 자신의 거처에 매화를 심고 이를 집이나 정원의 이름으로 삼은 예가 많다. 앞서 정릉매를 증언한 이이순(1754~1832)도 정릉靖陵 근처의 별서에 매화를 열 그루 심고 십매원十梅園이라 하였다.[106] 이러한 이름 중 특히 관심을 끄는 것은 삼매당三梅堂이다. 삼매당이라는 당호를 가진 사람은 조선 중기 정일丁鎰과 박계립朴繼立이 있다. 비록 역사에 큰 자취를 남기지는 못하였지만 두 사람 모두 매화를 사랑하였고 또 이름난 문인과 교분이 있어 이들의 삼매당이 당대 이름을 떨쳤다.

먼저 충청도 회덕懷德 삼매당의 주인은 박계립(1600~1671)이다. 본관이 순천이고 자가 선탁善卓이며 연원도 찰방連原道察訪을 지냈다는 정도만 알려져 있다. 지금 가양동 우암사적공원 인근에 대대로 살았다. 우암 송시열(1607~1689)이 살던 동네라 절로 세상에 알려질 수 있었겠지만 그 손자 박만선朴萬善(1660?~1737, 자 원경元卿)의 노력이 더욱 컸다. 그로 인해 삼매당이 인근에 그 이름을 떨치게 된 것이다. 여기에 더하여 『삼매당제영三梅堂題詠』이라는 책이 19세기 중반 후손 박중섭朴重燮 등에 의하여 편찬되었기에 삼매당의 역사를 자세히 전할 수 있었다.[107]

삼매당의 역사는 박만선이 자세히 기록하였다.[108] 박계립이 이곳에 집을 정한 것은 1644년인데 이때 매화를 세 그루 심었다. 박계립이 세상을 뜬 후 1677년 한 그루가 갑자기 말라 죽었는데, 박만선이 다시 한 그루를 새로 심고 1679년 초당草堂으로 불리던 건물에 삼매당이라는 이름을 붙였다. 임포가 서호에 심은 매화가 3백 그루 남짓이었으니 이를 축약한 것이 삼매당인 셈이기도 하다. 그리고 삼매당 서쪽 몇 걸음 떨어진 곳에 박계립이 심은 다섯 그루 버드나무가 있는데 그 곁에 오류정五柳亭이 있었다. 오류선생五柳先生이 도연명의 별칭이니 도연명의 버드나무에다 임포가 아내로 삼은 매화나무까지 합한 곳이 삼매당인 셈이다. 삼매오류三梅五柳가 이곳의 상징이 되었다.

이 집안과 세교가 있고 또 그리 멀지 않은 곳에 거처한 권이중權以重이라는 문사가 1697년 기문을 지어 보내 주었다.[109]

맑은 개울 곁에 집을 짓고 마루 아래 매화 세 그루를 심었다. 서쪽 몇 보 떨어진 곳에 단을 쌓고 버들 다섯 그루를 심었다. 그 북쪽에 작은 못을 파고 백련白蓮과 홍도紅桃를 심었다. 마루에 오르면 조용히 세 그루 매화를 보고 나가서는 정자에서 노닐면서 다섯 그루 버드나무를 어루만졌다.

또 그 뒤에 붙인 시에서 "세 그루 매화 다섯 그루 버들 모두 여덟이라, 아들 하나 손자 일곱이 헤아림이 한가지네.三梅五柳其條八 一子七孫其揆一"라 하였다. 박계립의 아들이 하나, 손자가 일곱이니 삼매와 오류를 합친 여덟 그루와 자손의 수가 부합하는 기이함을 이렇게 풀이하였다.

송시열의 증손자 송일원宋一源(1664~1713)이 1679년 지은 명銘도 이곳에 걸렸다. 그 서문에 삼매당의 풍경이 자세하다. 박계립이 화초에 벽이 있어 남이 기이한 꽃과 나무를 가졌다는 말을 들으면 반드시 구해서 심었다. 꽃은 월계月季, 현국玄菊, 작약, 모란, 능하菱荷가 있고, 풀로는 취란翠蘭, 미무蘼蕪가 있으며, 나무로는 오동, 진송眞松, 수양垂楊, 벽도碧桃가 있었다. 그럼에도 유독 세 그루 매화에 가장 애정을 붙였다.[110] 다른 문헌에서 보이지 않는 현국이나 취란 등이 있었다 하니 박계립이 얼마나 진귀한 꽃을 모았는지 짐작이 된다. 물론 그럼에도 매화를 가장 사랑하였다.

삼매당을 빛내는 글 중에 1679년 제작된 것이 많거니와, 이때 상당

히 성대한 시회가 있었던 듯하다. 송시열의 후손인 송달수宋達洙(1808
~1858)가 훗날 이를 자세히 기록하였다.

매화라는 식물은 우아하여 속되지 않고 정결하여 더럽지 않다.
그루터기는 고고하고 기괴한 형상이 있으며 꽃은 그윽한 향의
덕이 있으니 대개 식물 중에 귀한 것이다. 현인과 처사, 시인과
묵객이 누구나 애호하고 완상하여 화분이나 화단에 심고 노래와
시로 형용하여 그 운치를 드러내고 그 향기로움을 전하니, 다른
꽃과 비교하거나 속된 선비들과 함께 감상할 수 없다. 이 때문에
찰방 평양平陽[순천] 박계립 공이 회덕의 남쪽 가양리에 집을 정
하고 마당에 직접 매화 세 그루를 심었다. 인하여 거처하던 당의
이름으로 삼았으니, 어찌 임화정林和靖[임포林逋]의 취향이 있지
않았겠는가?
그 손자 첨지중추부사僉知中樞府事 박만선이 우리 선조 우암 선
생의 문하에 출입하여 벗들 사이에 이름을 드날렸다. 능히 유학
으로 그 가업을 계승하고 남긴 식물을 북돋우고 옛집을 지어 선
조를 이어 후손에게 전할 계획으로 삼았으며 그 집에서 노년을
보내었다. 저 애호하는 감정은 사람이면 함께하는 바이지만 그
애호하는 까닭은 사람마다 각기 같지 않아 각기 그 비슷한 것을
좇는 법이다. 초목에 있어서도 향기의 구분이 있으므로 식물은

늘 좋아하는 사람에게 모이게 된다. 그렇다면 사람이 우아하고 고결함이 있어 속되지 않고 더럽지 않은 마음이 있은 다음에야 이와 같은 식물을 애호할 수 있게 된다. 이제 좋아하는 바의 식물을 가지고 또한 그 사람을 상상할 수 있으니, 박 공 부자는 사람이 매화와 같다고 해야 할까, 아니면 매화가 사람과 같다고 해야 할까? 북헌北軒 김춘택金春澤 공이 이 삼매당에 시를 지어 "몸은 그윽하고 꼿꼿함을 지켜 그대도 매화일세.身保幽貞爾亦梅"라 하였으니 이것이 참된 말이라 하겠다.

삼매당의 사실은 천고의 세월 불후할 것이니 큰 붓으로 써서 그 얼굴을 빛내고 그 경치를 드러낸 것은 우암 선생의 친필이다. 아름다운 시를 짓고 수창하여 그 사실을 기록하고 아름답게 한 것은 봉곡鳳谷 송주석宋疇錫 선조가 먼저 시를 짓고 일대의 여러 현자들이 이이 화답한 것이다. 한수재寒水齋 권상하權尙夏 선생이 시를 시집에 남겼는데 "선생의 글씨는 정사에 걸려 있네.先生筆揭齋"라 한 것이 전체를 아우른 것이라 하겠다. 삼매당은 이에 이름을 얻게 되었고 온 고을의 빼어난 자취가 되어 『읍지』에 실려 남은 향기가 마땅히 매화 향기와 함께 원대하게 퍼져 나갈 것이다.[111]

송달수는 송주석(1650~1692)이 삼매당을 노래한 작품을 가장 먼저 지었다고 하였는데 그의 문집에 두 수의 작품과 함께 서문이 실려 전한다.[112] 또 송달수가 말한 대로 권상하(1641~1721), 김춘택(1670~1717)을 위시하여, 정찬휘鄭纘輝(1652~1723), 권이진權以鎭(1668~1734), 송규렴宋奎濂(1630~1709), 송상기宋相琦(1657~1723), 민진후閔鎭厚(1659~1720) 등 쟁쟁한 많은 문사들이 시를 지었다.[113] 권이진의 시가 1697년 제작된 것으로 보아 대개 이때의 성황을 짐작할 수 있다. 송달수가 인용한 권상하와 김춘택의 시를 보인다.

학사들의 시가 시축에 남아 있고	學士詩留軸
선생의 글씨는 정사에 걸려 있네.	先生筆揭菴
이 노인은 죽어도 죽지 않으리니	斯翁死不死
잘 계승한 아들과 손자가 있기에.	善繼有孫男

- 권상하, 「삼매당 시에 차운하다」[114]

묻노니 세 그루 심은 매화 그 몇 년이 지났나,	問種三梅年幾回
아이와 손자 허연 머리 마주하고 꽃을 피웠네.	兒孫髮白對花開
효성스러운 마음으로 그저 근실히 심고 가꾸니	孝思可但謹封植
몸은 그윽하고 꼿꼿함을 지켜 그대도 매화일세.	身保幽貞爾亦梅

- 김춘택, 「삼매당에 쓰다」[115]

권상하는 송시열의 글씨와 함께 여러 문인들의 시가 남아 있고 이를 후손들이 잘 관리하고 있으니 박계립이 영원할 것이라 하고, 김춘택 역시 제법 세월이 지나 백발이 된 손자가 매화를 완상하고 또 근실히 가꾸어 나가니 이들 역시 매화라 하였다. 운치 있는 표현이다.

송달수의 이어지는 글에 따르면, 박계립의 후손가에 송시열의 글씨와 권상하를 위시한 많은 사람들의 시문이 소장되어 있었는데 박중섭, 박재유朴在裕, 박재선朴在璿 등이 중심이 되어 박종선의 일부 시문을 합쳐 『삼매당제영록』으로 엮었다. 『삼매당제영록』은 송시열의 글씨를 판각한 '삼매당팔경三梅堂八景'이라는 글씨로부터 시작한다. 팔경은 '계족산의 묵은 구름[鷄岳宿雲]', '계룡산의 지는 햇살[龍山落照]', '소제의 연밥 따기[蘇湖採蓮]', '명평의 모내기[楡坪揷秧]', '석촌의 밥 짓는 연기[石村炊煙]', '갑천의 고기잡이 횃불[甲川漁火]', '화암사의 새벽 종소리[花菴曉鐘]', '금암의 저녁 피리 소리[琴巖晩笛]' 등이다.[116] 그리고 '숭정알봉곤돈崇禎閼逢困敦 모춘暮春'이라는 간기를 새겼는데 곧 숙종 갑자년(1684)이라는 뜻이다. 박만선은 삼매당을 빛낼 시문을 두루 구한 후 드디어 스승 송시열로부터 글씨를 받았다.

이후 1685년에는 송준길宋浚吉(1606~1672)과 송시열 문하에 출입한 산림의 학자인 같은 집안의 박세휘朴世輝(자 자회子晦)로부터 기문을 받았다. 또 순천 박씨 외에도 은진 송씨, 광산 김씨 등 관련된 집안 사람의 시를 합쳐 『삼매당제영』을 편찬하였는데, 송달수의 서문이

1857년 제작된 것으로 보아 이즈음 이 책이 목활자본으로 간행된 듯하다.

이 책 하권에는 박만선이 망동단望東壇을 쌓은 고사가 실려 있다. 그리하여 삼매당의 고사는 망동단으로 이어진다. 박만선이 1709년 여름 「망동단명望東壇銘」을 지은 것으로 보아 이 무렵 망동단이 만들어진 듯하다. 망동단은 삼매당 동쪽 작은 언덕에 만든 단인데 여기에 명銘을 새겼다. 그 동쪽 수백 보 떨어진 곳에 선영이 있고 송시열의 남간정사南澗精舍가 동쪽 소나무와 잣나무 사이로 보이기 때문에 이 이름을 붙인 것이었다. 송주석의 후손 송문상宋文尙 등 여러 사람의 시를 받아 이를 기념하였다.

지금 가양동 우암사적공원에 있는 남간정사 맞은편의 삼매당에는 송시열이 쓴 삼매당팔경 현판과 여러 문인들의 시가 걸려 있다. 비록 고매는 아니지만 삼매당의 이름에 걸맞게 제법 운치 있는 홍매와 백매가 이른 봄이면 꽃을 피우고 있다.

정일의 삼매당

또 다른 삼매당의 주인은 정일(1570~1644)이다. 자가 중보重甫고 본관이 영광인데, 이 집안은 선대에 큰 벼슬을 한 인물은 배출하지 못했다. 그 자신도 벼슬을 하지 않았다. 아들 정무영丁茂英이 무관의 벼슬을 하여 남한산성으로 피난 간 인조를 호종한 일 정도가 기록에 남아 있다. 그러나 정일은 큰아들의 이름을 매영梅英이라 지었으니 매화를 사랑한 마음은 짐작할 수 있다.

정일이 남긴 시문은 『삼매당유고三梅堂遺稿』로 수습되어 전한다.[117] 정철鄭澈(1536~1593)의 훈도를 받았고 이 때문에 당대의 큰 문인들이 그와 시문을 주고받았다. 서유소徐有素(1775~?)가 지은 문집 서문에는 "서석산瑞石山 기슭 개울과 물이 빼어난 곳을 차지하여 몇 칸 초당을 지었다. [중략] 맑은 개울, 흰 바위, 부드러운 모래, 맑은 산안개가 주인의 멋이요, 들판의 꽃과 제방의 버들, 연못의 연꽃, 언덕의 소나무가 초당의 빼어남이다. 마당 곁에 고매古梅 세 그루가 있는데 공이 손수 심은 것이다. 집은 편액을 삼매당이라 하였다."라 되어 있다. 또 서유소는 1827년 영광군수로 있을 때 삼매당을 찾았는데 당시 호남에서 명성을 날리고 있나고 하였다.

오래된 매화 세 그루가 있던 정일의 삼매당은 이 집안이 세거한 광산光山의 대점大帖에 있었는데 오늘날 담양군 대전면 대치리다. 당시에 한티라 불렀을 것이다. 젊은 시절의 스승 정철이 삼매당에 들러 지은 시가 있다.

한 곡조 긴 노래 미인을 그리나니　　　一曲長歌思美人
이 몸이 늙어도 이 마음은 새롭네.　　　此身雖老此心新

내년 창 앞의 매화가 꽃을 피우면 　　　　　　明年梅發窓前樹

강남 땅 첫째 봄을 꺾어서 보내리라. 　　　　折寄江南第一春

– 정철, 「한티의 술자리에서 운자를 부르기에」[118]

정철이 「사미인곡思美人曲」과 「속미인곡續美人曲」을 지어 임금을 그리워하였듯이 정일도 그러할 것이라 한 다음, 이른 봄 삼매당에 꽃이 피면 매화를 꺾어 가장 먼저 봄소식을 보낼 것이라 하였다. 역시 정철의 시답게 멋과 흥이 있다.

정일의 문집에는 몇 수 되지 않는 시가 실려 있는데 대부분 매화와 관련한 것이다. 그만큼 매화를 사랑하였다는 말이다.

작은 집 깔끔하여 먼지가 일지 않는데 　　　　小盧蕭灑不生埃

마당 곁의 세 그루 매화 차례로 피었네. 　　　庭畔三梅次第開

마주 앉아 말 없으니 마음 절로 맑아라, 　　　對坐無言心自潔

그윽한 향이 마침 좋은 바람 따라 오네. 　　　暗香時逐好風來

제목도 따로 밝혀져 있지 않은 작품이다. 삼매당에서 차례로 피어나는 매화를 보고 마음을 맑게 한다고 하였다. 이 시에 차운하여 정홍명鄭弘溟, 조희일趙希逸, 강항姜沆, 신경진辛慶晉, 조찬한趙纘韓, 김지수金地粹, 오숙吳䎘, 양경우梁慶遇, 박경신朴慶新, 오전吳𣶇, 양형우梁亨遇, 홍

천경洪千璟, 고용후高用厚, 나무송羅茂松, 이배원李培元, 윤할尹硈, 조석형趙錫馨, 최유해崔有海, 정두원鄭斗源, 이소한李昭漢, 이명한李明漢 등 17세기를 대표하는 문인들이 시를 지었다.[119] 또 정홍명, 조희일, 강항, 장유, 정두원 등은 삼매당에 붙일 기문을 지었다.[120]

특히 일본에 잡혀 있을 때의 견문을 적은 『간양록看羊錄』의 저자로 널리 알려져 있는 강항(1567~1618)은 정일과 가까운 벗이었기에 기꺼이 기문을 지어 주었다. 또 정철의 아들 정홍명(1582~1650)은 부친과의 인연으로 1615년 글을 지어 주었고 그가 주선하여 장유(1587~1638)의 글을 받아 주었다. 조희일(1575~1638)은 1624년 광주목사로 내려와 있었기에 그 인연으로 글을 지었다. 또 1631년 중국 사신으로 갔다가 돌아올 때 자명종, 천리경 등을 가지고 온 정두원(1581~?)으로부터도 글을 받았는데 정일의 아들 정무영이 함께 중국으로 간 인연이 있었기 때문이다.

이름 없는 한 선비가 매화를 사랑하였고 세 그루 매화를 심은 삼매당을 경영하였으며, 이 때문에 17세기 최고의 문사로부터 글을 받아 매화의 문화사에 한자리를 차지하게 되었다. 그러나 글은 남아 있지만 매화의 흔적은 찾을 수 없다. 담양의 대전면 대치리에 오래된 느티나무가 있어 그나마 오랜 역사를 겪은 마을임을 짐작할 수 있다.

함평의 사매당

전라남도 함평에는 윤삼거尹三擧(1644~1718)라는 문인이 있어 그의 집을 사매당四梅堂이라 하였다. 윤삼거는 본관이 파평으로 자는 자신子莘인데 송시열(1607~1689)을 지극정성으로 섬겼던 인물이다. 약관의 나이 때부터 40년 동안 송시열이 살던 집 근처에서 전답을 마련하여 왕래하고 유숙하는 데 필요한 경비를 대었다고 하니,[121] 다소 과장이 있기는 하지만 그 정성이 지극한 것은 사실일 것이다.

또 정철의 현손玄孫 정호鄭澔(1648~1736)가 1703년 지은 글에 따르면 사매당의 사연은 이러하다. 윤삼거가 자신이 살던 집 마루 앞에 작은 못을 파고 못 안에 섬을 쌓은 다음 네 그루의 매화를 심었는데, 송시열이 1689년 제주로 귀양을 떠날 때 그 집의 이름으로 삼으라며 사매당이라는 글씨를 써서 주었다. 윤삼거는 이를 마루에 걸고 아침저녁 경모의 정을 붙였다. 그 후 송시열의 수제자 권상하가 절구 한 수를 지어 주었는데, 정호가 이 시에 차운한 시를 지어 보내었다.[122] 권상하가 1701년 지은 시는 이러하다.

조그만 연못에 매화 네 그루 늘어놓으니　　　　半畝荷塘列四梅
온갖 꽃향기 속에 작은 집이 열려 있네.　　　　百花香裏小堂開
주인은 고요히 주자서를 마주하고 앉았으니　　主翁靜對朱書坐
가슴에 한 점의 티끌도 들어올 수 있으랴.　　　胷次那容一點埃

정호가 지은 시에서는 "처마 사이 선생의 글씨가 걸려 있다 하니, 비단으로 덮어 좀과 먼지 잘 막고 있겠지.楣間聞揭先生筆 好把紗籠護蠹埃"라 하였다. 윤삼거가 송시열의 글씨를 정성껏 관리하고 있었음을 알 수 있다. 박계립의 삼매당을 시로 빛낸 송시열의 손자 송주석 (1650~1692)은 사매당에도 시를 남겼으니, 조부를 이렇게 기린 것이기도 하다. "처사의 당 앞 네 섬의 매화, 눈 속에 고운 꽃잎 당 앞에 피었네. 조부의 편액은 우연이 아닐지니, 고운 향 홀로 지켜 먼지와 멀다네.處士堂前四島梅 雪中瓊蕚向堂開 王考題扁誠匪偶 芳香獨守遠塵埃"[124]라 하였다.

그 후 윤봉조尹鳳朝(1680~1761)도 1727년 기문을 지어 문미에 걸었는데, 이희조李喜朝(1655~1724)의 기문과 여러 문인들이 글이 성대히 걸려 있다고 한다. 그럼에도 윤유尹揄[125]가 윤봉조 등 이름난 문인들에게 지속적으로 글을 받아 걸었다.[126] 그러다가 1766년 허물어진 사매당을 중수하게 되는데 이때의 기문은 송시열의 현손 송덕상宋德相(1710~1783)이 지었다. 이 글에 사매당의 역사가 자세하다.

호남의 함평에 이른바 사매당이라는 곳이 있는데 우암 선생의 문인 작고한 처사 윤 공이 지은 것이다. 사매당은 작은 못을 마주

김수철金秀哲(19세기), 〈설루상매도雪樓賞梅圖〉, 국립중앙박물관 소장.

자그마한 집에서 눈 속에 핀 매화를 완상하고 있는 그림이다.
송주석의 시가 이런 풍경을 그린 것 같다.

하고 있고 못에는 작은 섬이 넷 있으며 섬마다 각기 매화 한 그루를 심었다. 공이 예전 선생에게 당의 이름을 청하자 선생이 사매당이라 명명하고 이에 직접 글씨를 써서 주었다. 저 매화라는 식물은 세한歲寒의 때를 당하여 여러 풀들이 시들어도 홀로 정기를 뿜으며 슬픈 빛을 내거나 지조를 바꾸지 않는다. 그러니 공이 이를 취하여 심을 것으로 한 뜻은 다만 이를 완상하기 위한 것만은 아니었던 것이요, 선생이 반드시 이렇게 집의 이름을 정한 것이 어찌 집이 빼어난 것 때문만이었겠는가?

내가 듣자니, 공은 선생을 40년 좇았는데 생사와 화복에도 그 마음을 바꾸지 않았으니, 그 굳게 지키는 마음이 바로 매화와 어울린다. 바야흐로 네 그루 매화의 기이한 향과 차가운 꽃이 문과 창에 스미어 휘장에 어른거리면, 공은 이에 포의에 넓은 띠를 두르고 그 가운데 편안히 거처하면서 매일 주자의 책을 읽었으니, 네 그루 매화와 아침저녁 마주한 것이다. 이에 그 높은 자태와 빼어난 운치는 사람과 식물이 한가지가 된 것이니, 어느 것이 식물이고 어느 것이 사람인지 남들이 바로 알지 못하게 하였다. 그러니 사매당이라는 이름이 어찌 헛된 것이겠는가?

공이 이미 돌아간 지 한참 되었는데 네 그루 매화도 모두 말라죽었으며 사매당도 또한 무너져 황폐해졌다. 공의 자손이 가난하여 보수를 할 수 없었는데 작년 봄 두 그루가 갑자기 다시 소생하였으니 이를 보는 사람들이 기이하게 여겼다.

이해 가을 나의 재종질 송환철宋煥喆이 옥당玉堂에서 나와 함평현감으로 나갔는데 공의 사매당을 방문하고 그 집이 허물어지고 못이 황폐한 것을 보고서 탄식하고 "저 윤 공의 옛집은 우리 선조 우암 선생의 묵적墨跡이 깃들인 곳인데 이제 이렇게 부서지고 더러워졌으니, 이 어찌 우리들의 책임이 아니겠는가?"라 하였다. 마침내 봉급을 덜어 그 공사비용으로 쓰게 하였다. 인근 사우들이 풍문으로 듣고 모두 힘껏 보태었다. 얼마 후 건물과 못, 섬이 모두 시원하게 모습을 바꾸었다. 두 그루 소생한 매화도 바야흐로 무성하게 자라났다. 이에 다시 두 그루를 나란히 심어 네 그루의 숫자에 맞추었다.[127]

송환철(1736~?)이 함평현감으로 나간 것이 1776년이니, 이 무렵 사매당을 중수하고, 이미 죽었다 살아난 두 그루에다 다시 두 그루를 더 심어 사매당의 이름에 맞게 하였다.

이후에도 사매당은 후손들의 노력으로 명환들의 글이 처마 아래 걸렸다. 손자 윤준교尹俊敎와 증손자 윤양호尹亮浩가 송환기(1728~1807)에게 기문을 요청하였고 이에 송환기가 1799년 기문을 지어 걸게 하였다.[128] 이 글에 따르면 송환철이 중수한 이래 매화가 번성한 것이 우연이 아니라고 하였는데 그 자손의 정성을 칭송한 것이기도 하다.

윤삼거의 후손들은 정성껏 사매당을 가꾸었고, 또 사매당의 시문을 모아 1880년 『사매당문집』을 엮어 간행하였다.[129] 문집이라 하였지만 윤삼거의 글은 없고 권상하 이하 사매당과 관련한 시문을 엮은 것이다. 여기에는 기정진奇正鎭(1798~1879) 등 19세기 중반까지의 수많은 문인들의 시가 실려 있으니, 그 시문의 양이 바로 윤삼거 후손의 정성이라 하겠다. 사매당과 함께 그 매화의 후손도 함평에 가면 확인할 수 있다. 다만 섬을 넷 만들고 윤삼거가 사랑한 매화를 한 그루씩 심어 놓으면 좋겠다.

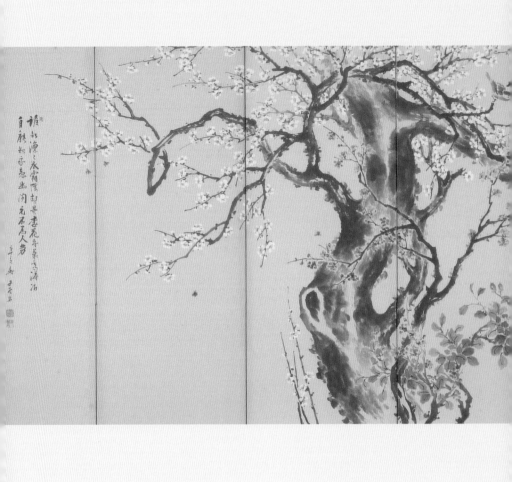

조중태趙重泰(1902~1975), <묵매도墨梅圖> 8폭 병풍, 국립전주박물관 소장.

주註

제1부 매화를 키우는 일

1 朴長遠,「記聞」(『久堂集』82:32). 이하 문집류는 한국고전번역원의 한국문집총간 집수
   와 면수를 밝힌다.
2 河沆,「行錄略」(『覺齋集』48:520).
3 張維,「晩休堂十六詠爲林東野賦 臘前江梅」(『谿谷集』92:551).
4 朴長遠,「灌盆梅說」(『久堂集』121:348).
5 洪泰猷,「弔枯梅文」(『耐齋集』187:75).
6 鄭經世,「觀梅唱酬序」(『愚伏集』68:272).
7 姜希顏,『養花小錄』. 이하『양화소록』은 필자가 역해한『양화소록-선비, 꽃과 나무를
   벗하다』(아카넷, 2016)에서 인용한다.
8 鄭克淳,「二小梅記」(『淵雷遺稿』, 캘리포니아버클리대학 소장본). 이 자료는 필자의「정
   극순의 연뢰유고」(『문헌과해석』36, 2006)를 참고하기 바란다.
9 조선시대 매감에 대해서는 신익철,『조선의 매화시를 읽다』(글항아리, 2015)에서도 다
   룬 바 있다.
10 李敏求,「惟善家盆梅至日始開」(『東州詩集』94:184).
11 權萬,「次寄仲綏山梅二詩韻」(『江左集』209:112).
12 趙文命,「梅閣垂靑紗帳」(『鶴巖集』192:467).
13 趙載浩,「梅社五詠記」(『梅社五詠』, 국립중앙도서관 소장).
14 李麟祥,「甲子冬, 吳子敬父瓚, 攜其二姪載純載維, 讀書于桂山洞, 李胤之金孺文尹子穆與
   麟祥皆往會. 童子執書來問者三人. 子穆讀論語, 孺文讀孟子, 餘人讀書傳. 朝飯後共讀朱
   書數篇, 凡逾月而罷. 谷深日靜, 人客少至. 惟宋士行金元博 茂澤, 一至卜夜, 權亭叔震應,
   移日而去, 吳聖任載弘, 以病不能會, 間日來往. 又移梅龕竹石, 擁置座隅, 配以盆蕉, 屋甚
   煖, 蕉葉猶瑩碧不凋, 缸中養文鯽五六頭, 潑潑可翫, 香鼎星劍文房雅具皆備, 有時評翫移
   晷, 書課或斷, 聞者笑之. 然講磨之樂, 莫尙於此會」(『凌壺集』225:470).
15 朴準源,「病裏次元君在明盆梅韻」(『錦石集』255:42).

16 金正喜, 「齋梅歎」(『阮堂全集』 301:165).

17 趙秀三, 「紙齋新成喜賦長句」(『秋齋集』 271:464).

18 偰遜, 「病中詠甁梅」(『東文選』 권16).

19 李穡, 「朝吟」(『牧隱集』 4:35); 李崇仁, 「梅花」(『陶隱集』 6:577).

20 金宗直, 「在羅州西館折梅之未綻者, 揷于膽甁, 注以水, 連夜盡開」(『佔畢齋集』 12:219).

21 朴長遠, 「灌盆梅說」(『久堂集』 121:348).

22 李頤淳, 「賦甁梅戲贈隣友」(『後溪集』 269:113).

23 李學逵, 「甁梅四絶句」(『洛下生集』 290:511).

24 林逋, 「山園小梅」(『林和靖詩集』 권2).

25 李德懋, 「蟬橘堂濃笑」(『靑莊館全書』 259:137).

26 丁若鏞, 「菊影詩序」(『與猶堂全書』 281:275).

27 金安老, 「絅齋(申大用也, 判刑曹)避舍, 與吾寓隔墻, 以早梅一盆遺余, 對花一飮, 引燈照之, 橫枝疏影, 離離印壁. 絅齋顧余樂甚, 請延城寫之, 延城卽展紙, 隨影作勢, 略移橫斜之態. 明日畫成, 寄之曰, 盆株雖存, 精神則移, 恐吾之徒擁虛器也, 用以二絶博粲」(『希樂堂文稿』 21:251).

28 金義貞, 「河東客館」(『潛庵逸稿』 26:389)

29 李安訥, 「折梅數枝, 置案上甁中, 着花甚佳, 燈下見之, 疏影絶奇, 喜而有賦」(『東岳集』 78:107).

30 李植, 「折梅揷甁, 置燈下戲作」(『澤堂集』 88:205).

31 沈攸, 「甁梅」(『梧灘集』 b34:214).

32 金允植, 「剪綵者說」(『雲養集』 328:358).

33 납매는 황매화라 부르는 매화와 유사한 품종을 가리킬 때도 있다. 납매는 모습이 밀비蜜脾, 곧 벌이 꿀을 저장하는 방과 비슷하게 생겼다. 매화 종류는 아니지만 매화와 비슷한 시기에 꽃이 피고 그 향도 비슷하여 매화라는 이름을 얻게 된 것이다. 납매는 향기가 매우 맑고 고와서 오히려 매화를 능가할 정도이다. 납매는 세 종이 있는데 구승매狗蠅梅는 접을 붙이지 않은 것으로 꽃이 작고 향이 담박한데 가장 낮은 품종이다. 경구매磬口梅는 접을 붙인 것으로 꽃이 활짝 피어도 늘 반 정도는 봉오리를 닫고 있는데 승려들이 사용하는 경쇠의 아가리처럼 생겨 이 이름이 붙었다. 개화 시기가 가장 빠르다. 단향매檀香梅는 자단紫檀처럼 짙은 노란색 꽃이 피는데 꽃은 빽빽하게 피어나고 향은 진하며 가장 좋은 품종으로 평가된다. 필자의 『양화소록-선비, 꽃과 나무를 벗하다』(아카넷, 2016)에서 다룬 바 있다.

34 이덕무李德懋의 「윤회매십전輪回梅十箋」에서 매화의 한 품종 중에 여공女工이 밀랍을 손으로 빚어서 만든 것과 유사하기 때문에 이 이름이 붙은 것이라고 한 황정견의 말을 인용하였고(『산곡내집시주山谷內集詩注』에 보이고 명明 진계유의 『암서유사』 등에도 이 고사가 소개되어 있다.) 또 청淸 진호자陳淏子의 『화경花鏡』을 인용하여 납매蠟梅의 별칭이 황매黃梅이고 송의 소철蘇轍이 이름을 붙인 것이라 하였다.

35 洪彦弼,「蠟梅」(『默齋集』19:238).

36 崔演,「蠟梅月課」(『艮齋集』32:43).

37 李滉,「白臘靑紙, 作梅竹, 間以翦綵紅桃, 友人作詩示之, 次韻」(『退溪集』31:110).

38 李景奭,「蠟梅揷在壺中, 眞假難辨, 特以時序有訝爾」(『白軒集』95:371).

39 李德懋,「輪回梅十箋」(『靑莊館全書』259:109). 한국고전번역원에 원문이 번역되어 있
    으므로, 여기서는 대략만 보인다.

40 杜牧,「獨酌」(『樊川集』권2). 이하 따로 출처를 밝히지 않은 중국 문헌은『기본고적고
    基本古籍庫』(DB판)의 것을 인용하였다.

41 金鍾秀,「晉牧趙道源德洙過溪北, 贈酒債, 黃肉小集」(『夢梧集』245:483).

42 李德懋,「素玩亭冬夜小集」(『靑莊館全書』257:178).

43 문일평이『조선일보』에 연재한「사외이문史外異聞」에서 이렇게 설명하였다. 필자의
    『한시마중』(태학사, 2012)에서도 난로회와 매화 감상의 풍속을 다룬 바 있다.

44 朴趾源,「晚休堂記」(『燕巖集』252:66).

45 兪彦鎬,「西京小集記」(『燕石』247:24).

46 丁若鏞,「戲贈瑞興郡護林君性運」(『與猶堂全書』281:60).

47 金鍾秀,「丙戌中多, 與洪兄子直李深遠金伯愚, 會于趙寅瑞荳浦第, 五人者皆丹陵舊伴也.
    自丹陵死, 而五人者亦分散, 或宦遊四方, 或捲歸鄕山, 落落不相合, 幷于今幾十年矣. 偶然
    相聚, 喜可知也, 悼風流之難再, 感離合之無常, 而吾輩存者其最少者, 亦髮種種白矣, 不知
    自此以往, 幾年吾輩能復會合如今日否也. 於是作三日留, 冬序已半, 而天氣適不寒, 或雨
    或雪, 而夜則又得月焉, 登樓瞰江, 曳杖涉園, 圍爐煮肉, 對榻合歌, 各隨其意之所欲. 龕中
    小梅花, 來時結蕚如繁星者, 臨歸已綻四五藥矣. 三日之間, 唯以道舊劇談爲主, 不作一句
    詩, 以損眞意. 及其分手之際, 則倣朱張兩夫子衡岳故事, 立馬各賦一絶句而罷, 子直先向
    驪江, 余歸廣山, 深遠伯愚還京云」(『夢梧集』245:482).

48 "近年以來, 梅花浸盛, 富豪家靡不家種一樹, 每當寒月, 招邀賓朋, 擁羊腸之爐氈頭之鐵,
    作花下飮, 酒肉之氣, 薰腴蒸液, 四座流汗, 而梅花遂早開, 十月已離披, 冬至已蒂落, 遇臘
    嫩葉已生."(李麟祥,「駁梅花文」,『雷象觀藁』권5) 김수진의「능호관 이인상 문학 연구」
    (서울대 박사학위논문, 2012)에서 인용된 것을 참조하였다.

49 李純仁,「贈宋雲長」(『孤潭逸稿』53:42).

50 申晸,「獨夜」(『汾厓遺稿』129:370).

51 李德懋,「蟬橘堂濃笑」(『靑莊館全書』259:137).

52 李胤永,「賦氷燈次石鼎聯句詩韻」(『丹陵遺稿』b82:295).

53 李麟祥,「吳敬父山天齋, 觀新鑄銅爵, 懸氷燈賞梅, 取螺甲飮酒, 金進士伯愚尙默, 亦攜壺
    榼而來」(『凌壺集』225:478).

54 이러한 풍류는 신익철, 앞의 책에서도 자세히 다룬 바 있다.

55 洪泰猷,「弔枯梅文」(『耐齋集』187:75).

56 李玄逸,「守愚堂先生崔公行狀」(『葛庵集』128:357).

57 李瀷,「梅花不入騷」(『星湖僿說』권5).

58 鄭經世,「菊圃記」(『愚伏集』68:274).

59 鄭經世,「觀梅唱酬序」(『愚伏集』68:272).

60 朱熹,「念奴嬌」(『朱子全書』권66).

61 李滉,「前日靜存書, 末有嶺梅吐芬時寄一枝之語, 今年此間, 節物甚異, 四月, 羣芳始盛, 而梅發與之同時, 人或以是爲梅恨, 是非眞知梅者, 乃所處之地, 所遇之時然耳. 適答靜存書, 因寄梅片, 兼此二絶, 亦不可不示左右. 願與靜存共惠瓊報, 庶幾爲梅兄解嘲也」(『退溪集』31:60).

62 李滉,「答李仲久」(『退溪集』29:298).

63 方回,『瀛奎律髓』권20 梅花類.

64 李滉,「寓感」(『退溪集』29:130).

65 이황의 매화문답시는 뒤에서 자세히 다룬다.

66 金熤,「嘲病梅」(『竹下集』240:254).

67 金熤,「病梅答」(『竹下集』240:254).

68 李德懋,「輪回梅十箋」(『青莊館全書』259:109).

69 같은 글이 주밀周密의 『무림구사武林舊事』에도 실려 있는데「장약재상심낙사병서張約齋賞心樂事并序」라 하였다.

70 李滉,「奉酬金愼仲詠梅, 三絶句一近體」(『退溪集』29:144)의 주석에 "張約齋於玉照堂, 植梅三四百株, 蓋絶致淸賞, 不厭其多也. 余之植梅於溪莊山舍, 僅十餘本, 將漸廣以至百本也故云."이라 하였다.『퇴계문집고증退溪文集攷證』(31:321)에서 "案約齋名杓, 字定叟, 南軒之弟, 植梅三四百本, 仍稱其堂曰玉照."이라 하였는데 이는 잘못된 고증이다.

71 吳之振,「和張孟皐尋梅韻」(『宋詩鈔』권70).

72 『제동야어齊東野語』에는 '主人不好事'로 되어 있지만, 청淸 반영인潘永因의 『송패유초宋稗類鈔』에서 이렇게 되어 있고 이규경李圭景의 『오주연문장전산고五洲衍文長箋散稿』에 같게 되어 있어 이를 따른다.

73 洪葳,「夜來狂風甚急, 梅花零落殆盡, 朝起只見數點殘萼, 尙綴枝頭, 有感而作」(『淸溪集』125:11).

74 權常愼,「南皐春約」(『西漁遺稿』, 규장각 소장본).

75 李稿,「梅花」(『牧隱藁』4:28).

76 南有容,「夢與宜叔坐梅花下, 宜叔談時事, 忽隔屏有人曰, '今夕只可看梅花', 余驚顧曰, '此伯玉聲也' 覺而有詩」(『雷淵集』217:117).

77 姜世晃,「和駱園朴彥晦東顯梅花十咏」(『豹菴稿』b80:338).

78 金正喜,「龕梅歎」(『阮堂全集』301:165).

79 姜沆,「三梅堂記」(『睡隱集』73:61). 삼매당의 주인은 담양의 정일丁鎰인데, 뒤에서 다시 다룬다.

80 李獻慶,「梅巢八詠」(『艮翁集』234:15).

81   魚有鳳,「戲題」(『杞園集』183:425).

82   徐居正,「庭中, 有古梅一樹, 年年花開子結, 吟賞愛翫, 中因在村, 貫屋者伐之爲薪, 無復根株, 悵然有作」(『四佳集』10:275).

83   李安訥,「題迎春軒」(『東岳集』78:186).

84   姜必愼,「居士鰥居, 客有唱之者, 居士不答, 指古梅一株賦小詩, 三疊」(『慕軒集』b68:9).

85   姜世晉,「吊梅」(『警弦齋集』b84:152).

86   洪泰猷,「弔枯梅文」(『耐齋集』187:75).

제2부 매화를 사랑한 사람들

1   이 자료에 대해서는 정민,「화암구곡의 작가 유박과 화암수록」(『한국시가연구』14, 2003)에서 자세히 다루었다.

2   黃庭堅,「王充道送水仙花五十枝欣然會心臟爲之作詠」(『山谷內集詩注』권15).

3   湯悅,「再次前韻代梅答」(『徐公文集』卷5).

4   서현이「史館庭梅, 見其毫末, 歷載三十, 今已半枯, 嘗僚諸公, 唯相公與鉉在耳. 睹物興感, 率成短篇, 謹書獻上, 伏惟垂覽」을 짓고 탕열이「鼎臣學士侍郞, 以'東館庭梅昔翰苑'之毫末, 今復半枯, 向時同僚, 零落都盡, 素髮垂領, 玆惟二人, 感舊傷懷, 發於吟詠, 惠然好, 我不能無言, 輒次來韻攀和」로 화답하고 다시 매화를 대신하여「再次前韻代梅答」을 지었다. 그리고 서현이「太傅相公深感庭梅再成絶唱曲垂借示倍認知憐謹用舊韻攀和」로 답하였다.

5   李有謙,「次韻嘲落梅代梅答二絶」(『澹齋集』권8).

6   陶宗儀,「催梅爲雪林作」;「代梅答」(南村詩集』권13).

7   李德弘,「溪山記善錄」(『艮齋集』51:91).

8   이황이 매화를 노래한 시는 규장각 등에 소장되어 있는 『매화시梅花詩』에 대부분 수록되어 있다. 이에 대해서는 박혜숙의 「조선의 梅花詩」(『한국한문학연구』26, 2000)가 자세하다. 특히 이황의 매화문답시와 관련하여서는 신익철의 「조선시대 梅花詩의 전개와 특징」(『동방한문학』56, 2013)에서 자세한 연구가 이루어진 바 있다. 본고는 특히 신익철의 성과에 힘입은 바 크다. 『조선의 매화시를 읽다』(글항아리, 2015)에서도 이 논문을 읽을 수 있다.

9   奇大升,「仰次退溪先生梅花詩」(『高峯集』40:245)에도 이황의 시가 나란히 실려 있는데 제목을 「丙寅仲春, 乞辭召命, 留體泉東軒, 問庭梅」라 하였다. 시의 본문도 "風流從古說孤山, 底事移來郡圃間. 料得亦爲名所誤, 莫欺吾老困名關."로 좀 다르게 되어 있다.

10   李滉,「得鄭子中書, 益歎進退之難, 吟問庭梅」(『退溪集』29:135).

11   李滉,「代梅花答」(『退溪集』29:135).

346

12 高敬命,「仰次退溪先生梅花詩」에는 제목이「丙寅李春, 辭召命, 還山問梅」로 되어 있고,
    그 주석에 "在醴泉見梅後近數旬, 而至陶山, 山梅始發."이라 하였다. 2구가 "留春何待百
    花天"으로 되어 있다. 매화가 답한 시는 "我是遭翁換骨仙, 君同歸鶴上遼天. 相逢一笑天
    應許, 莫把襄陽較後前."으로 되어 있다.

13 李滉,「陶山訪梅」(『退溪集』29:137).

14 李滉,「代梅花答」(『退溪集』29:138).

15 李滉,「望湖堂尋梅」(『退溪集』29:61).

16 李滉,「再用前韻答景說」(『退溪集』29:61).

17 李滉,「漢城寓舍盆梅贈答」(『退溪集』29:150).

18 李滉,「盆梅答」(『退溪集』29:151).

19 高敬命,「仰次退溪先生梅花詩」(『高峯集』40:245)에는 이황의 시 제목이「丙寅李春, 辭
    召命, 還山問梅」로 되어 있고 그 주석에 "在醴泉見梅後近數旬, 而至陶山, 山梅始發."로
    적혀 있으며, 2구가 "留春何待百花天"으로 되어 있다. 매화가 답한 시는 "我是遭翁換
    骨仙, 君同歸鶴上遼天. 相逢一笑天應許, 莫把襄陽較後前."으로 되어 있다.

20 李滉,「季春, 至陶山, 山梅贈答」(『退溪集』권5).

21 李滉,「庚午寒食, 將往展先祖墓於安東, 後凋主人金彦遇擬於其還, 邀入賞梅, 余固已諾
    之. 臨發, 適被召命之下, 旣不敢赴, 惶恐輟行, 遂至愆期, 爲之悵然有懷, 得四絶句. 若與
    後凋梅相贈答者, 寄呈彦遇, 發一笑也」;「後凋梅答」(『退溪集』29:162).

22 宋時烈,「不知村記」(『宋子大全』113:68).

23 김세호,「17-18세기 安東 金門이 享有한 梅花의 文化史」(『한국한문학연구』63, 2016)
    에서 이 집안의 매화를 자세히 다루었고 매화문답시도 함께 연구한 바 있어 큰 참고가
    된다.

24 金壽增,「石室盆梅, 蓓蕾正妍, 病臥曉起, 偶記退溪梅花問答詩, 遂效其體戲賦」(『谷雲集』
    125:146).

25 金昌翕,「松栢堂詠梅」(『三淵集』165:118, 166:296); 金昌協,「子益在石室, 賦盆梅十數
    篇, 次第見示, 就次其一二」(『農巖集』161:386).

26 陸遊,「午睡至暮」(『陸放翁詩選』前集 권7).

27 金壽增,「華陰洞志」(『谷雲集』125:516).

28 金壽增,「書陶山精舍記後」(『谷雲集』125:185).

29 朱熹,「答袁機仲」(『晦菴集』권38).

30 매화와 『주역』의 문제는 신익철, 앞의 책에서 자세히 다루었다.

31 金昌翕,「伏次伯父梅花問答詩韻」(『三淵集』165:85).

32 尹鳳五,「李治伯有一小梅, 來余而始花, 以一絶奉戲」(『石門集』b69:409)의 서序에 보인다.

33 尹鳳五,「作梅花問答, 戲示泉翁求次」(『石門集』b69:409).

34 尹鳳五,「泉翁和詩, 有桃李與同之語, 爲梅伸寃而更呈」(『石門集』b69:410).

35 尹鳳五,「治伯謂'梅之或開或不開, 是偶然, 亦理之使然.' 再有解嘲之作, 復疊以寄」(『石門

集』b69∶410).

36 尹鳳五, 「治伯以余前詩甚病焉, 苦口辨明, 雖其言語牽强, 然一向送嘲, 恐犯戲謔之戒, 更以前韻, 探出別意慰解之, 未知始破慍否也」(『石門集』b69∶410).

37 당쟁의 소용돌이 속에서 매화를 두고 시회를 한 양상은 심경호, 「당벌의 장에 핀 매화-조재호와『매사오영』」(『한국한시연구』4, 1996)에서 다룬 바 있다.

38 趙文命, 「瑣識」(『鶴巖集』192∶584).

39 洪重聖, 「冢宰趙叔章宅賞梅, 追寄一律, 以寓嘲諷之意」(『芸窩集』b57∶78).

40 趙文命, 「次洪叔君則嘲梅韻, 聊以自嘲」(『鶴巖集』192∶455).

41 趙文命, 「洪叔君則, 尹令昌來伯勖, 申修撰致瑾幼言來訪, 賞梅聯句」(『鶴巖集』192∶454).

42 趙裕壽, 「洪崖子與大將軍, 有詩起梅訟, 騎牛官輒判之曰將軍固羶人, 今之曹郎亦俗吏也, 兩皆不當, 可屬之后溪翁也」(『后溪集』b55∶57).

43 이에 대해서는 필자의『조선시대 경강의 별서』(경인문화사, 2016)에서 자세히 다루었다.

44 趙文命, 「用他韻復就梅花訟, 呈水曹詞案, 仍奉新村老叔」(『鶴巖集』192∶454).

45 洪重聖, 「藝谷叔章宅, 復就梅花訟, 演成六章, 用其韻以寄」(『芸窩集』b57∶78).

46 陳子昂, 「宴胡楚眞禁所」(『全唐詩』권84).

47 趙裕壽, 「洪崖老與吏部, 復賦梅訟詩二韻投來, 次之」(『后溪集』b55∶58).

48 杜甫, 「舍弟觀赴藍田取妻子到江陵喜寄三首」(『集千家注杜詩』권18); 「蘇端薛復筵簡薛華醉歌」(권10).

49 蘇軾, 「十一月二十六日松風亭下梅花盛開」(『東坡詩集注』권14).

50 高啓, 「梅花」(『高太史大全集』권15).

51 李滉, 「湖堂梅花, 暮春始開, 用東坡韻」(『退溪集』29∶58).

52 朴淳, 「平遠亭十詠王天使敬民, 梅園曉月」(『思菴集』38∶385),

53 申緯, 「南鄰鄭夢坡茂宰世翼病中, 寄以梅花二詩, 且乞寫墨竹, 將爲揭梅龕也, 次韻爲四首答之(『警修堂全藁』291∶500).

54 吳始壽, 「盆梅說」(『水村集』143∶116). 이 글은 원문이 "嘉愛之不足, 詠歌之不足, 獨巡簷而索笑, 遂掇英而泛觴, 引滿擧白, 不覺玉山之自頹, 高枕査頭, 蘧蘧然就睡, 有一羅浮神女, 以淡粧素服, 出自林間, 話韻淸麗, 芳香襲人. 仍挹余而言曰, 和靖已逝, 知心盡寡, 子知我心, 夭不子違. 余驚起視之, 不見其人."으로 되어 있다. 그중 "掇英而泛觴"은 국화에 어울리는 구절이므로 매화로 연결한 것이 다소 어색하다. 이 글은 전체적으로 황호黄床의 「愛菊說」(『漫浪集』103∶497)에서 "有一黃冠道士挹余而言曰, 元亮已逝, 知心蓋寡, 子知我心, 誓不子違."라 한 대목의 영향이 보인다. 매화 대신 국화가 여인으로 등장한 것이다.

55 汪砢玉, 「凝霞閣舊藏畫冊」(『珊瑚網』권44).

56 鄭樞, 「集句題李陶隱送別李淸州詩」(『圓齋文稿』5∶200).

57 金時習, 「春雪戲題」(『梅月堂集』13∶151).

58 金安老, 「再用前韻」(『希樂堂文稿』21∶281).

59 成海應, 「高麗宮詞」(『研經齋全集』 273:28).

60 王洪, 「題梅花美人圖」(『毅齋集』 권4).

61 李德壽, 「寫眞小跋」(『西堂私載』 186:257). 이 초상화는 지금 문중에서 소장하고 있다. 이 그림은 이성훈의 「전의이씨 청강공과 대종회 소장 초상화 4점에 대하여」(『문헌과 해석』 74, 2016)에서 소개하였다.

62 "夜間寒甚, 北戶尤緊, 覺泮人一大簇護風, 卽淸人內閣修書施鈺所畫月下梅邊美人獨立者. 有 手題云, '夜來靜看梅邊月, 欲向淸光寄所思.' 有印章三通, 曰松下淸齋, 曰內閣修書, 曰鈺印. 但不志年月爾, 戱書四絶."(黃胤錫, 『頤齋亂藁』 권27) 『頤齋遺稿』(246:86)에는 「詠畫簇」라는 제목으로 서문과 함께 실려 있다. 빠진 두 편은 "朱門幾處美人多, 隨有丹靑粲綺羅. 一時畫手都成富, 嗟我無錢奈若何.", "此生何計駐斜暉, 縱遇眞姸亦已非. 一幅娉婷聊偶爾, 無將玉白受瑕微."로 되어 있다.

63 黃胤錫, 「詠畫簇」(『頤齋遺稿』 246:86).

64 유미나, 「고전적 미인도의 재현」(『대동문화연구』 119, 2022).

65 李夏坤, 「題仕女障子」(『頭陀草』 191:337).

66 다만 장조는 이 그림이 매화가 아닌 살구라는 주장도 함께 하였다.

67 申叔舟, 「題畫簇」(『保閑齋集』 10:53).

68 金昌緖, 「春怨」(『唐音』 권6).

69 申翼相, 「四時詞書屏」(『醒齋遺稿』 146:49).

70 박철상, 「허균 수정고본手定稿本 『국조시산』의 출현과 그 가치」(『한국문화연구』 12, 2007)에서 이 자료에 대해 자세히 밝혔다.

71 黃胤錫, 『頤齋亂藁』(권29, 기해년 5월 24일).

72 尹根壽, 「漫錄」(『月汀集』 47:364). 『대동야승大東野乘』의 『월정만필月汀漫筆』에 한두 구가 더 있지만 뜻이 다르지 않다.

73 丁若鏞, 「題霞帔帖」(『與猶堂全書』 281:314)에 홍 부인이 보낸 치마가 다섯 폭이라 하였는데 여기는 여섯 폭으로 되어 있다. 아내에게 그려 준 한 폭은 굳이 드러내지 않은 것이라 하겠다.

74 정민, 「다산의 부정이 담긴 매조도 두 폭」(『한국학 그림과 만나다』, 태학사, 2011)에서 한치응韓致應의 호가 혜포蕙圃이기는 하지만 종혜포옹種蕙圃翁은 그가 아니라 정약용 자신이라 하였다. 홍임弘任이라는 소실에게서 얻은 딸에게 이 그림을 주려 한 것이라는 해석에는 동의하지 않는다.

75 정민은 이 논문에서 정약용이 이 그림을 가지고 있다가 1822년 이인행李仁行에게 주었고 이에 이인행이 「丁美庸若鏞寄梅花帖惠以淸詩次呈」으로 답한 것으로 보았다. 정약용의 '매화첩'이 전하지 않으므로 이 그림이 여기에 붙어 있었는지는 확인할 수 없다. '매화첩'은 정약용이 다산에서 지은 매화시를 모은 시집인데, 여기에 이 그림에 쓴 시를 함께 넣었을 가능성도 있다.

76 金壽恒, 「花王傳」(『文谷集』 133:507).

77 李頤淳,「花王傳」(『後溪集』269:215).

78 李頤淳,「園中雜詠」(『後溪集』269:78).

79 朴趾源,「答李監司書九牘中書」(『燕巖集』252:81).

80 李尙迪,「車中記夢」(『恩誦堂集』312:205).

81 李尙迪,「王子梅屬題徐月坡老人東崦草堂圖」(『恩誦堂集』312:251). 이 그림은 물론 오 관영의 다른 작품도 확인되지 않는다.

82 趙秀三,「梅妻」(『秋齋集』271:464).

83 徐有榘,「和靖夫人傳」(『楓石全集』288:259).

84 徐居正,「盧宣城宅梅花詩」(『四佳詩集』권41). 한국고전번역원DB에 원문과 함께 번역 문이 따로 실려 있다.

85 경옥은 소설『수호전』에도 나오는 여걸로 절륜한 미모를 지녔던 인물이기도 하다.

86 李白,「宿鰕湖」(『李太白詩集』권21).

87 姜沆,「三梅堂記」(『睡隱集』73:61).

88 尤袤,「梅」(『瀛奎律髓』권20).

89 林逋,「山園小梅」(『林和靖詩集』권2).

90 李瀷,「月黃昏」(『星湖僿說』권30).

91 단판檀板은 음악에서 박자를 맞추기 위해 치는 악기의 일종이다. 마지막 구절은 "판단 은 필요하지 않고 좋은 술만 함께하네."로 번역하기도 한다. 이때에는 요란한 음악은 필요 없고 그저 술동이를 들고 매화를 완상할 뿐이라는 의미가 된다.

92 金昌協,「賦梅, 用疎影橫斜水淸淺爲韻」(『農巖集』161:399); 金昌翕,「仲氏念玆寂寞, 投示以梅詩十餘篇. 其中有以疎影橫斜水淸淺分韻, 爲五言古詩, 尤堪諷誦. 余愁中讀 之, 爲之破顔, 不待索和而欣然於效嚬, 蓋不惟繼志, 亦以對屬, 不可不亢爾」(『三淵集』 165:129).

93 魚有鳳,「昔我農岩先生, 以疎影橫斜水淸淺分韻, 作咏梅七章. 余輒不自揆, 今又以暗香浮 動月黃昏成七韻, 非敢欲追配前言, 聊以自詠所懷云爾」(『杞園集』183:505).

94 李夏坤,「梅花, 用暗香浮動月黃昏爲韵」(『頭陀草』191:302); 金履萬,「早梅七絶, 以暗香 浮動月黃昏爲韻」(『鶴皐集』b65:71).

95 金龜柱,「賦梅, 以疎影橫斜水淸淺, 暗香浮動月黃昏爲韻十四首」(『可庵遺稿』b98:89).

96 林逋,「梅花」(『林和靖詩集』권2).

97 조선 후기 널리 읽힌 명明 팽대익彭大翼의『산당사고山堂肆考』(129)에 이 작품이 보 인다.

98 蔡壽,「獨鶴賦」(『懶齋集』15:370).

99 閔遇洙,「祭亡室文」(『貞菴集』216:69); 朴胤源,「祭亡室文」(『近齋集』250:524). 이하 조 선시대 부부의 문제에 대해서는 필자의『부부』(문학동네, 2011)에서 다룬 것을 다시 이용하였다.

100 俞漢雋,「孺人室記」(『自著』249:297).

101 尹拯,「送恕卿之德豐甥館序」(『明齋集』136:158).

102 朴世采,「居家要義」(『南溪集』140:341).

103 張岱,『西湖夢尋』권3.

104 秋水散人,「梅史外傳評林」(『槑史本末』, 영남대 도서관 소장).

105 남공철南公轍의 호 우사영又思潁, 혹은 영옹潁翁, 김병국金炳國의 호 영어潁漁, 김병학金炳學의 호 영초潁樵 등이 그러한 예일 것이다.

106 박지원朴趾源의 「죽오기竹塢記」(『燕巖集』252:139)에서 중국 명사의 운치 있는 정자로 행화춘우림정을 든 바 있다.

107 구양수歐陽脩의 집 이름 중 하나가 화방재다. 그래서 남공철 역시 우화방재又畫舫齋라는 이름을 자신의 서재에 붙인 바 있다.

108 『팔선와유도八仙臥游圖』는 필자의 「조선 후기 놀이문화와 한시사의 한 국면」(성호경 편, 『조선후기 문학의 성격』, 서강대출판부, 2010)에서 다루었다.

109 김시인에 관한 기록은 南秉哲의 「懷人詩三十二首」(『圭齋遺藁』316:558), 李尙迪의 「金晴嵐必草求點評靐囊樓詩卷, 又有人囑題小蕉山水, 偶於醉後戲係卄八字于小蕉畫後, 倩寫其意」(『恩誦堂集』312:203), 吳昌烈의 「和金晴嵐菁仁七夕韻」과 「又和晴嵐寄示韻」, 「直中次晴嵐韻」, 「用南澗寄遠韻送晴嵐古島謫所」(『對山詩鈔』권8) 등에 보인다. 『매사본말』에 혜하蕙霞, 기이夔易, 미남彌南, 양초養蕉 등의 호도 보이는데 누구인지는 알수 없다.

110 姜樸, 「西泉梅社」(『菊圃集』b70:123). 국립중앙도서관에 『매사오영梅社五詠』이 소장되어 있는데 조재호趙載浩 등 5인이 매사에서 시회를 갖고 만든 시집이다. 이에 대해서는 심경호의 「당벌의 장에 핀 매화-조재호와 『매사오영』」(『한국한시연구』4, 1996)에서 다룬 바 있다. 신좌모申佐模의 문집 『담인집澹人集』에도 『매사구우집梅社舊雨集』(309:328)이 있어 이 시기 매사梅社가 유행했음을 알 수 있다. 남상교南尙敎의 「발연행별매사구우發燕行別梅社舊友」(『雨村詩稿』, 규장각 소장본)에도 매사가 보이는데 그 구성원은 적혀 있지 않다. 참고로 『산당사고山堂肆考』에 「매사梅社」라는 항목이 있는데 "宋國有梅社, 大社惟松 東社惟桐 南社惟梓 西社惟槐, 則梅社乃北社也. 又萬花谷西社惟栗北社惟槐."라 하였다.

111 이 시기 지산芝山이라는 호를 쓰는 사람으로 이면재李宼在가 있는데 본관이 한산韓山이다. 『매사본말』에서 지산은 효령대군의 후손이다. 참고로 이면재는 19세기 상당히 비중 있는 작가였다. 박사호朴思浩의 「유서관기楡西館記」(『心田稿』권3)에 중국 문인 운객雲客 웅앙벽熊昂碧이 최근 지산 이면재를 만났다고 하고, 함께 자리한 사람으로 자하紫霞 신위申緯, 종산鍾山 이규현李奎鉉, 호은壺隱 백한진白漢鎭, 행인幸人 조기겸趙基謙의 숙질, 영초靈樵 이수민李壽民 등을 들었다. 조면호趙冕鎬의 「與詩樵話舊, 聊綴一絕, 以俟芝山一話」(『玉垂集』b125:220)에도 무자년(1828) 지산 이면재, 시초詩樵 이수민李壽民이 함께 연경에 가서 웅앙벽을 만났다고 하고 그의 화답시和答詩를 소개하였다. 「懷人絕句幷序」(b125:487)에는 지산 이면재가 옥국玉局 이운영李運永의 후

손으로 자신과 같은 계해생癸亥生(1803)이라 하고, 만년에 군수가 되었지만 그만두고 명덕촌明德村으로 물러나 은거하였다고 하였다. 허전許傳(1797~1886)의 「芝山李友勉在晬日」(『性齋集』308:35)에는 이면재李勉在로 되어 있다.

112 澗松痴叔, 「舍姪家龕梅, 頗有甦意, 有所詠三疊, 余亦欣然和之」.

113 澗松愚弟, 「戲呈芝山處士」.

114 穎橋書生, 「戲呈芝隱」.

115 穎橋梅主柳生, 「梅下戲吟」.

116 穎橋水仙主人, 「別梅後戲吟」.

117 芝山老夫, 「舊梅復歸于我戲吟」.

118 澗友, 「李翁喜梅還有胎花復歸之語余因戲之」.

119 杜牧, 「歎花」(『樊川集』外集).

120 黃庭堅, 「水仙花」(『古文眞寶』前集).

121 이유원李裕元의 『임하필기林下筆記』에 「사시향관편四時香館篇」이 있으므로 이유원의 집 이름 중 하나가 사시향관이지만 동일한 것인지는 알 수 없다.

122 앞서 소개한 『팔선와유도八仙臥游圖』에도 이 글이 실려 있으며, 유본정 등 다른 인물의 상량문上樑文, 서序와 기記도 함께 수록되어 있다.

제3부 조선의 명품 매화

1 姜淮伯, 「斷俗寺手種梅」(『晉山世稿』 권1).

2 金馹孫, 「政堂梅詩义俊」(『濯纓集』 17:216).

3 南孝溫, 「智異山日課」(『秋江集』 16:122).

4 洪貴達, 「題政堂梅詩卷」(『虛白集』 14:162).

5 이 부분은 원문이 "自成一家養花之祿"으로 되어 있는데 '祿'을 '錄'의 잘못으로 보았다.

6 權鞸, 「書政堂梅詩文後」(『龍耳窩集』 b123:92).

7 李滉, 「丹陽山水可遊者續記」(『退溪集』 30:438).

8 柳宗元, 「邕州馬退山茅亭記」(『詁訓柳先生文集』 권27).

9 曺植, 「斷俗寺政堂梅」(『南冥集』 31:467).

10 河弘度, 「次南冥先生政梅堂韻」(『謙齋集』 97:28).

11 姜沆, 「涉亂事迹」(『看羊錄』, 한국고전번역원, 『海行摠載』 소수본).

12 鄭栻, 「題斷俗寺政堂梅」(『明庵集』 b65:495).

13 李學逵, 「政堂梅」(『洛下生集』 290:317).

14 河龍濟, 「政堂梅閣記」(『約軒文集』 권6, 국립중앙도서관 소장본).

15 姜璉桓, 「晉陽樂府」(『雪嶽集』 권1, 경상대 문천각 DB). 원문은 "事君當日作鹽梅, 復植

餘根詔後來. 獨依山門太寂莫, 微吟斜日百遍回."로 되어 있다.

16 河龍濟, 「謹用元正公詠梅韻」(『約軒文集』권2).

17 郭鍾錫, 「明香室銘」(『俛宇集』344:71).

18 郭鍾錫, 「河令殷巨蓄臘梅一盆, 用其先祖元正公詠梅韵述懷見寄, 要余和之」(『俛宇集』 340:221).

19 金永爵, 「古梅山館記」(『邵亭文稿』b126:370).

20 杜甫, 「和裴迪, 登蜀州東亭, 送客, 逢早梅, 相憶見寄」. 『두시언해』권18에 실려 있는데 언해를 참조하여 번역하였다.

21 李滉, 「再訪陶山梅十絶」(『退溪集』29:140).

22 楊萬里, 「梅花下小飮」(『誠齋集』권7).

23 이만부李萬敷의 「노곡초목지魯谷草木誌」(『식산집』179:16)에는 "梅譜曰, '天下尤物, 以韻勝, 以格高, 橫斜疎瘦, 老枝奇怪者, 爲貴. 花以綠萼倒心, 爲奇品.'"이라 하였다. 그런데 범성대范成大의 『범촌매보范村梅譜』에는 "梅以韻勝以格高, 故以橫斜疎瘦, 與老枝怡奇者爲貴."라는 대목만 보이고 녹악매와 도심매가 기품이라는 기록은 보이지 않는다. 다만 보통 매화는 꽃받침이 붉은빛이지만 녹악매만 푸른빛이며 가지 역시 푸른빛을 띠는 희귀한 종이라 하여 녹악매에 대해서만 설명하고 있다.

24 李瀷, 「倒心梅」(『星湖僿說』권4).

25 김영작은 매화당이 그렇게 하여 나온 명칭이라 하였지만, 金安國, 「宿奉恩寺梅花堂贈 允海上人」(『慕齋集』20:62)에 따르면 봉은사에 매화가 한 그루 있었기에 그 앞의 건물을 매화당이라 하였으며 매화가 이미 죽었다고 되어 있다. 이로 보아 사명당이 일본에서 가져온 매화를 매화당 앞에 심었다고 보는 것이 온당할 듯하다. 정유길鄭惟吉, 송인 宋寅 등의 시에서도 매화당이 보인다.

26 본격적인 관서지官署志가 편찬되기 전에는 대부분 『제명기』형태로 존재하였다. 이도익의 문집 『환성재유고喚惺齋遺稿』에 「정릉능관선생안발靖陵官先生案跋」이 보이므로 정릉의 『제명기』가 곧 『정릉능관선생안靖陵陵官先生案』이었음을 알 수 있다.

27 李道翼, 「靖陵陵官先生案跋」(『喚惺齋遺稿』, 국립중앙도서관 소장). 이도익은 자가 중필仲弼, 호가 환성재喚惺齋, 본관이 전주全州이며 세자익위사世子翊衛司 익위翊衛를 역임하였다. 아우 도석道奭과 도섭道燮, 재종제 도위道衛, 생질 홍치적洪致積과 유석현柳錫玄, 문하생 정광의鄭光毅, 박상태朴象泰, 심성沈渻, 신경택申景澤 및 김반金磻, 박사걸朴師傑, 이수이李壽頤 등이 지은 글이 문집에 실려 있다. 조현명趙顯命 등과 교분이 있었다. 『희구재유고喜懼齋遺稿』(규장각 소장)의 저자 이도익李道翼 (1692~1762)은 동명이인이다.

28 신간은 본관이 평산平山이고 1756년 식년시에 진사가 되었으며 정읍현감, 간성군수 등을 지냈다. 이서구李書九의 외숙이다.

29 이석상은 본관이 경주慶州이고 홍문관 수찬, 승정원 승지 등을 역임했다.

30 신사준은 본관이 거창이고 영암靈巖 사람이다. 호는 송원松園, 이회재二懷齋 등을 사

용하였다. 1796년 정릉직장으로 있었다. 김원행金元行과 교분이 있었다.

31 이정규는 본관이 전주全州이고 고산현감高山縣監을 지냈다. 李鼎圭로 표기되기도 한
다. 김윤식金允植의 생질 중에 동명이인이 있다.

32 신위,「倒地梅」(『警修堂集』 권1, 규장각 소장본).

33 李頤淳,「靖齋東墻下有古梅一樹, 淸絶可賞, 謹用先稿爲湖堂梅, 和東坡詩韻, 步成一律」
(『後溪集』 269:98).

34 이이순이 참조한『정릉지』가 어떤 책인지 자세하지 않다. 지금 전하는『정릉지』는 일
제강점기에 필사된 것으로 매우 초라하다. 장서각에 소장된 이 책은 1936년 김종수金
宗壽가 편찬한 것으로 되어 있지만 원래의『정릉지』를 이때 필사한 것으로 추정되는
데, 정릉의 매화와 관련된 자료가 부록으로 몇 편 수록되어 있지만 이이순이 소개한
내용은 보이지 않는다. 金鑢,「題東溪雜錄卷後」(『薄庭遺藁』 289:548)에 따르면, 앞서
김영작의 글에 보이는 신사준이 1796년 무렵 정릉직장으로 있을 때『정릉지략靖陵志
略』을 편집한 것으로 되어 있다. 역시 이 책도 전하지 않는다.

35 李頤淳,「靖齋梅有蘖生者盆移于泮中寓舍」(『後溪集』 269:99).

36 『선릉정지』에는 이 글이 경자년(1840) 12월 하순에 쓴 것이라고 하였다.

37 저자도에는 허격許格(1607~1691) 집안이 세거하였다. 저자도와 허격 집안의 별서는
필자의『조선시대 경강의 별서-동호 편』(2016, 경인문화사)에서 자세히 다루었다.

38 韓章錫,「李元泌萬曆梅帖跋」(『眉山集』 322:341)에는 김영작의 글을 요약하여 인용하
고 있다.

39 李彙載,「靖陵梅花詩竝小序」(『雲山集』 권1, 국립중앙도서관본).

40 이 글은 국립중앙도서관 소장 김낙현金洛鉉의『운계유고雲溪遺稿』(5책)에도 수록되
어 있다.

41 『속정릉시』에 이 글이 실려 있다.

42 서울대학병원 안에 이 집터가 있었던 듯하다. 서울대치과병원 앞뜰에 이석형의 집터
를 알리는 표지판이 있지만 정확한 고증이 이루어진 것은 아니다.

43 金守溫,「戒溢亭記」(『拭疣集』 9:80).

44 韓章錫,「李元泌萬曆梅帖跋」(『眉山集』 322:341).

45 李廷龜,「謝贈熊御史」(『月沙集』 69:291)에 웅화의 시가 함께 실려 있다. 이정귀는 "自從
颽馭返瑤空, 九載音容夢想中."이라 하고 웅화는 "重來九載後, 相見各依依."라 하였다.

46 李廷龜,「酬贈熊御史」(『월사집』 69:291)에 "湘竹溪藤掌上珍, 拜嘉偏覺爽炎塵."이라 하
였다.

47 尹鳳朝,「月沙李文忠家藏續綱目跋」(『圃巖集』 193:365).

48 이 책은 명의 유섬劉剡이 편찬한 것으로 규장각 등에 소장되어 있다. 규장각본에는 '廣
運之寶'라는 명 황제의 옥새가 찍혀 있는데, 우리나라에 들어와 있는 것은 대부분 신종
이 날인한 것인 듯하다.

49 南有容,「月沙李文忠公家藏史書記」(『雷淵集』 217:315). 成海應,「皇朝故物記」(『研經齋

全集』274:197)에도 유사한 내용이 실려 있다.

50 南有容,「忠公古梅記」(『雷淵集』217:315).

51 蔡之洪,「月沙李相國朝燕京時, 與熊閣老對碁. 賭得萬曆皇帝御賜梅盆而來, 以給其門人 閔木川後騫, 而閔家子孫, 又傳于黃陽川以章矣. 崇禎後丁巳, 李相公玄孫學士鼎輔, 始聞 其古根尙在, 因人推去, 感而作詩」(『鳳巖集』205:241).

52 민후건은 자가 효윤孝胤이고 김장생金長生의 제자로 이소한李昭漢의 외손이다. 목천 현령을 지냈지만 그 시기는 밝혀져 있지 않다.

53 황이장은 의금부 도사都司와 양천현령陽川縣令을 지냈으며 채지홍蔡之洪 등과 교분 이 있었다.

54 국립중앙도서관에 소장되어 있다.

55 安重觀,「書判院李公雨臣家藏續綱目詩跋後」(『悔窩集』b65:340); 李英輔,「謹和宗叔續 綱目詩幷序」(『東溪遺稿』b68:375); 趙龜命,「萬曆宣賜續通鑑跋」(『東谿集』215:123) 등 이 여기에 실린 글과 같다. 다만 안중관의 글은 연기年紀가 더 붙어 있고 남한기의 글 은 『기암집寄庵集』에 빠져 있다. 남한기가 1737년 이우신의 장편고시에 차운한 작품 도 실려 있는데 이 역시 문집에 보이지 않는다.

56 趙榮祏,「李判決家藏續綱目跋」(『觀我齋稿』67:285). 장유승,『아무나 볼 수 없는 책』(파 이돈, 2022)에서 『황사매책시문첩皇賜梅冊詩文帖』의 허구적 성격을 다룬 바 있다.

57 이연익은 본관이 연안延安이고 자는 학여學汝, 호는 춘소春沼로, 청양현감靑陽縣監을 지냈다. 김윤식金允植이 그의 제문과 함께 「십애시十哀詩」를 지을 정도로 친분이 깊었다.

58 이상은 김영복,「양교명매첩」(『법률신문 오피니언』, 2013년 3월 4일)의 내용을 요약한 것이다.

59 成海應,「從水北乞梅」(『硏經齋全集』273:153).

60 李學逵,「九友軒記」(『洛下生集』290:428).

61 申緯,「單葉紅梅」(『警修堂全藁』291:338).

62 申緯,「朴子山送來單葉紅梅, 喜用牡丹韻」(『警修堂全藁』291:422)의 주석에 이러한 사 실이 명기되어 있다.

63 李裕元,「玉磬觚賸記」(『嘉梧藁略』315:543).

64 李裕元,「山齋貯單葉紅梅, 乃月沙先生廟前遺種也, 喜吟一詩」(『嘉梧藁略』315:126).

65 교목은 교목세신喬木世臣, 곧 대대로 벼슬한 집안을 가리키고, 열천은 『시경詩經』의 「하천下泉」을 가리키는데 망한 주나라를 상징한다. 여기서는 자신의 집안이 쇠퇴하고 명이 망한 것을 가리킨다. 이정귀가 가져온 홍매가 명 신종의 것이기 때문에 이른 말 이다.

66 韓章錫,「李元泌萬曆梅帖跋」(『眉山集』322:196).

67 이보다 나중에 지은 「西湖新居, 客來對酌梅下」(322:217)라 한 시의 주석에는 "이원필 이 부쳐 온 고매는 곧 만력매 품종인데 막 성대하게 피었다."라 하였다.

68 陸用鼎,「萬曆梅詩序」(『宜田文稿』, 규장각본).

69　趙冕鎬,「大明梅幷小序」(『玉垂集』b126:19).

70　趙冕鎬,「大明梅月沙李先生朝天日, 棋賭單葉紅梅於熊御史化家而歸, 以植之書所, 後以書所爲月沙公廟. 海藏甥姪李上舍淵翼, 卽其雲孫, 以其種獻之海藏」(『玉垂集』b125:251).

71　申錫愚,「余翎學汝, 送借大明梅一本, 卽月沙公朝天時, 求來於御史熊化者也. 其後傳種流廣, 非獨鳳城雙身而已. 學汝以其月沙公廟前遺種見贈, 事甚稀, 意甚感, 方欲與社中諸人命題以賦, 海士適至, 誦余十數年前所作紅梅詩, 詩曰, '參橫月落夜何遲, 疊鉢天花現色時. 誰識政堂階下品, 曾移邵武譜中姿. 新粧粉鏡羞潮臉, 甄澤氷紈浴透肌. 穠李緗桃嫌爛漫, 薄敎春意上寒枝.' 余則茫然不記, 吟諷之餘, 仍用其韵」(『海藏集』b127:326). 이 시에서 이른 홍매시는 「大明紅梅」(『海藏集』b127:214)를 가리킨다. 신석우의 「和李子穀大明梅」(b127:272)에서도 "월사의 집안 구 세를 지내 왔기에, 가지 잡고 눈물 흘려 옷깃을 적시네.閱歷沙翁家九世 攀枝泫淚一霑襟"라 한 바 있다.

72　權直熙,「次大明梅韻幷小序」(『錦里集』권1, 경상대 남명학고문헌시스템).

73　安敎翼,「大明梅韻小序幷」(『渾齋集』b137:7).

74　가평의 조종단은 필자의 「화서학파와 가평의 조종암」(『조선의 문화공간 4』, 휴머니스트, 2006)에서 자세히 다루었다.

75　柳重敎,「與王守直」(『重菴集』323:208).

76　鄭蘊,「書崇禎十年曆書」(『桐溪集』75:150).

77　화엽루는 정종로의 「某里花葉樓記」(『立齋集』253:494)에서 연원을 기술한 바 있다. 필자의 「안의삼동을 사랑한 사람들」(『조선의 문화공간 2』, 휴머니스트, 2006)에서도 이 집을 다루었다.

78　金平默,「自朝宗巖移種大明竹」(『重菴集』319:36).

79　金平默,「大明梅引」(『重菴集』319:35).

80　金學淳,「皇梅堂記」(『華西集』권5, 한국역대문집총서).

81　鄭奎漢,「敬次鄭善之在明皇梅堂韻」(『華山集』b102:317).

82　高用厚,「梅山吟」(『晴沙集』84:141).

83　찬자 미상,「年譜」(『月峯集』b19:355). 徐憲淳의 「行狀」(『月峯集』b19:350)에도 비슷한 내용이 보인다.

84　許穆,「大明紅說」(『記言』274:207).

85　楊兆貴 외,「大明紅 考實」(『국제언어문학』27, 2013)에서 대명홍에 대해 자세히 다루어 큰 참조가 된다. 이 논문에서 대명홍이 상징적인 꽃인데 접시꽃을 가리킬 때가 많다고 보았다.

86　羅經成,「大明壇大明紅說」(『滄洲集』권2, 규장각 소장본).

87　俞漢雋,「大明桃詩跋」(『自著』249:579).

88　成海應,「大明紅說」(『研經齋全集』274:207).

89　洪遠燮,「恭和聖製大報壇親享日示陪班諸臣韻, 臣以忠烈公後裔, 奉敎廣進」(『太湖集』

b100:401).

90   신경숙,「궁중 연향에서의 가사 창작과 전승-화조가를 중심으로」(『한국시가문화연구』
      26, 2010).

91   韓章錫,「禁苑賞春」(『眉山集』322:172).

92   宋時烈,「答金延之」(『宋子大全』109:535).

93   宋時烈,「答尹體元」(『宋子大全』111:129);「淸風府翛然齋記」(『宋子大全』113:113). 주
      자의 시는 원제목이「範尊兄示及十梅詩, 風格淸新, 意寄深遠, 吟玩累日, 欲和不能, 昨夕
      自白鹿玉澗歸, 偶得數語」다.

94   蔡之洪,「華陽洞異蹟說」(『鳳巖集』205:366).

95   許傳,「大明花記」(『性齋集』308:325).

96   李邦儉,「大明紅詩集跋」(『道淵述言』권1, 경상대 남명문헌관 DB).『대명홍시집』은 현
      재 전하지 않는 듯하다. 이 자료에 대해서는 김준형,「文益成 가문의 학파적 전통과 忠
      君, 尊周의식의 계승」(『남명학연구』26, 2008)에서 자세히 밝혔다.

97   河達弘,「文氏大明花詩序」(『月村集』권6, 경상대 남명문헌관 DB).

98   졸고,「조선후기 燕行과 花卉의 文化史」(『한국문화』62, 2013). 조선에 사신으로 온 명
      의 환관 정동鄭同을 통하여 용조두龍爪豆(강낭콩), 백편두白扁豆(흰강낭콩), 촌금두寸
      金豆, 사과絲瓜(수세미), 고과苦瓜, 천가天茄(까마중), 대가大茄, 운대雲臺(유채), 동호
      董蒿(쑥갓), 수라호水羅菖, 대백라복大白蘿蔔(나박무), 백채白菜(배추), 자화채紫花菜
      (질경이), 골등채滑藤菜, 근엽채芹葉菜, 개채芥菜(갓), 생채生菜(방귀아리) 등 17종의
      종자가 수입된 사례도 확인된다. 필자가 역해한『양화소록-선비, 꽃과 나무를 벗하다』
      (아카넷, 2012)에서 자세히 다루었다.

99   黃磻老,「贈柳尙書相祚燕行」(『白下集』b109:493).

100   趙冕鎬,「夜雨漏屋牢, 騷不交睫, 偶得二絶句, 盖亦常所拳拳不能忘者」(『玉垂集』
      b125:317).

101   任憲晦,「書李丹广明九大明紅傳後」(『鼓山集』314:506).

102   金宗宇,「大明紅一年再開說識」(『正齋遺稿』권2,『韓國歷代文集叢書』, 경인문화사).

103   『承政院日記』(1885년 3월 19일).

104   李德懋,「耳目口心書」(『靑莊館全書』258:455); 宋煥箕,「次大明稻韻」(『性潭集』
      244:13); 成海應,「大明稻記」(『硏經齋全集』274:187).

105   俞漢雋,「大明桃詩跋」(『自著』249:579); 金邁淳,「大明桃詩序」(『臺山集』294:404); 李義
      肅,「大明桃詩軸跋」(『頤齋集』b93:641).

106   李頤淳,「園中種梅有年, 至今春花意始動, 追憶乙巳春, 在十梅園, 賦蘇韻, 癸亥在靖陵, 繼
      而和之, 到此十數年後, 不勝追舊感今之意, 如先詩題意所云者, 又賦一篇以敍懷」(『後溪
      集』269:113).

107   朴重燮 편,『三梅堂題詠』(국립중앙도서관 소장).

108   朴萬善,「三梅堂記」(『三梅堂題詠』권1).

109 權以重,「三梅堂記」(『三梅堂題詠』권1).

110 宋一源,「三梅堂銘」(『三梅堂題詠』권1).

111 宋達洙,「三梅堂題咏錄序」(『守宗齋集』313:116).

112 宋疇錫,「題三梅堂並序」(『鳳谷集』b49:244)와 宋達洙,「謹次三梅堂題詠帖中韻」(『守宗齋集』313:14)에도 비슷한 내용이 실려 있다.

113 이들의 시는 문집에 실려 있지 않다.

114 權尙夏,「次三梅堂韻」(『三梅堂題詠錄』권1).

115 金春澤,「題三梅堂」(『三梅堂題詠錄』권1).

116 계족산, 계룡산, 갑천, 소제, 화암사 등 바로 알 수 있는 곳도 있고, 명평, 석촌, 금암 등 낯선 곳도 있다. 금암은 송촌동에 있는 바위로 아직 바위글씨가 남아 있으며 송몽인宋夢寅이 그곳에 살아 이를 호로 삼았다. 명평과 석촌은 자세하지 않지만 가양동에서 멀지 않은 곳으로 추정된다.

117 丁鎰,『三梅堂遺稿』(국립중앙도서관 소장).

118 鄭澈,「大岾酒席呼韻」(『松江集』46:143).

119 姜沆,「三梅堂記」(『睡隱集』73:61)에 그가 지은 시가 보인다. 조찬한의 작품은「漫興贈李士仰」(『玄洲集』79:250)으로 실려 있지만 시를 준 대상이 다르다. 다른 인물의 시는 문집에 실려 있지 않다.

120 姜沆,「三梅堂記」(『睡隱集』73:61); 趙希逸,「三梅堂記」(『竹陰集』83:289); 張維,「三梅堂記」(『谿谷集』92:134) 등은 문집에도 실려 있다.『삼매당집』에는 기와일인畸窩佚人이라는 이름으로 기문이 실려 있는데 정홍명의 것으로 추정되지만 문집에는 실려 있지 않다. 정두원의「병서幷序」도 실려 있는데 문집에는 빠져 있다. 그 밖에 조카 정명하丁命夏가 1646년 지은 글도 실려 있다.

121 尹鳳朝,「四梅堂記」(『圃巖集』193:357). 같은 글이『사매당집四梅堂集』에도 실려 있는데 1727년 판서 윤봉구尹鳳九가 지은 것이라 하였다. 윤봉조는 이때 참판이었고 윤봉구는 부여현감으로 있었으므로, 윤봉조의 글로 보아야 할 것이다.

122 鄭澔,「贈咸平尹生詩序」(『丈巖集』157:528).

123 權尙夏,「贈尹生三擧」(『丈巖集』150:45).

124 宋疇錫,「奉贈四梅堂尹子華三擧」(『鳳谷集』b49:244).

125 윤원거尹元擧의 아들과는 동명이인이다.

126 尹鳳朝, 앞의 글.

127 宋德相,「四梅堂重修記」(『果菴集』229:155).

128 宋煥箕,「四梅堂重建記」(『性潭集』244:306).

129 국립중앙도서관 등에 목활자본 2책이 전한다. 1912년 한 번 더 간행된 바 있는데 역시 국립중앙도서관에 소장되어 있다. 일부 시문이 덧보태져 있다.

수록 글의 원 출처

이 책은 다음과 같은 필자의 원고를 개고한 것이다.

「유본정의 매사본말」,『문헌과해석』41, 2007.

「눈 속의 매화를 즐기는 법」,『문헌과해석』45, 2008.

「조선의 명품 매화-정릉 매화 300년의 역사」,『문헌과해석』49, 2009.

「조선의 명품 매화-이정귀의 홍매」,『문헌과해석』50, 2010.

「조선의 명품 매화 정당매」,『선비문화』17, 2010.

「조선 선비의 꽃구경과 운치 있는 시회」,『한국한시연구』20, 2012.

「매화를 아내로 삼은 사람」,『문헌과해석』57, 2012.

「시로 매화의 주인을 다투다」,『선비문화』27, 2015.

「늦게 피어나는 매화를 위한 변명」,『문헌과해석』70, 2015.

「매화의 적」,『문헌과해석』81, 2017.

「매화와 미인」,『문헌과해석』83, 2018.